林那北 著

双十一

贵州出版集团
贵州人民出版社

图书在版编目（CIP）数据

双十一 / 林那北著. -- 贵阳:贵州人民出版社,
2021.5
ISBN 978-7-221-15108-7

Ⅰ. ①双… Ⅱ. ①林… Ⅲ. ①中篇小说—小说集—
中国—当代 Ⅳ. ①I247.5

中国版本图书馆CIP数据核字(2021)第064965号

双十一

林那北 / 著

选题策划	京贵传媒
责任编辑	祁定江
特邀编辑	刘　锋
封面设计	今亮後聲 HOPESOUND 2580590616@qq.com · 赵晓冉　胡振宇
出版发行	贵州出版集团　贵州人民出版社 （贵阳市观山湖区会展东路SOHO办公区A座）
印　　刷	天津行知印刷有限公司
开　　本	880mm × 1230mm　1/32
印　　张	12
字　　数	240千字
版　　次	2021年5月第1版
印　　次	2021年5月第1次印刷
书　　号	ISBN 978-7-221-15108-7
定　　价	65.00元

目　录

contents

美弟　001

双十一　023

蓝衫　069

南北货行　119

从白天到黑夜　163

芳邻　203

家住厕所　261

张飞老师　311

美弟

一

玉茗养好几只狗。狗不可能万寿无疆，所以从第一只小泰迪美月到来开始，家中狗的序列并不是一成不变，已经死去三只，她马上又补充进来。都不是刻意的，某天走在路上，就看到瘸腿的、拉痢毛的、奄奄一息的，她瞄一眼，腿就迈不动了。

她住一套七十八平方米的房子，房子在一楼，下面还有间七平方米的杂物间，都是吴鼐平留下的，吴鼐平是她前夫。

四年前离婚时吴鼐平对她说："房子留给你吧。"

玉茗没推辞，既然给了，就要了。总之婚是吴鼐平主动离的，房子是吴鼐平主动送的，她都没花什么力气。办好离婚手续出来，她没有马上回家，而是把时间留给了吴鼐平。衣服、鞋子、书，这些东西毕竟得拿走。至于其他，爱怎么搬就随便搬。其实沙发、电视、冰箱都原封未动，但玉茗回来时还是觉得家一下子大了几圈，像一件宽松大袍似的笼罩下来。她坐到地上，怔了半天，觉得无论如何都该哭一哭，结果却连气都没叹一声就靠墙睡着了。

第二天她就碰到美月了。

美月是深褐色的，浑身毛发卷卷，有两撮耷拉下来覆在眼睛上，项圈上挂着两个红铃铛。从毛色与体格来看，肯定是出自家道殷实的富主，得宠过，有过好日子。最初玉茗以为是谁家走失的。她去离家百来米外的公园散步，沿着鹅卵石小道走一圈，看到有只小狗坐在路边，仰着头，眼睛藏在长毛下隐约闪动。又走了几圈，它还那样一动不动。玉茗停下，又蹲下，与它对视几秒，没看出什么。她站起，继续打圈，结果听到后面传来铃铛声，狗跟来了。太主动的东西都令人生疑，当初吴鼐平追她就非常主动，事实已经证明没有好下场。她开始在树丛中穿来穿去，觉得挺好玩的，像地下党抛掉特务，又像明星甩开狗仔队，很有游戏感。但等她回到家，正掏出钥匙开门，铃铛又响了，从楼梯上响来，然后眨眼间狗就到了脚下，钻进微微推开的门缝。太意外了，这到底算什么缘分？她把狗抱回公园，放到原处。旁边椅子上坐着一个中年男人，狐疑地打量她，又打量狗。玉茗连忙说："不是我家的。"男人又看她一眼，似乎在信与不信之间犹豫了一下，说："这只狗眼半瞎了，已经被人丢在这里好几天。我刚才来没看到它，以为它死了。"玉茗怔了片刻，把狗放下，然后转身离去。当时她是这样想的，谁喜欢残疾呢？我也不喜欢，但如果它再次跟上，那又另说了，也许是自己前世欠下它的，这一世寻上门来讨债。

果然就跟上了，一路铃铛声哗哗哗不绝于耳，一直跟到家门口。

玉茗掏出钥匙时，低头瞄了一眼，狗也正仰头往上看，看不出眼已半瞎，眸子很黑很大，闪着一层玻璃光，光得那么无邪，似乎与玉茗已经熟悉一百年了。那么来吧，请进。是只母狗，取名美月。这就是一个开始了，之后城里各处落拓的狗好像都得到了消息，走投无路时就想尽办法往玉茗这里跑。但它们估计大多半途就夭折，成了别人锅里的肉，即使见到了玉茗，也并非都得救。病了，病得很重，或者到龄了，又老又病，死也是难免的。无论如何，只要遇上了，玉茗都尽力救，救不了是另一回事。

有一天手机响了，是吴肅平打来问她："听说你养狗了，你为什么养那么多狗？"玉茗说："我为什么不能养这么多狗？"没有等吴肅平再问下去，她就把电话搁下了。她正用木梳子给美月梳毛，美月挺乐意的，在她双膝间工整躺着，微闭住眼，急等玉茗下手。一只眼睛不好使的美月，需要每天保持良好形象来支撑内心的脆弱。与美月的美貌相比，玉茗觉得吴肅平的电话太无关紧要了。过后有疑问闪过：谁告诉吴肅平的？但也就闪闪而已，没往下想。这楼里的人多次跟物业闹，物业就找上门，说狗臭，说狗吵。她觉得奇怪，明明狗跟她同一屋子，哪里臭了？哪里吵了？别人隔着厚厚的楼板和墙，怎么却说三道四呢？

所以吴肅平得到消息也正常。吴肅平在这里住过，户主原先就是他。

二

玉茗和吴肅平是师专同学，两个人同岁，一个学中文一个学历史，毕业时学历史的吴肅平去了市委宣传部，而玉茗则进了区教师进修学校。房子是宣传部的集资房，两室一厅，不大，但在玉茗看来已经不小了。她跟吴鼐平最大的分歧总是体现在这些细微的方面。吴鼐平很快当上部长的秘书，写文件，写发言稿，部长不下班他也不会离开办公室；部长走了，他一般也要再留会儿把第二天的事先处理掉一些。而她，竞争上岗，不去；评职称要论文，不写。二十七岁结婚，三十四岁离婚，整整七年，怀孕过两次，都流产了。然后又过了四年，玉茗一日不如一日，每天坐办公室发呆，去不去上班都无所谓。一个单位可去可不去的人，就等于可有可无的人。玉茗就这样渐渐退出众人的视线，她觉得挺好的，真是太好了。而吴鼐平这几年变化却很大，已经是市广电集团副董事长，离董事长只是半步之遥，再往上升是迟早的事。另外吴鼐平再婚了，娶了电视台主持人。

离婚后玉茗跟吴鼐平几乎没联系，但楼上楼下住的都是吴鼐平以前的同事及家属，吴鼐平的情况她不至于听不到。很好啊，就如同看着这座城市的楼房到处越建越多、越建越高档一样，玉茗既没高兴，也没不舒服。

玉茗个子不高，小头小脸，年轻时靠南方女孩特有的清秀感，倒没觉得哪里不好，过了三十岁，该来的气质没来，胶原蛋白又开始流失，皮肉就显出几分松垮状了，脸色发青，腮帮往里凹，背微驼，整个人就显出几分枯萎状了。至少这四年她都没穿过新衣服，齐肩的直发也是自己随意剪的，本来就很少笑，现在更少了，总是寡淡着眉眼匆匆地来去，见到熟人也爱理不理的……虽然狗让邻居烦，但毕竟还是有人觉得她可怜，偶尔碰面，也会主动跟她搭讪：“玉茗老师你得再找个伴啊，老是这样，连说话的人都没有。”

玉茗脸上的皮一点动静都没有，但她肚子里连笑几声。美月、美汝才天天眼巴巴盼着有个伴哩。有了美月后，她后悔自己之前浪费了太多好时光，生活中有没有狗，真是大不一样啊。接下来家里又来了美汝、美那、美次、美弟……对，全是美字辈的，真的美，它们哪只都不丑。玉茗想，同情她的人都有多傻啊，如果她愿意说，单一只美弟就可以让她讲上三天三夜。

美弟是只米黄色的拉布拉多，据说产地是英国，却跟那里的人不一样，眼睛不是蓝的，很黑，还有一个心形的黑鼻子，老是呵着嘴，把长舌头斜斜地伸出来，吊在嘴角卖萌。在玉茗养的所有狗里，美弟是唯一没有任何毛病的，不仅没病，还特别尊贵过。虽也是被遗弃的，但它弃得别具一格，因为丁菲怀孕了。

丁菲就是市电视台那个女主持，吴鼐平的新老婆。据说丁菲并不担心自己养的狗害了自己肚子里的胎儿，她牵狗出门都带着纸巾随时给狗流下来的哈喇子擦嘴，傍晚出来溜时，则带着湿纸巾，狗拉了屎，屁股一定得擦一擦。

玉茗听着就咧嘴一笑，这样看来丁菲是把狗当儿子养了。母亲怎么会怕子女害自己呢？担心的人其实是吴鼐平。吴鼐平快四十岁，马上就跨进老男人行列了，才即将迎来第一个孩子，这对他来说是大事。吴鼐平牵着丁菲的狗找玉茗，是他离婚后的第一次故地重游。屋里跟以前已大不一样，虽然冰箱、沙发、电视还是原来那个，甚至连位置都没有挪动过，但原先空白的墙上却花花绿绿了，贴的全是美月、美汝它们的照片，反正来一只，就拍几张，拿到街上冲洗放大装框，再挂上墙。墙变了，屋里的风格霎时也变了。不是用单反，也不是用傻瓜机，玉茗只是特地买了高像素的手机，这样即使带它们走在路上，也随时可拍。歪头的，张嘴的，奔跑的，瞌睡的，耍闹的，清晰度就不能挑剔了，但每个瞬间都呆萌有趣。吴鼐平肯定也很意外，他在照片前一张张仔细看过，如同看哪位大师的影展。吴鼐平说："帮我养几年，等孩子上幼儿园后再说。"玉茗问："它叫什么名字？"吴鼐平说："拉斐尔。"玉茗想了想说："养可以，但改个名，叫它美弟吧。"

美弟的来历如此与众不同，就注定有更多的故事。

但玉茗并没跟任何人说过。没什么可说的。

三

美弟来时，美月已经死了。之前玉茗从未跟狗打过交道，不知道狗的寿命只有十余年，有病的狗命更短。狗的一年等于人的七年，这是她从网上看来的，不知是否属实，反正美月养着养着，忽然开始暴瘦，不吃不喝，接着便血。送进宠物医院，说肾衰竭，挂了两天药，还是走了。玉茗陪在医院，装在铁笼子里的美月已经虚得站不稳了，看到她，还是用力歪歪扭扭挺起身子，两眼泪汪汪地直勾勾盯着她。玉茗哭了好几场，当时想，亲爹亲妈死了，她可能都不会这么难过吧。再难过也没用，美月还是救不活。埋了美月后她回到家，吴鼒平恰好就带着美弟来了。

按先来后到排序，美弟应该算老四，也就是说美弟进门时，玉茗家里还有三条狗——美汝、美那、美次，分别是博美、柴犬、吉娃娃，三只体重合起来，也抵不上美弟。吴鼒平不是空着手来的，他把美弟交到玉茗手上后，又转身出门。玉茗从窗户往下看，看到楼道外停着一辆黑色的小车，吴鼒平从后备厢搬下几包东西，一会儿抱进屋，放到沙发边上，然后直起身子，拍了拍手说："这是从法国进口的狗粮，拉斐尔……"

玉茗打断他："美弟！"

吴鼒平一怔，说："噢，美弟。它是公的，男孩子长身体需要营养，一天得两顿，早上一个蛋一包牛奶，晚上吃狗粮。它很挑食，只吃这个牌子的狗粮……"

玉茗挥了挥手，用力说："不行！"

吴鼒平说："它的吃用我负责送来……"

玉茗说："不用！"

吴鼒平眉头皱起，看了看表。玉茗往他手腕上瞥一眼，表有点眼熟。想了想，想起刚结婚不久，有天两个人逛街逛到劳力士专卖店，吴鼒平趴在玻璃柜上看，店员过来说："这是经典款，需要拿出来看吗？"吴鼒平摇头，他们没钱。玉茗记得出来后吴鼒平说过一句话："总有一天我要买下它。"现在果然买了，戴在手上。

吴鼒平说："它洗澡、修指甲都得去宠物店，沐浴露的牌子也是固定的……”

玉茗说：“不行！”

吴鼐平像是被噎住了，片刻后轻轻一笑，低头找美弟。进门时美弟脖子上是系着铁链的，还没来得及解掉，它就跟围上来的美汝、美那、美次混到一块去了，吠也吠，脊背上的毛从脖子到屁股也装模作样长蛇般支棱起来，但很快就追着人家屁股嗅个没完，铁链拖在地上嘎嘎地响。吴鼐平伸出脚踩链子，跟着就俯下身把铁链抓住，往回拉美弟。玉茗看出他的担心，就说：“只有一只母的，已经阉了。”吴鼐平含义不明地嗯嗯两声，还是紧紧攥住美弟。玉茗说：“你想清楚了，在这就得跟它们一起玩，不能搞特殊化。”这一点吴鼐平接受了，他抓链子的手慢慢松开，美弟又一下子冲出去，兴奋过度了，又蹦又跳。吴鼐平打圆场说：“拉布拉多都这样，不认生，比较憨……”玉茗忽然想到一个问题，为什么丁菲竟肯把狗往这里送？吴鼐平说：“我只跟丁菲说寄在一个可靠的朋友家里，没告诉她具体是谁。”玉茗抿了抿嘴，可靠？她有点意外。

这时吴鼐平补充了一句，他说：“主要是离得近——我家在对面那个小区。我老婆……她喜欢这里的房子。”

玉茗眼光穿过窗户外，对面是新建的别墅群，它紧挨着公园，尖尖的洋式屋顶从浓密的绿树中参差露出来。喜欢？喜欢很自然。每幢听说都七八百万元，虽都是环公园，但她住的这房子建得早，从外观到内部都远不在一个档次。这几年老听说有房地产商看上这块地，但不是原拆原迁，楼里的住户就不愿意。房子这东西也是会老的，别墅往周围一建，被衬得更老了，八层楼高，又没电梯，很多人就陆续买了其他新房搬走了，这里也不卖，出租了，留着等增值。玉茗没搬，想都没想过要搬。公园对她很重要，以前为了自己散步，现在为了带狗散步。另外，附近医院、大型超市齐全，买菜和看病匆匆来去都很方便。玉茗忙，离不了家，离了这几只狗怎么办？眼睁睁看着美月断气时，她曾心一横，觉得无论如何不能再往下养狗了，一辈子要增加这么多生离死别，她承受不起啊。但回家时，几只狗都高兴得快晕过去，拿舌头往她脸上舔，竭力往上跳，呵呵呵上气不接下气地喘着。尤其是小泰迪美汝，眼里含着泪，抱起来时，在玉茗手里一直战栗。它们不是演员，装是装不出来的。玉茗往自己脸上甩了一巴掌，她怎么能不养它们？

接下去又多出美弟。

吴鼐平要离去时，玉茗把他拦住，面对面站着，看了他几眼。这几年吴鼐平老了很多，主要是胖，一胖肚子就外鼓，肚子一鼓就显老了。玉茗知道自己已青春不再，这个年纪的女人怎么折腾都挡不住衰败，何况她什么保养都懒得做。她老就老了，可吴鼐平似乎不应该啊，四十男人一枝花，又正春风得意中，怎么着也不该这样啊。玉茗说："我会对美弟尽力的，但也不能绝对。刚死了一只哩，很难说不会再死。"

如果怕，吴鼐平应该把美弟带走。玉茗并不欢迎美弟，但最后吴鼐平走了，美弟还是留下。临出门前，吴鼐平伸出两根手指冲玉茗晃了晃。他说："两年吧，最多两年……"说这话他声音压得很低，好像生怕被美弟听到似的。

美弟当时可能玩累了，正趴在地上，伸着舌头，目光游移地喘气，既没有依恋，也没有惜别。

四

白天一堆狗事忙不过来，到晚上，一般玉茗会看会儿电视。在电视和沙发之间，铺了一块简易的化纤地毯，狗一队排开，卧在上面。它们不看电视，看的是玉茗，仰着头，目不转睛，后面两只腿压身子下，前面两条腿工整往前伸，一副随时准备一跃而起的样子。这种阵势没养过狗的人是享受不到的。最初不记得是哪只领的头，其他也有样学样了，连美弟都很快加入，张着嘴，吊着舌头，傻乎乎地看着她。

多出一只美弟，家里并没有变吵。越大的狗越有自信，有了美弟，连动不动就神经质喊叫的美汝也安静了很多。

玉茗调出本市电视台综艺节目，然后把美弟身子搬起来，调了个头，让它脑袋对着屏幕。丁菲怀孕了，但肚子还没大到显形，也可能节目是之前录的，总之肉眼是看不出来的。她高个子，骨架挺大，粗胳膊粗腿，一看就是北方的种，但五官不错，大眼，眼梢向上吊，嘴角有两颗米粒大的小酒窝，语速非常快，动不动就笑。一个人有没有酒窝差别很大，酒窝像两束永远闪烁不完的烟花，笑起来总是特别容易感染人，整个节目都被调动得花里胡哨。玉茗不喜欢这种热闹，隔着一块屏幕，她都觉得怪怪的。吴鼐平她睡过，不是这种路数的人，一是一，二是二，两眼只会盯着夏商周以来所有权力在握的人流口水。母亲曾问玉茗吴鼐平为什么要离婚？玉茗摇头。吴鼐平肯定说过，但她忘了。她老是忘事，吴鼐平却像部内存极大的电脑，凡事都纹丝不乱。好记忆据说是秘书的基本功。她其实没想到会离婚，吴鼐平对她一直很好，彼此脸都没红过，但还是离了。这没什么，世事本来就这么无常，它按自己的逻辑走，可转身吴鼐平却娶了这个嘻嘻哈哈的主持人还是出乎她的意料。

玉茗拍拍美弟的脑门，指着电视说："快看你妈！"

美弟眼睛并不往屏幕上聚焦，它好像对玉茗的做法很不满，玉茗手一松，它就立即站起来，重新把身子调过来，趴下。虽然有过锦衣玉食的日子，但美弟并不摆架子，从进门的第一刻起，就是一副这也可以那也可以的屌丝样。没有牛奶没有蛋，狗粮也是国内杂牌的，美弟完全不介意，头插到脸盆里和其他狗拼命抢食。至于洗澡，自然也不可能送去宠物店，沐浴液是淘宝上买的，把它牵进卫生间，开了热水器冲洗，它也挺配合的，在淋浴蓬头下安静得像个美男子。网上有一种"什么人养什么狗"的说法。无论真假，反正因为美弟，玉茗对丁菲忽然有了好感。

吴鼐平一开始每天打几个电话问怎么样，玉茗答："很好，比你好。"当然美弟也不是什么都好，闲下来时它有啃东西的毛病。玉茗打电话问吴鼐平："美弟多大了？"吴鼐平说："九个月。"玉茗就释然了。长牙齿难受，得磨牙嘛，哪一只狗不这样呢？只是无论美月还是美汝、美次，因为个子小，啃咬起来都没美弟这么摧枯拉朽。沙发腿、床脚、地板的地脚线，但凡美弟嘴力所及，很快就被它咬出坑坑洼洼。吴鼐平再来时，玉茗一一指着上面让他看。吴鼐平笑了笑，没觉得怎么样。转身从包里取出一个笔记本，翻开，递到玉茗眼皮底下。玉茗见上面是一串阿拉伯数字，有点眼熟，一时却想不起来是什么。吴鼐平说："你这张银行卡还在用吗？"玉茗噢了一声，原来是她的工资卡，一直在用呀，号码从来没换过。吴鼐平什么时候抄去卡号的？

吴鼐平说："在用就好。"

玉茗一时不知道说什么好。她的注意力放在另一个问题上，她觉得吴鼐平没必要再来这里，他来或不来，她都一样对待美弟。她问："你老婆怎么样了？"

吴鼐平脸有点涩涩地笑了笑。玉茗这才意识到"你老婆"这个说法有点古怪。她也曾是"你老婆"，确实不太合适这么问。但既然已经问了，也无所谓。"你老婆怎么样了？"她又问了一句，负负得正，说不定也就把尴尬抵消掉了。吴鼐平果然就轻松了点，他说："哭了几天，一直打听拉斐尔寄养在哪里了，想去看看……当然不行，我首先不会告诉她拉斐尔在哪里。"

玉茗又纠正道："美弟！"

吴鼐平说："对，美弟。"

在一旁正跟美次抢一只红色皮球的美弟耳朵一支楞，立即跑过来，尾巴像风车一样三百六十度打转。它以为两个人是在喊它。玉茗和吴鼐平面对面站着，中间有两米多的距离，美弟贴近的是玉茗的腿而不是吴鼐平。玉茗摸摸它脑袋，低着头，像是对它说话。她说："以后你还是别来了，你往那一站，屋子里都是发霉的旧味道。"

吴鼐平可能没想到她会这么说，眼闭了几秒，睁开后叹了口气。他说："你这样过日子其实挺好的啊！"

玉茗以为听错了。她自己当然觉得好，只是没想到吴鼐平也认为好。

五

几天后，出了一件怪事：玉茗银行卡里突然多出钱。手机短信连续响了两次，她点开一看，倒吸了一口气。一笔十万，一笔二十万，没有署名是谁打来的。玉茗坐下，喘着气想了想，她相信不会是别人。拿起手机，她找出吴鼐平的号码，正想拨出去，猛地又没了拨的兴趣。离婚后吴鼐平的号码她一直没删，却也一直没拨打过。所有事一荒废，就生疏了，突然再做，自己都习惯不了。先这样吧，总会弄清楚的。

她起身，去了公园。

送美弟来的那一天，吴鼐平特地交代以后不要去公园遛美弟，免得碰到丁菲。之前玉茗天天去公园，哪一次碰到丁菲了？吴鼐平说："那是以前，现在不一样了。"玉茗想想也对，以前她傍晚去公园，跳舞的，舞剑的，疾走的，人多得跟赶集似的。物质前所未有地富足后，人也就前所未有地怕死了。谁不怕呢？好在都仅努力把自己弄长寿了，而不是使劲诅咒别人快死。平时丁菲肯定不会赶在这时候去人挤人，但现在怀孕了嘛，得常走动，大概就顾不得其他了，戴个墨镜和草帽别人也不见得能认出来。好在不只是公园才有空地，楼下也有一块，虽不大，狗们跑一跑还是够的。现在她空着手独自去公园，没带上美弟，美汝它们也没去。没别的，就是要碰一碰丁菲。她不会贸然告诉丁菲钱的事，但她得见到吴鼐平。

一连去了三天公园，没有丁菲，也没有吴鼐平。她就转身去银行，查了那几笔钱的来路，都是通过ATM机打的，打的人是个叫方金的人，不是吴鼐平。

玉茗不认识方金，她生活里从来没出现过方金。她不相信世上有方金。

第四天玉茗再去公园时，把美弟也带上了。一路上美弟紧贴着玉茗行走，永远只超出玉茗身子一个头身的位置，一看就知道它曾受过严格的随行训练。但到了公园，美弟猛地就兴奋了，四脚加快了频率，身子竭力向旁歪斜去，试图挣脱玉茗揪在手里的链子。玉茗一怔，抓链子的手就稍微松了松。美弟匆匆向前，美弟跑，她也跑。丁菲、吴鼐平就在附近？

美弟终于停下来时，是在花圃的尽头，那里种着一排齐腰高的木瑾，零星开着粉色的花。玉茗左右看看，没有丁菲没有吴鼐平，其实连个人影都没有。再看美弟，它俯着头，忙碌地用鼻子嗅来嗅去，然后快速转几圈，屁股往后一蹲，臭味跟着就飘来了。

找了半天，美弟只是为了与自己的一泡旧屎相逢。

没想到回家时，家门外站着吴鼐平。六月，玉茗穿短T恤都走得满头大汗了，他却穿黑色的长袖长裤，腋下夹着黑皮手包，帽子、墨镜俱全，一副明星模样。美弟很高兴，举起前腿搭到他肚子上，尾巴都快摇断了。吴鼐平只快速地摸摸它，敷衍，潦草。门一开，他就抢在玉茗之前急急进去。关上门，玉茗问："谁叫方金？"吴鼐平似乎没听到，包都没放下，就匆匆往卧室里走去。玉茗没有跟进，无所谓啊，她的卧室吴鼐平又不是没进去过。她还得忙着给美弟解链子、擦脚。没有狗不想出门的，但她刚才只带着美弟出去，其余的留在家里，看样子都一肚子又嫉又羡，一下子围过来，身子贴住玉茗的腿，缠绵地蹭来蹭去。玉茗正往它们平时用的盆子里添水时，吴鼐平从卧室出来，包不见了。玉茗没有急着问，她相信吴鼐平会说的。吴鼐平果然说了："包寄你这里一阵。"

玉茗嗯了一声，问："方金是谁？"

吴鼐平说："我司机。"看样子他没打算在这里待下去，话一出口转身就往外走，走到门后停下，扭头看过来。

玉茗说："你为什么给我打钱？"

吴鼐平头扳直了，脸对着门一会儿，然后转过身，慢慢走近。"我要跟丁菲离婚了。"

玉茗脑子"嗡"的一声，谈不上高兴或者不高兴，只是很意外。她犹豫着该不该问为什么，吴鼐平已经走了，他在开门前说的最后一句话是："包你暂时不必打开……"

玉茗想，这个吩咐很多余，他明明知道她不会打开，她没有打开的好奇。

另外，他并没有回答为什么给她打钱。

六

玉茗不用微信，她不需要跟别人沟通，也不想知道别人都在做什么。当初从农村考进大学，家里上下都以为以后可以靠她发财。她给他们寄钱，老家房子也盖起了，但还是不够，一直不够。问为什么呢？哥哥指着别人家的房子说："你看看，比他们差。"她就摇头，说："我也比李嘉诚差哩。"父母兄弟各来过城里两次，来了倒没事，关键是他们除了打算长期住下去，还让玉茗找工作。以前玉茗指着吴鼐平说房子是他的，后来什么都不用说，进了门美月它们就围上来。玉茗努努嘴，意思是她得养它们。这样大家就都淡了，各过各的，相安无事。

所以那天夜里有人敲门时，玉茗很意外。拉开门，更意外，她一下子就愣住了。铁门外还有一道铝合金栏杆防盗门，而门外居然站着丁菲。楼道外路灯昏暗，但还是看得清丁菲穿着宽大的蕾丝连衣裙，腆起的肚子没被遮住，果真怀孕了。

其实是玉茗忽略了，美弟很早就有反应，打转，蹦跳，吼叫，越来越兴奋，直至敲门声响起，它冲过去，立起，前爪趴在门上使劲挠着。

隔着防盗门，丁菲眯着眼盯着美弟看了片刻，手托着肚子，喃喃道：“它这么兴奋……”

玉茗明白了，揪住美弟的皮项圈，用力往里拖。美弟抵抗着，屁股坠到地面，最终还是被关进卧室。无论如何，孩子要紧，万一伤着，玉茗也消受不起。

丁菲比玉茗高一个头，但站在眼前时，即使大着肚子，还是明显比电视里看到的瘦小一大圈。她进来，关上门，在沙发上坐下，一切都很自然，然后看着玉茗，职业性地笑了笑。她说：“我相信你认得我。”玉茗点点头，她发现丁菲的声音也没电视里那么脆亮。丁菲看着她，把双掌往上翻了翻，手是空的，什么都没有，然后她左右看看，手往旁边的桌面一指，那里搁着玉茗的手机。丁菲说：“那个……你把它先藏起来。”

玉茗不太明白她要干吗，但直觉让她顺从了。她把手机拿进厨房，扣到锅里，盖好，然后重新走出来。一切都突如其来，很新鲜，她心跳有点急。接下来会是什么？

她想给丁菲倒水，丁菲说：“不用，我要尽快走。你坐下。”

玉茗就坐下了。

丁菲说：“就不绕圈子了，吴鼐平出事了……”

玉茗看着丁菲，她脑子在“出事”二字上停留了片刻。所谓出事不就是又离婚了吗？作为前任，她不便对丁菲说什么。

丁菲右手向前举了举，这是她在节目里常使用的手势。“他最近来过这里？我知道他来过，有人告诉我的。来看看拉斐尔也对。

他跟你说过什么吗？”

玉茗脑子“嗡嗡嗡”的，嘴张了张，又闭紧了。完全下意识的，她觉得自己现在什么都不能说，也不知道该怎么说。屋里只剩下狗吠声，美弟关在卧室里烦躁地嘶鸣，倒没大喊大叫，但那种拖腔拖调的委屈呜咽，听起来更瘆人。有一瞬，玉茗几乎想把它放出来，她都已经站起来，马上回过神来又坐下。有比美弟更重要的事正摆在眼前，这件事跟她无关，但也不是一点关系都没有。

“你跟他离婚了？”这个问题玉茗还是有点好奇。

丁菲鼻翼吸了吸，她可能没想到玉茗会这么问。“不是我要离，是他要……疯了一样，非要逼我提出离婚，马上离。”

玉茗不懂：“你提？”

丁菲低头看了看自己的肚子，手在上面轻轻抚着。她说：“孕期，有规定他提离婚不行……”

玉茗叹了口气，胸口有什么东西堵在那里。“然后呢，离了吗？”

丁菲眼望着墙，那里挂着美弟照片，是张十六寸头像大特写，眼亮晶晶，仿佛正注视着她们。这一刻，丁菲脸上明显有点转暖，但也仅一瞬，马上又重新黯然了。“没，我不同意离。可是……他不见了……”

玉茗没听明白，定定地看着她。

丁菲又叹了一口气，压低声音说：“从昨天到现在，电话是通的，但他都不接。”

玉茗脑中蹦出“方金”二字，她说：“问问他司机。”

丁菲说："问了，小方说昨天早上把他从家里接到单位，明明看着他走进集团大门……"

玉茗说："然后呢？"

丁菲说："然后中午没见他去食堂吃饭，傍晚下班也不见他。去他办公室找，里面比平时整洁，却是空的。打他手机，手机居然在小方车上，塞在座位下方。"

玉茗嘴呵着，不知怎么接上话。故意的？这是玉茗的第一个反应。吴鼐平从来没丢过东西，至少跟玉茗婚姻期间从来没有。何况那么缜密的人，丢什么都不至于丢手机。

丁菲说："办公桌上放着一封辞职信……"

玉茗又一怔。这个她更没想到。她所认识的吴鼐平，恨不得再生出四条腿在仕途上跑。明明跑得顺风顺水，怎么会辞职？她问："发生了什么？"

丁菲摇头，说："我……不知道啊。早上从家里走时，很正常，还说晚上回来想吃面。"

玉茗想起卡里的钱，说："他……"

丁菲警觉地直了直身子。

玉茗说："钱……有问题吗？"

丁菲用力摆了摆手说："不会，他看得很远，曾偷偷说这辈子至少要副部级，不能因小失大。他不会有经济问题。钱够，我能挣。"

玉茗张了张嘴，马上又闭拢了。至少现在，她还不能提卡里的钱。

丁菲问："他没跟你说什么？一句都没说？"

玉茗摇头。

丁菲说："我预感很不好……要是你知道什么，别瞒着，快告诉我。"

玉茗还是摇头。

丁菲站起，一脸柔弱无助。这时候的她和综艺节目里那个闹腾的主持人完全不一样。"我走了。"她喘几口气，小声说。走两步她停下来，转过头看着玉茗。"你恨他吗？"

玉茗嘴角上翘，有点像笑。

丁菲说："如果他有什么事，无论你多恨他，都不要捅刀好吗？"

玉茗嘴唇动了动。捅刀？捅什么刀？

门很柔软地"咚"了一声，丁菲出去了，带上门的动作又轻又缓。玉茗看着她勾住门边沿的那双手，纤细，白净，灵秀。这手真好看。

这天夜里玉茗一秒钟都没睡着，她躺在床上，如同躺在一汪涨潮的江水里，恍恍惚惚，飘飘荡荡。床一直没换，四年前吴鼐平也曾躺在上面。

几天后她去公园，几个人正围在一起说吴鼐平。那天上班路上，吴鼐平把手机调成静音，塞在车座位底下。进办公楼时他还有说有笑一路跟同事打招呼，谁知却突然辞职了，目前下落不明。

玉茗转身回家，关好门。这几天她都没带狗出去遛了，无论美弟还是美汝它们，居然一下子都变得逆来顺受，大小便能憋就憋，实在憋不住了，就拉到阳台上。看见玉茗从外面回来，也不吵闹，老实地迎上前，摇着尾巴，低调讨好。

玉茗看看黏过来的美弟，摸摸它的头。丁菲来的那天晚上，美弟被关进卧室。等丁菲走后，玉茗打开卧室时，看到地上躺着黑色手包。包是吴鼒平的，吴鼒平说寄在这里一阵。玉茗不知道吴鼒平把包藏在卧室哪里，她已经忘了这事，却被美弟拖出来了。玉茗把包抓起，很轻，打开来找，找到一块劳力士经典款手表。再找，找到一封信。信是写给玉茗的，很简短："不解释。表给你，钱为丁菲备着，先别给她。她奢靡惯了，有多少花多少。万一哪天她手头紧了，应个急。谢谢！"

信已经没了，反复看几遍后，玉茗把它撕碎，扔进马桶冲掉。为什么这么做？她说不清，反正已经做了。官当得好好的，孩子又快来了，吴鼒平究竟怎么了？这事不会太简单，只是不知谜底在哪里。她叹口气看着美弟，美弟也直直看着她。

刊《人民文学》2018 年第 9 期

《思南文学选刊》2018 年第 10 期转载

双十一

一

亚静往镜子前凑了凑。眉画了，腮抹了，唇涂了，她非常喜欢化过妆的自己。

青兵在她背上推了推，说："快点！"

亚静说好，转身就出了家门。她现在要去见一个叫陈建民的人。之前已加了微信，彼此发了照片，也大致说了各自的情况。陈建民生于 1983 年，郊县人，在出版社当司机，已在城里买了一套六十多平方米的房子，首付是家里出的，他自己每个月还按揭，还行，快熬到头了。青兵觉得六十多平方米的房子虽然小了点，但这年头有房比从前财主有地活得还踏实，算不错了，去见见吧。亚静点点头，就去了。

陈建民不是亚静这几天见的第一个人，前天上午、下午、晚上，还有昨天上午、下午、晚上，亚静做的都是同一件事，就是在离家一百多米外的玫瑰咖啡馆见人，往俗里说，就是相亲。算起来，陈建民是她要见的第七个人。日子一下子变得很不一样了，亚静想，那些当红的明星说不定还不如自己，他们只在屏幕上按剧本规规矩矩地演戏，而她则不一样，虽然青兵教她要这样那样，但临场全得靠她，她发现自己天赋挺好。

走进咖啡馆时，陈建民已经在里头了。个子不高，一米七出头，挺瘦的，但瘦得结实，脸红扑扑地泛着油光。亚静向之前约好的七号桌走去，还隔着五六米远，坐在那里的陈建民就站起来笑眯眯地看着她。有些男人坐着看上去很高大，站起来却马上显矮了，青兵其实就是这样的。刚开始亚静弄不清什么原因，细看了几次才发现原来是腿短。也就是说，长着长着，上身发育正常，腿却磨洋工不长了，所以成不了高帅。亚静已经不奇怪陈建民跟青兵身材相似了，随便打量周围，没几个男人腿是长的，大概人种就是这样吧。

亚静走到桌旁后先把手里的包往旁边椅子上放好，再拖开椅子坐下，动作略有夸张，但毕竟成功掩饰了尴尬。陈建民说："你比照片好看。"亚静笑笑，这也是青兵教的，青兵说所有不好回答的问题以及来自对方的赞美，都笑而不答。在一些微妙的场合，女人的笑而不答是最有杀伤力的武器。亚静转转头，眼角很快就搜到青兵的身影，他坐在离他们七八张桌外，独自捧着一杯柠檬水或者可乐之类的饮料。亚静知道他不喝咖啡，说那味道像尿，也知道他脸虽然埋在吸管上，其实眼睛都在打量这边。

陈建民重复了一句："你比照片上还漂亮。"

亚静想，没话找话真是折磨人。是青兵用手机反复拍她，然后选中一张，用手机软件 P 过，腰修小了，脸修圆润了，腿修长了，肩修窄了，皮肤修滋润了，就那么一眨眼的工夫，她就活脱脱像去韩国整过容。青兵把这样一个亚静自己都快认不得的美女放上网，陈建民见了面一对比，居然还不敢说真话，这就应了青兵之前的分析。青兵说，这个人可能挺厚道的。青兵一直最看重的就是厚道，他觉得现在的人都太奸了，那些一肚子都是鸡贼的家伙必须远远绕开，咱们玩不转他们哩。当然他主要是指亚静玩不转，这是实情。

服务生过来，问需要点什么。陈建民看着亚静，问："你要什么？"

亚静走神了一瞬，她觉得陈建民长得有点像一个人。还好她没往下想，连忙笑起，她说："柠檬水就好。"在饮食上，她跟青兵的口味非常接近，选咖啡馆这里，不是为了喝咖啡，仅仅因为这是这一带最像样的洋派店。店外有三四十平方米的空地，空地边就是一排橡胶厂歪斜的工棚，早就废弃了，还没拆，砖瓦都破破烂烂萎在那里。再往旁走，就是十几排单层红砖房，以前应该是工人的宿舍楼吧，搭建得很随意，砖缝都没抹上，裸露着粗粝的沙石。工人们大都搬走了，空出来的房间都出租给从乡下来打工的人。

附近有不少小店，沙县扁肉、尚干拌面之类，按说咖啡馆无论如何不该出现在这里，但还是出现了。幸亏出现，只有它适合相亲见面。

柠檬水很快送上来，陈建民让她再点些主食，亚静回绝了，青兵提醒过她，一开始要克制，女人贪婪最讨人嫌。但陈建民还是点了意面和几样糕点，东西陆续端上来后，还把刀和叉子递到亚静手上，催她快吃，声音挺顺畅的，不像刚见面，倒像已经认识几十年了。

亚静当然就吃了，很好吃嘛，她不能再客气下去。期间她瞥了青兵几眼，青兵还在装模作样低着头，咬着吸管，吸那杯似乎永远吸不完的饮料。独自一人这样坐在咖啡馆里，稍有些心眼的人应该都会看出破绽吧？陈建民居然没有。亚静想起青兵曾教她如何识别男人是否对她感兴趣：话多不多和眼看不看。第一条陈建民表现不明显，甚至相反，几乎没说多少话，但一直做出想说的样子。第二条，哎呀第二条太泛滥了，她抬头低头总是撞到陈建民的眼睛，一直盯着她看，然后一碰上她的眼神，又一下闪开了，脸居然微微有点红。他说："你真的比照片上还好看哩。"

让亚静公开征婚的主意是青兵出的，整理了她的资料、照片上传到征婚网的也是青兵——只能是青兵，亚静哪会想到这个？还挺神的，第一天就有五个人发站内邮件让她加微信，第二天又有两个人，第三天一个，第四天三个。亚静嘻嘻笑着，没想到，太意外了，多少也觉得刺激。青兵对这事比亚静起劲多了，他把自己的手机丢一边，整天抱着亚静的手机东拉西扯，搜索各种话题跟人家聊天。屋里灌满了叮咚叮咚的微信提醒音，一下子觉得家变大了，人来人往似的。不过有时在叮咚响过之后，他也会故意把手机往旁一扔，好半晌才再拿起，缓缓回复了过去。亚静觉得奇怪，问为什么？青兵说："分寸，分寸知道吗？"亚静撇撇嘴，她当然不知道。

在见到陈建民之前，这一拨亚静已经见过六个人了。套路都一样，微信聊，发照片，然后约在玫瑰咖啡馆见面。每次去亚静都不是一个人，青兵始终跟着，坐在不远处，慢悠悠喝着饮料。青兵混成现在这样真是委屈了，他怎么看都像是能成大事的人，一直也不偷懒，不断生着法子去挣钱，但钱却一直躲着他。青兵总结过，说自己命不好。亚静想了想，重重地点点头。人真的有命啊，这没有办法，老天爷脾气古怪，他什么时候把福气降给谁从来是没准的事，福气没到，就发不了财。

对青兵偷偷跟去见面，亚静其实稍稍顾虑过。她说："要是人家看到你怎么办呢？"

青兵把两手一摊说："看到也没关系呀，告诉他我是你哥哥呗，人家会怎么样？你们是相亲嘛，又不是偷情。"

亚静咂了咂嘴，她说不过青兵，另外她也没弄清是不是真有必要把它说清。她这样一脑糨糊的人，操心这个似乎本来就不对头，青兵怎么说就怎么做吧，听青兵的反正不会错。

亚静怎么也没想到这辈子居然还会在咖啡馆里，以相亲的名义见男人。按上传到网上的资料，她生于 1992 年，身高一米六三，技校毕业，特长跳舞唱歌。有没虚假？除了技校并没毕业外，其他都没有，一样一样全部真实。照片虽然 P 过，毕竟是在她本人照片基础上加以改良的，又没拿范冰冰的照片冒充。见第一个人时亚静还是慌得够呛，指尖一直抖，舌头都是麻的。到见第三个人时，她已经开始老练，该笑该说都不那么慌乱了。

"我叫亚静。"没有说谎，她真的叫亚静，一出生就叫这个名字。

陈建民是她在这家咖啡馆里见到的第七个人。是不是七个中最帅的？不是。最有钱的？也不是。只是这一场见面时间最长，面食和糕点还没吃完，亚静的手机就响了两次，她接起，嗯嗯应着，然后看看陈建民，陈建民仍然没有站起来走的意思，她也就不走了。

电话是青兵打来的，青兵说："怎么样，差不多了吧？"

二

加微信聊的人并不是都愿意见面，顾虑重重或者居高临下的，问了几句也就消失了。青兵刚开始没反应过来，连发几个微信，问："人呢？"对话框就跳出一个加感叹号的小红圈，原来已被拉黑，人家溜了。聊到可以坐进玫瑰咖啡馆里见面了，见过后立马又有四个删除了微信。从前的女人，甚至仅仅几年前，都活在照片没有P的岁月里，现在不一样了，手机那么普及，手机P图软件那么好操作，谁肯让自己白白吃亏？所以见了面，惊讶亚静本人比照片差太远的，亚静也不意外。她问青兵："看来那些明星照片肯定也都是P过的，他们本人到底比照片丑多少？"青兵对这个不感兴趣，他皱着眉头琢磨的是另一件事。

那四个男的见面后为什么立即删除微信走人？

愿意见面，说明对亚静的其他条件还算认可，见了面就没有下文，说明对亚静长相无法接受。亚静眼睛不大但很细长，有点古代仕女那种类型，谈不上好看，却有特色，笑起来眼睛一眯，萌萌的，很乖巧的样子。问题也在这里，亚静已经二十四岁了，乖巧有什么可夸的？城里这一茬男孩差不多全是在计划生育政策刚开始强劲推行时生下的，几千年来女人肚子原本都可以随便大起来随便生下来，猛然间只能生一个了，很多城里人肯定吓得不轻，心理立即适应过来还是有难度。一根独苗，几个大人心肝宝贝地围着打转，冷了不行，饿了也不行，结果长到二三十岁，一个个都成细皮嫩肉小鲜肉，即使面相体格粗得像头猪，心里头也跟豆腐似的，一碰就化成一摊滴滴答答的水。他们找老婆经常是找另一个妈，乖一点是可以，但不能乖成傻子，也不能真像妈一样气场强大，总之心智太成熟或者才智太出色的也都吃不消。

青兵把这些想法分析给亚静听时，亚静已经睡着了。

女人都爱吃爱逛街，亚静却不太一样，她不贪吃，也没兴趣买东西，她只是爱睡，别人八小时就够，她十二小时都嫌少。从电视养生节目里她知道太贪睡是一种病，具体什么病亚静没记住，大约跟脑部缺氧有关系。亚静没有紧张，因为电视里说这病不会致命。不致命瞎唠唠什么呀，明明瘫在床上烂睡是天底下最舒服的事，管他哩，睡！

亚静知道，青兵最讨厌她睡觉，因为青兵跟她正相反，不眠不休完全无所谓，万一困了，蜷在那里打个盹马上又像条活蹦乱跳的泥鳅，这就是人与人间的差距。按青兵的说法，一天睡八九小时，一辈子就得睡掉三四十年。闭着眼躺在床上什么都做不了，连知觉都没有，亏不亏？死了以后，反正有的是时间睡，那为什么要把活着的有限时间白白浪费掉？三四十年啊，拿去做什么不好？听起来好像也不是一点道理都没有，但亚静就是做不到，不让她躺到床上，她站着眼皮也往下耷拉。不可能天底下每个人都像青兵，青兵一天到晚想的事太多。脑子歇不下来的人，就跟插了制氧机的鱼似的，氧气那么足，哪需要睡哩。

亚静睡觉时谁跟她说事她都不听，反正听不进去，说也白搭，耳朵的开关全关闭掉了。等到她舒舒服服醒来，伸几个懒腰，心情已经又轻盈又愉悦，这时候就成为一个谦虚温顺的人，尤其是青兵的话，她又一五一十全当成圣旨聆听进去。青兵跟她说的还是当下男人的择偶倾向，亚静揉揉眼睛，不知道青兵说这些跟她有什么关系。她问："你要干吗？"青兵说："你该好好打扮打扮。"亚静噢了一声，就起来，跟着青兵出去买了几件衣服和几样化妆品。每掏一次钱，青兵嘴里都滋滋滋地连声吸着冷气，亚静也没想到大商场里的东西这么贵。那买不买呢？青兵手一挥："买！"于是就买下了。把新买的衣服穿上，又把化妆品抹上后，亚静才发现被大多数人流着口水喜欢的好东西确实是非常好的东西，自己以前不逛街原来并不是真的不爱，而是和睡觉相比，逛街要花钱，她只好选择不用花钱的。

青兵抓住机会强调一句："这年头，没钱怎么能行！"

亚静点点头，没钱当然不行。

青兵用手机搜出一个传授如何化妆的节目让亚静看。这手艺其实也不太难，怎么才能让自己好看起来，差不多就是女人的本能，何况亚静以前真的在技校跳过舞的，虽然她总共只上了一年就辍学了，毕竟还是参加过两次演出，而演出总要化妆。那时年纪小，都是老师帮忙捣鼓，描眉，上粉，涂抹胭脂，乱哄哄的没留什么印象，不过好歹是有过历史的。

现在不过是重新来过。

亚静在镜子前侍弄一番，细长的眼便变得更大、更长，塌下去的鼻梁抹点亮粉一下提高了不少，再有就是嘴唇，她的嘴上唇比下唇厚，看上去像被蜜蜂蜇过肿起似的，但一抹上口红，很奇怪马上就不肿了，变得又饱满又丰润，一下子接近某个做口红广告的好莱坞明星了。哎呀，以前真是白白被自己糟蹋掉了！而且不是一年两年，是整整二十四年。同个时代，却不是同等竞争，一旦明白这一点，任谁也不会轻易咽下这口气。

连青兵都吓了一跳。青兵说："妈的，还真是，女人确实靠打扮啊。"

青兵又说："我就不信这样子还弄不成！"

后来的事实证明青兵说中了，亚静化了妆后见的第一个人就是陈建民，陈建民说亚静比照片好看。陈建民还说："有没有人说过你嘴唇很性感？"亚静摇头，确实没有人说过。回家后她又站到镜子前，吃过一顿饭后，口红已经没了，又变回原先那种又大又宽又没血色，反正挺难看的。亚静忍了忍，最终还是掏出口红重新抹上。青兵走过来，一把将口红夺去。青兵说："神经病啊，在家里抹个鬼！你以为口红不要钱买啊？"

亚静撇撇嘴，双手用力抓住青兵的手，掰开他的手指头，把他攥在手心的口红抢回来，扭身又走到镜子前，重重抹到嘴唇上，尤其上嘴唇，面积太大，必须来回多抹几下。她看到镜子中的自己像一朵花慢慢开放了，又艳又美，忍不住笑了起来。凡事都是这样，一直是苦的倒也就无所谓了，但一旦尝到甜头，再要无所谓就没门了。

从玫瑰咖啡馆出来时陈建民要送她回家，亚静想起青兵的吩咐，就拒绝了。本来亚静只要向左转，走几十米，再拐进一条黑乎乎的小巷就到家了，但她却向右走，走到红绿灯路口，上了天桥，站在天桥上笑眯眯地向还愣愣站在下面的陈建民摆摆手。

这也是青兵事先教她的。

青兵读中学时写过诗，是语文科代表，还是校小记者团成员，曾立志当作家，可惜最终大学没考上，作家没当成，诗也不写了，但脑子终归比别人好使。从把亚静资料放到网上的第一天起，青兵就一招一式设计好亚静相亲的全过程。青兵问："是不是有点像作家写小说？"

亚静点点头。关于这件事，她现在也觉得挺有意思的。

三

在陈建民之前，亚静见过的六个人中，仅剩下两个还有联系，一个叫王新，一个叫徐必广，前者在王子酒楼当服务生，后者是送快递的，都是到南方打工的北方人。打工能有多少钱？亚静说算了吧，别跟他们浪费时间了。青兵不搭理她，捧着手机给王新发了个表情，又给徐必广发了表情，然后再问："大哥下班了吗？"

亚静瞥过一眼，心里骂道："大哥个屁！"

她伸过手想拿回手机，青兵却闪开了。青兵说："别吵，忙着哩！"

亚静说："这是我的手机。"

青兵扬扬手让她走开。亚静黑下脸，走开的人应该是青兵而不是她。她说："把手机还给我！"青兵侧过脸瞪了她一眼："你干吗？"亚静说："我要看微信。"青兵说："看我的去。"亚静说："你的有什么可看？我要看自己的。"话音未落，亚静已经一把将手机夺回来。

青兵盯着她脸几秒，然后猛地吼起："给我！"

又吼道："给我！"

亚静后退几步，虽然仍把手机别在后背，气毕竟没刚才壮了。她紧张地看青兵脸，又看青兵手，果然青兵的手动了——青兵正站在桌旁，桌上有只不锈钢杯，杯子很快到了青兵手里，又被举到半空，然后"咚"的一声响。亚静虽然脑袋猛地往旁歪去，肩膀还是被砸中了。

青兵一直爱动粗，这毛病他根本就改不了。

亚静把手机递过去时，眼泪就跟下来了。青兵讨厌眼泪，看都不看一眼，他急着看的是手机。亚静想出门去，又不敢，只好在屋角坐下，背对着青兵。微信吱吱吱的声音不停地从后脑勺传来，亚静双手抱住膝盖，看着墙，墙是陈旧的红砖潦草砌出来的，连勾缝都没有上，而屋顶覆着乌黑的瓦片。对，他们住的就是橡胶厂废弃的工人宿舍。三年前刚来城里打工时，市区这种房子还不少，夹在高楼间，像没开化的小野人，周围扔满垃圾，污水东一块西一块。没有厨房，买罐煤气架在门口对付着煮饭；没有卫生间，用痰盂接着，端到附近的公厕倒。总之还对付得下来，而且左邻右舍有不少是老乡，闲时聊聊天打打牌也很方便，没觉得有什么不好。但这两年不行了，房地产商老是看上这样的破房子，拆了，建起高楼，眨眼间就成了高档社区。只好搬，越搬越郊外，就到了橡胶厂这里了。其实也保不准还能住多久，但黑得很，租金还是每个月都在涨。

亚静突然想起一件很重要的事，她脚尖一蹬，猛地转过身来。她说："你还是去上班吧。"

青兵仍然盯住手机屏幕，呵着嘴，眉眼泛着光。

从老家出来后，青兵先是在家具店当搬运工，嫌挣得少，又去跟人学当油漆工，味太呛了吃不消，再去保安公司，轻闲倒是一下子轻闲了，就是挣钱更少，而且上班不能玩手机，这就要了青兵的命。青兵没手机已经活不下去了，包月的流量不够，他走到哪都急吼吼蹭人家的免费 Wi-Fi。玫瑰咖啡馆靠在窗外也可以蹭到信号，青兵对此就差喊万岁了。把亚静资料弄到网上后，他更需要看手机，就把保安工作也辞了。他让亚静也辞，进城后亚静给人做保洁员，说白了就是上门做卫生，每小时三十元，要是工做得勤比青兵挣得还多，但这几天青兵也不让她出去干活。总不能坐吃山空啊，亚静说："你把手机还我，要是有人发微信喊我做卫生，我得去哩。"

青兵眼仍盯着手机，身子这时忽地往上一挺，嘴大张，笑出声来。

他说："红包！"

他把手指头往屏幕上重重一戳，怔了下，眉头又皱起来了，骂道："妈的，才十元！"

半个小时后，亚静和送快餐的徐必广在玫瑰咖啡馆见了第二面，十元红包就是他送的。亚静脸沉着，她真不想来，但青兵在她屁股上蹬了一脚。青兵说："十元不是钱吗？"他的意思是十元虽少，但跟其他人比，比如在王子酒楼当服务生的那个王新，说了半天话却一分钱都舍不得给，既然徐必广给了，好歹算是慷慨的人。在钱这个问题上，最能看出男人的心性品德，那种一分钱都要用铜墙铁壁死死守住的，即使不是精于算计的渣男，至少也是心胸狭窄得跟老鼠洞似的。

但十元就不是老鼠洞了？

亚静就从这件事下手，她垂下眼睑盯着徐必广给她点的柠檬水，嘴噘起。刚才出来，她没重新抹口红，上面只残留一点隐约的色泽。够了，她反正也没想花心思对付这个人。她说："你给红包什么意思？"顿一下她又说："既然给了，你给十元，打发叫花子啊。"

徐必广单眼皮，鼻梁挺挺的，要说长得还算不错，个子也有一米七五左右。虽然之前已见过一面，但几个人连着见，亚静很快也就把他们混到一起，她早就想不起徐必广的具体情况。在微信上聊来聊去的反正都是青兵，她哪记得住谁是谁。不过每次出门见面时，青兵都会把对方情况概括说一下，比如这个徐必广，已经三十五岁，离过婚，有个六岁的儿子。亚静最生气的就在这里，这么大年纪了，还离过婚有个儿子了，却只肯花十块钱跟她约会。她可没那么贱。

手机叮咚响了一声。亚静往旁瞥了瞥，以为是青兵发的微信，拿起来看，竟是徐必广。她抬头看看徐必广，徐必广也正低头捧着手机，应该是故意不看她。“大吉大利……”一看就是红包。徐必广面对面给她发红包？她正犹豫着该不该点开，手机又响了，这次不是短促的提醒音，是持续地响。亚静整个人都缩紧了，谁会想到陈建民恰恰在这时候给她打微信语音电话。之前没有过，总之是第一次。亚静无措地转动几下脑袋，她在看青兵。但她其实并没看清青兵的表情，心跳很快，没想到自己这么紧张。她把手机竖到脸前，免得坐在对面的徐必广看到，然后关掉了语音。反正这时候不能跟陈建民对话，换了青兵也许仍然可以很从容，亚静却做不到。

放下手机时，她对徐必广笑了笑，这是她今天坐下后第一次笑。

徐必广也跟着笑起，他问：“红包点开了？”

亚静才想起红包的事，连忙重新拿起手机，点下那个橘黄色的方块图标，吓一跳，居然是大包。

手机这时又叮咚了一声，陈建民发来微信，亚静不敢看，把手机放入裤袋里。

徐必广说：“收到了？”

亚静点点头。

徐必广说："收到多少钱？"

亚静眨几下眼，看着徐必广。

徐必广说："你说吧，你收到多少钱的红包？"

亚静白了他一眼："你发的你自己不知道多少？"

徐必广："我想知道是不是你收到的。"

亚静更不解了，她说："不就一百元吗，你就这么嘚瑟？"

徐必广笑起，有种如释重负的感觉。他说："看来误解你了，手机确实是你的。"

亚静说："什么意思？"

徐必广又笑笑，看上去他似乎不打算回答，不过最后还是说了："你叫亚静？对，你叫亚静。呵呵，对不起啊，我刚才一直觉得之前微信聊天和面对面见到的不像同一个人……"

亚静吸吸鼻子，抿紧嘴盯着他。

徐必广说："微信聊时你挺热情的，见了却……好像很不高兴哩……可能是紧张吧？"

亚静支吾着，咳了一声，还是有点后怕。这些天青兵掌管了她手机，出门跟人见面倒是把手机还给她，这就是青兵的聪明之处，要不这会儿就穿帮了。徐必广问："双十一你买什么了吗？"亚静摇头。其实她下单买了衣服和裤子，但她并不想说。徐必广很高兴的样子，指头节在桌上连叩几下，说："居然还真有双十一不败东西的女人啊，难得难得。天下傻子真他妈太多了，疯了似的，以为真占了便宜，其实……唉，反正谢谢你啊，你这种人多一点，我们就少累一些。”亚静瞥了他一眼，她有点弄不清徐必广是不是在讽刺。不过讽刺也无所谓啊，她已经不想再坐下去了，徐必广反正也没点其他吃的。她欠欠屁股，扭了扭身子。她说：“我还有点事……”

徐必广看看手机上的时间，说：“我也就中午这一阵有闲。这一阵货都快送死了，从早到晚没完没了地跑。知道我送一件货多少钱吗？一块钱！就是说今天我给你打了一百一十块钱，我得送一百多件货……你要不要跟我去哪里坐一会儿？”

亚静说：“这不就是坐吗？已经坐了这么久。”

徐必广抓抓头皮，还是笑：“不是……这样坐。呃，公园里或者哪里，没有人……”

亚静脑子嗡嗡嗡地响着，到了快要明白过来的边缘。这时徐必广把手伸过来，握住亚静搁在桌上的手。亚静像被烫了，猛地把他手抛掉。徐必广脸一下子黑了，还要再去抓亚静的手时，亚静已经站起来，左手举起，在耳朵上揉了几下——这是之前青兵跟她约好的，紧张情况下她就发出这个信号。果然手机很快就响了，亚静接起：“喂，噢，好。”

然后亚静说：“我真的还有事哩，我得走了。”

徐必广却不站起，他嘴抿得紧紧的，眼里瞪出凶光。亚静不想理他，提起包就往外走。她看到青兵也站起了，就跟在身后，心里顿时踏实了下来。青兵跟来当电灯泡看来是必要的。

出门后还是右拐，到红绿灯路口还是拐上天桥。站在天桥上她掏出手机，点开刚才陈建民发来的微信。“公园里菊花展快结束了，下午我开车带你去看看吧。”亚静不知怎么办好，见青兵从后面走近，她把手机递了过去。

四

下午四点陈建民的车就停在玫瑰咖啡馆外面，是一部桑塔纳。当然不是他自己的车，是出版社的。陈建民已经站在车旁等着了。亚静和青兵一起向他走去，远远看到陈建民有些怔怔地，盯着青兵直看。走到跟前，亚静把青兵介绍给陈建民：“我哥，青兵。他也想看菊花展。”青兵伸出手，问：“一起去可以吗？”陈建民好像还没回过神来，慌乱地和青兵握了握手，说：“可以可以。”其实亚静听出来，陈建民明明不愿意。

亚静坐到后座，青兵坐在副驾驶座上。车子看来已经有些年头了，一路嘎嘎响，屁股都颠疼了。

青兵不时打量着陈建民，兴致很高，说个不停。进城几年了？开车几年了？工资多少？有没有外快？家里兄弟姐妹几个？父母做什么？多大年纪……

陈建民答倒是都答了，但声音短促拘谨，脸几乎不转过来看青兵。

下车后，趁着青兵上厕所的缝隙，亚静连忙说：“对不起，我哥太八卦了。”

陈建民笑笑：“没关系，他是为你好。”

亚静看了陈建民一眼，还是觉得很抱歉。她哪里想让青兵跟来？但青兵不依不饶。青兵说：“怎么能单独坐他车去？赔了夫人又折兵的买卖连周瑜那么聪明的人都干过哩。不行，我一定要去。”亚静想说你去我就不去了，但她确实还是很愿意去。菊花老家就有，多了去了，野的更多，只是像城里人这样集中在公园里，搞得热热闹闹的，她还从没看过。她拗不过青兵，走出家门时，心里堵着几块石头。青兵有时真的挺过分的。

好在陈建民不计较，居然认为青兵是为她好。

公园里人很多，看上去都很爱花的样子，其实不过忙着用手机拍来拍去，自拍或者拍花，然后低着头在手机屏幕上划来划去，估计马上发朋友圈了。亚静也有朋友圈，都是一起做保洁的那些人。她举起手机远远拍了几张照片，好歹也逛次公园了嘛，这是进城后的第一次，回头她也要晒一晒。花确实很美，色彩多，花朵肥大，跟亚静以前在老家屋角田间见到的完全不一样。毕竟是城市，连花命都比乡下好。

亚静站在陈建民的侧面一起看向不远处的公共厕所，那里排着长长的队，看不清青兵到底在门内还是门外。陈建民转过头问：“你不也去去厕所？”亚静摇头。亚静说：“对不起，他一定要跟来，我没办法。”

陈建民还是笑笑：“来就来呗，迟早要见大舅子的。”

亚静不敢接话了，她用眼角横向看过去，看到的是陈建民向外凸起的喉结，居然这么大啊！一时间她想不起青兵的喉结有多大，再看看周围走动的男人，好像都没陈建民大。她很想问问这有什么道理，但舔了舔嘴唇，终究没敢问出来。大概跟女人乳房一样吧，有的人大有的人小。都说大乳房性感，那大喉结呢？

这时终于看到青兵了，他边拉着裤门，边从厕所门内小跑出来。跑几步又折回来，在水龙头前洗了洗手。陈建民说："你哥有点怪怪的。"他脸没有转过来，声音也不大，亚静还是听清了，她正想着该怎么回答，青兵已经甩着双手到了跟前。青兵说："男蹲坑太少了，偏偏我肚子痛，拉稀了。这中午也就吃了一碗面，居然就吃坏肚子，哗哗哗的直喷水哩，还好里头有卫生纸……亚静你肚子呢？你怎么好好的？"

亚静瞪了他一眼。

陈建民提议绕着湖边走，菊花观景台就是沿湖搭建起来的，走一圈，大致都看遍了。三个人正要走，青兵的肚子又痛了。他再冲去厕所时，陈建民拉了拉亚静，意思是让亚静在旁边的木椅子上坐下。亚静后来眼睛动不动就落到自己左边袖子上，陈建民并没有碰到她肉，拇指和食指只是捏住她的袖子。她穿的是件红色的薄毛衣，半腈纶半膨体纱的那种，没什么弹性，被拉过之后，那里现出一块锥状，很久都消不下去。

亚静坐下后，陈建民也坐下，没有贴过来，离她有半米远，坐得也很周正，双手压在双膝上，上身挺得很直。亚静把手机攥紧，这时候那几个网上相亲的男人其实都不可能来微信，吸取了中午跟徐必广见面时的教训，出门前青兵已经把他们微信都设置成消息免打扰了。不过亚静还是不免担心，怕手机突然响起来。

陈建民说："你肚子真的没事吧？"亚静悄悄吁一口气，她突然觉得胸口有点紧，以前她都没这样过。她说："下午你不上班没事吧？"陈建民说："没事，下午替单位送了份文件，趁机溜了。本来……"亚静一边琢磨着他"本来"的内容，一边等着他往下说。但他没再说，默默坐着，望着厕所。亚静悄然叹口气，一下子觉得花没意思了，不想看下去，一点都不想看。青兵出来时，她站起来说："算了，回家吧。"

青兵和陈建民对看一眼，都说那好吧。

亚静想，原来他们也早就打算回家了。

青兵忽然又改变主意，他拍拍陈建民的肩膀说："要不去你家坐坐吧。"

亚静怔住了，她看到陈建民的脸也僵着。陈建民支吾了半天，还是摇头，又连连摆手，他说："不好意思，这个……没有准备，我家里太乱了。"

"乱有什么关系？我们又不是精神文明检查团。"说着青兵就开始拉住陈建兵的胳膊往外拖了。

陈建民扭头看着亚静，眼神又无助又无奈。亚静就走上前，一把推开青兵。她说："快回去吧，一会儿你肚子又痛了。"不待青兵再开口，亚静又说："走吧走吧，你快开车送我们回去吧。"

陈建民的车开到玫瑰咖啡馆门口，然后就一溜烟不见了。青兵手压在肚子上盯着车子远去，嘟噜道：“这种破车！”又瞪了亚静一眼：“就应该去他家看看啊，你这个笨猪！”亚静不理他，径自快步向前走去。

刚回到家，微信就响了，是陈建民发来的。亚静正要点开，手机就被青兵一把夺过去。青兵看一眼就骂开了，他说：“妈的，花花肠子都来了啊！”亚静问：“怎么啦？”青兵说：“他说下次带你去爬山，让你一个人去，不要我去。妈的，爬山，他到底打算爬什么山啊？”说到这里，青兵往亚静胸前瞥了一眼。

亚静一侧身，走开了。

青兵把消息免打扰设置解开后，亚静的手机一下子进了七条微信。青兵看了看，说都是徐必广的。亚静把徐必广得罪了，徐必广让她把一百一十元红包还给他。徐必广说：“街边的野娼搞一次只要三十元哩。你他妈的一百多元了还不知足！”

亚静气得脸通红，她说：“还他，马上还他！”

青兵白了她一眼，青兵说：“弄了半天，总共才一百多元钱哩，干吗要还？还个屁，是他自己愿意发红包来，发了还想退？做梦！”

亚静问：“要是不还他，他会不会找上门来啊？”

青兵手一扬，说：“他敢？——咦，你告诉他我们住哪里了？”

亚静摇头，她谁都没告诉，包括陈建民在内。青兵再三交代这个不可泄露，她当然记得。青兵手又扬了扬：“那怕什么？去他妈的！”

看青兵那么淡定，亚静长吁一口气，似乎也镇定了下来，但心里还是七上八下的。没想到徐必广竟这样，不过一百多块钱却跟被剥了一层皮似的。

这一夜亚静没睡好，一会儿醒一下，甚至到底是否睡了都不太清楚，整个人有点恍恍惚惚。她从来没有这样过。她最擅长的睡功，居然说破也就破了。

暗暗地她不免怪起青兵。真是神经病啊，青兵干吗要出这个馊主意啊！网上是个什么地方？根本就乌七八糟的嘛。

五

当时其实是这样的，双十一前大家不都在买买买吗？亚静也把看上的两件毛衣一条裤子放进了购物车。结果还没买成，青兵就发现了。青兵觉得亚静不过一做卫生的，穿那么好干吗？亚静说这哪里好哪里好了？大都几十块钱，最贵的一件都没超过一百五十元哩。青兵说一百五不是钱？一件一百五十元，四件就要六百元。六百元如果加到一起买手机，说不定内存卡就可以从 32G 直接升到 68G。弄了半天原来青兵想给自己买新手机了。青兵不仅喜欢手机，他还喜欢汽车，更喜欢房子。他当搬运工一趟趟搬家具时，对人家新装修好的房子口水流了一地，做油漆工时又对别人正装修中的大房子啧啧啧地反复赞叹，当保安则是在一高档小区，每天眼皮底下小车进出、业主来去，这些都是刺激啊！

青兵说："没钱在这世上活着真是太没意思了！"

大概就是在这句话说过之后，青兵决定把亚静弄到网上。那个征婚网站动不动就往手机上推送广告，仿佛全国人民都急着找对象似的。还是有效果的，青兵就点击登录了，居然不需要验证什么，一注册就成功。双十一会员价打八折，交两百七十八元就成水晶会员，可以查看信件，也可以查看谁正在看你的资料，等等，很顺利。如果亚静动手，肯定弄不成，青兵就一点问题都没有。青兵摸摸亚静的头说："乖啦，你只要配合就行。"亚静说："那衣服裤子让不让我买？"青兵连声说可以可以。亚静本来还很犹豫，青兵一说可以买，她心一松，就不管其他了，先同意再说。

但是，一切并没有预想的顺利，实在差太远了。徐必广给的一百一十元红包是仅有的现金，其余的把吃过的饭、喝过的饮料以及坐过陈建民的车都折成钱，合起来也凑不够两百七十八元吧？连本都赔进去了，青兵恼火也不是一点道理都没有。

"你还是上班去吧。"亚静又开始劝，她自己也要出去挣钱啊。保安一个月挣两千三，保洁员多挣点，满勤的话能挣近五六千，合起来就有七八千。两个人花两三千，给父母寄一两千元，剩下三四千一年攒下来，也有几万了。要是攒十年二十年，其实也还行，有几十上百万摆在那里了。

但几十上百万放在老家还可以，放在城里根本不够买一套像样的房子。二十年以后，一辈子都过去大半了，却仍然买不起一套房，没有房就在城里扎不下根，最终也还是得滚回去……哎呀想着确实没意思。

青兵又低着头在手机上划拉，然后他说：“那个王新说明天中午再见一见。”

亚静问：“哪个王新？”

青兵说：“王子酒楼的那个啊，三十二岁，脸颊这里有颗痣。”

有痣？亚静想了半天，没想起来，她叹了口气说：“算啦，不去了。”她确实不想去，王新，还他妈王旧哩，比徐必广还不如吧？徐必广毕竟还发过红包，他却一毛不拔。青兵马上说：“不行，说好了，必须去！”接下去青兵就开始接连不断说为什么必须去的道理，他真是怀才不遇，这种口才，这种说话的逻辑，唉，真是太浪费了。

亚静知道，她只有答应一条路。她说：“行啦行啦，去去去。”

第二天中午十一点半她果然就去了，但等到下午两点，王新还没有来。青兵坐在不远处的桌子前不停地给亚静发微信，让她催一催王新。亚静懒得催，不来才好哩。她慢慢想起来了，脸颊上那颗像停着一只苍蝇的黑痣，眼睛挺大，脑袋两侧的头发剃得短短，露出青皮，头顶却留着蓬松的一人坨，正是时下最时髦的韩式发型。第一天见面时说了什么？这个亚静真忘了，东一句西一句没个准吧。这种人，精得跟猴似的，哪挤得出油水？

手机又响了，青兵发来的，青兵说亚静再不催王新的话，他就要把她微信号切换到自己手机里了。这可不行。刚才亚静其实也一直在跟人聊微信，那人是陈建民，她跟陈建民说可以跟他一起去爬山，青兵不会跟去。陈建民很高兴的样子，说那就这两天吧，反正周末之前肯定安排。这些对话亚静打算在手机重新被青兵拿去前都删掉，没必要让青兵看到嘛。

既然青兵急了，亚静就给王新发去微信。马上咚了一声，她看着，回过神来，站起，举着手机走到青兵桌子旁。

王新已经把她微信删掉了。

她笑起来："走吧，回家吧。"一下子轻松了，还不等青兵站起来，她就转身先出了门。到家好一阵了，却不见青兵回来。她拨个电话去，青兵也没接。两三个小时后屋外有停放电动车的声音，然后青兵进来，脸青青的。他究竟什么时候骑了电动车出去的？亚静竟然不知道。

青兵好久不吭声，过一阵才说自己去了王子酒店。亚静脑中嗡了一声，她甚至看到了打架的场面，一地都是血。"你……你把他怎么了？"她的声音都有点打战。

青兵重重吐了一口痰说："王子酒楼根本就没有叫王新的人。妈的，骗子！"

亚静扑哧一声笑起来，她觉得很好玩。"还说别人哩，我们都是骗子。哈哈哈，这年头谁不是骗子啊？"

有人敲门，亚静止住笑走过去开门。是邻居老王，手里捧着一个包裹。"你的快递，中午到的。你家没人，我帮忙签收了。"亚静一边道着谢一边接过，马上撕开看，是双十一败的一红一绿两件毛衣。裤子是另一家买的，还没到货。

亚静忙着试毛衣时，青兵又捧起手机。亚静从镜子里看着他，不免狐疑了起来。王新已经删了微信，徐必广正讨钱，青兵不可能跟他们两个聊天，只剩下陈建民，青兵跟他聊？亚静收起毛衣挨着青兵坐下，斜着眼看手机。明明是她的手机，她却失去了掌控的自由，这要是在外国，不知可不可以起诉。

其实青兵并不是跟谁聊天，而是登录征婚网。青兵又换上几张新照片，化过妆的亚静正面、全身、半身照片一整排壮观地罗列过去。亚静一下子坐直了，大声说："你还不死心啊！"

青兵说："人没死，心怎么能死啊？不能被动等着他们发邮件来，必须主动出击，撒大网！一回生两回就熟了。"

说着青兵用指尖重重点了一下屏幕，虽是一闪而过，亚静还是看到了，是"统一打招呼"，也就是说青兵连问都不问一下亚静，就把亚静拿出来撩一大群男人了。甚至在"择偶告白"一栏中，他直接把亚静的微信号公开了。

"有意者请加微信。"青兵指着这行字得意地噘噘下巴，他说，"早就该这么弄了。"

第二天亚静的手机果然就有十几个陌生人要求加微信，青兵忙不迭一个个通过验证，嘴咧得大大的，点一下都像捡一块金元宝。"怎么样？"青兵转过头，一脸都是得意。

亚静站起，走开，走几步又停下。她打算跟青兵谈个条件，青兵如果不同意，她也不会同意再与那些陌生人见面。以前没去过玫瑰咖啡馆，她多少还存有好奇心，如今已经去了这么多次，她其实早腻了。

六

亚静跟青兵说的是陈建民，她甚至把数学老师以前动不动就在课堂说的那句名言也搬出来：“集中火力，各个击破。”意思是她老是认不清人，这一点青兵很清楚，刚开始她也总把青兵与他哥哥青工弄混了，而且她脑子也不够用，如果一下子见太多人，她肯定会搞砸。对了，老家不是有一句谚语：双手抓不了两条鳗鱼?

“你是说先对付陈建民？”青兵皱着眉头问。

亚静点点头，看上去又老练又乖巧，这两样当然都不是亚静一贯拥有的。“如果这个陈建民确实不行了，我再见其他人也不迟嘛。”

青兵说：“人家微信都加进来了。这些人不会只加你一个，都是双手抓好几条鳗鱼哩。你又不是天仙，人家会非你不可，怎么等都可以？”

外面哗地一阵喊叫，是隔壁老王几个人在打牌。如果没有工做，就只剩下打牌可做了，赌个小钱，把日子打发掉。

亚静走过去把门掩上，又回过头说：“加了微信没关系啊，你不是照样可以跟他们聊？聊呗。但不要急着见面。陈建民这边也不用太长时间，一两天、两三天的，进一步接触下，看有没有戏，总得有点收成了再下一个嘛。各个击破应该就是这样子的吧？”

青兵眉毛往上一挑，笑起：“可以啊，亚静你他妈都头头是道了啊！”

亚静嘴噘了噘，她最常做这个动作，那么厚的上唇不知是不是这样噘出来的。其实暗暗地她不免也有一点惊讶，一夜之间，没想到自己无缘无故竟然变聪明了。她把手机从青兵手里拿回来，给陈建民发了一条微信：现在有空爬山吗？

青兵问：“现在？”

亚静说：“不是不能拖太久吗？那就越快越好。今天是周六嘛。”

恰在这时陈建民的微信回进来了：可以，我马上过去，半小时后我咖啡馆门口接你。一会儿见噢！

后面还跟着几个笑嘻嘻的表情。

青兵说：“也好，那一会儿我们就……”

亚静打断他：“我自己去，你不要去。”

青兵眼球鼓起来：“你什么意思？”

亚静说：“我能有什么意思？人家不愿意你去就别去呗，去了只会添乱。”

青兵：“可是你们一对狗男狗女的……”

亚静不爱听了，扭身往外走：“那就不去了呗，我也打牌了。”

“等等！”青兵吼起，青兵是真生气了，嘴抿着，鼻孔张得很大。亚静停下来，扭头看着他。青兵手举起，舞了一下说：“算了，还是我去打牌，你自己去吧……不过，你得保证没事啊。”

亚静笑起：“能有什么事？真是的。”

半小时后亚静穿着新到货的红毛衣，站在咖啡馆门外了。出门前青兵说：“别忘了，手机也能转账啊。”青兵的意思是，红包有上限，两百元毕竟太少了，转账钱数大。亚静点点头，这个她当然知道。

陈建民很快也来了，还是开着出版社的那辆旧车。网上一直说今年会是冷冬，但十一月都过半了，天还没冷下来。陈建民只穿一件衬衫，脸上还冒着汗，见只有她一个人，很高兴，咧大嘴笑起，一股口香糖的味道马上扑过来。

这次亚静坐到副驾驶座上，她以前还从来没坐过小车的副驾驶座，其实连小车也没坐过。小车与大客车的区别在于座位一个高一个低……当然不仅这个，亚静不想比了，实在没法比。青兵以前老说想买车，看来真有钱了，一定得买。

陈建民侧脸看了她一眼，问：“晕车吗？”

亚静一笑，摇头。她才不会晕。

陈建民就伸手往前一按，音乐响起来，是个男歌手在唱，过一会儿又换成女歌手，再换成男歌手。陈建民摇晃着脑袋跟着哼起来，虽不大，但就在耳边，听着很清晰。他声音居然这么好。亚静瞥过去一眼，又看到那个大喉结了，上上下下滚动。喉结大声音就好？她不清楚。

她说：“你像一个人。”

陈建民侧过头问：“谁？”

亚静歪着头想了想，还是没想起来，只好笑了。

陈建民也笑，身子向这边侧过来，问：“你歌唱得怎样？”

亚静摇头，她以前跳过舞，但歌确实唱得一般……她向外看看，觉得有异样。不是去爬山吗？山明明在西面，可是这车却是往东面走的，而且越走越远，已经出了城了。她犹豫一下，还是问了：“这是去哪里啊？”

陈建民笑笑，不答。

亚静又问：“去哪里啊？你不说我就不去了。”

陈建民看着前方说：“去我老家，不远，再有三四公里就到了。”

亚静紧张起来：“你要干吗？”

陈建民说：“放心，只是去转一下，吃顿午饭马上回城。”

亚静喊起：“不行，我不去！停车，我要下车！”

车子却反而加快了速度，颠得厉害，车上不知哪个部件哗哗哗地响。陈建民扭头笑着看过来，轻声说：“你看你，吓成这样。我真的像个坏人吗？太冤枉了！我保证，绝对没事！你可以把手机拿出来，压好110键，有事马上拨打。行了吗？这是法制社会，别怕，乖！”

太阳很大，路上车往来密集。虽是已到郊区，但两旁都是楼房，商店一家挨着一家，看样子被并入市区只是迟早的事。亚静慢慢有点松弛下来，应该也不至于有什么事，不过陈建民事先没说清楚，临时来这一手，她还是生气的。她沉着脸盯着前方，她得做好准备，万一车子开到荒凉无人的地方，她就真的要打110。

车子拐下大路时，亚静看到有一个蓝底白字的大路牌立在那里，上面写着“陈厝”二字。陈建民说：“我老家到了。”亚静松了一口气。村子很热闹，到处是新房子，但因为盖得横七竖八，看起来村子却显不出新的样子。车停下，是一幢青砖三层楼的房子，只建个毛坯，楼层处的钢筋还有几根露在半空中。陈建民下了车，绕到副驾驶座这边，拉开门，让亚静下来。

事已至此，亚静也只能下车，跟着陈建民走进屋子。

两个六十多岁的老人正坐在厅堂里编竹器，陈建民喊道：“爸，妈。”

老人高兴地站起，手在身上拍几下，一下子像冒气一样冒出一层尘土，四下散开。他们都看到亚静了，一直看着她。陈建民说：“认不出来了？翠玲啊。你们不是看过我和她的合影吗？”

老人立即搬来椅子说：“哎呀翠玲，快坐下快坐下。”

亚静看着陈建民。她怎么改名了？她还跟陈建民合过影？陈建民却不看她。这时手机响了几声，是青兵发来的。青兵问：“开始爬山了吗？”亚静回复道：“嗯。”青兵又问：“还有其他人吗？”亚静回复：“很多。”

至少第二条不算假话吧？

门外已经来了几个邻居，喊着建民建民。陈建民就出去，跟他们打着哈哈，又扭头招呼亚静：“翠玲，来，出来见见我叔我婶！”

亚静往门外走去时，怀疑青兵上传资料，是不是把她名字写成翠玲了？再一想，没有呀，征婚网她也上去看过，写的就是亚静，没有错。这件事她没时间琢磨，那几个邻居已经笑眯眯地喊着她翠玲，她只好先礼貌地点头应付。陈建民揽过她肩膀问：“怎么样，漂亮吧？”回答很一致，都说当然漂亮。陈建民就大声笑起，高兴极了。

午饭是长寿线面，两个蛋，一堆土鸡肉。吃好，陈建民说：“爸妈，我们得走了，下午还有急事哩。”老人很惋惜的样子，但还是点头说好。“以后多带翠玲回来，这么近，你有车，踏几脚油门就到了。”

陈建民说好好好，就爬上了车。

路上他一直不说话，亚静也不说，她不知说什么好。鸡肉的味道美，以前在家吃过，到城里这么久，就再没碰过。手机微信提示音又响了，还是青兵，青兵问：“在哪？”亚静想都没想就回道：“山上。”点发送后她吸了吸鼻子，她也不知道自己为什么顺手就瞎编。

陈建民转过头看她，问：“去我家怎样？”

亚静一怔，不过她很快回过神来，刚才去的是他老家，他在城里不是已经买了自己的房吗？说的是这个家。她说：“不去！”

陈建民按了下喇叭：“上次要去我家看看的也是你们。去吧，这次我提前做了卫生，都整理好了，请你去视察嘛。”

亚静说："不去！"

陈建民又按了几下喇叭，顿了下，又说："去了我跟你讲翠玲的故事。"

亚静没有再应他，但她还是去了。上次确实是青兵提出要去他家看看的，被拒绝，现在既然机会来了，代青兵去看一眼应该也算不得什么。

七

陈建民家在凤凰小区，一看名字就知道是20世纪的老房子。七八幢稀疏地排列着，都只有五层高，没有电梯，外墙的淡灰色涂料已经褪色，斑斑驳驳的水渍东一块西一块。爬楼梯时，陈建民在前，亚静跟在后面，跟得很紧，一抬眼就是陈建民一撅一撅扭动的屁股，不大，但看着很结实。司机嘛，虽老坐着，但毕竟踩油门和刹车腿得不断使劲。

突然陈建民站住了，亚静一趔趄，脸差点就撞到人家屁股上。

"我买的是二手房。"原来陈建民要解释的是这件事。

亚静想，按青兵的说法，就是类似的二手房，离他们也还有十万八千里远。

屋子确实很整洁，客厅的沙发布面皱巴巴的，却很干净，一看就是自己在家随便洗，不是在洗衣店高温熨过的。卧室有两间，一间有床，一间堆着杂物：跑步机、铝合金衣架，甚至还有一张塑胶瑜伽垫。亚静跟在陈建民背后转一圈后回到客厅，陈建民让她坐，她看看沙发，俯身用两个巴掌在上面用力拉了几下，皱褶似乎真的一下子少了。然后她又扫了一眼客厅角落的柜子和电视，再拉了拉沙发的四角，重新放好靠垫。这是她进城后已经做了三年的活，熟门熟道。如果这屋子让她来做卫生，电视和柜子都得再擦一遍，门旁的鞋架也得重新整理，夏天的凉鞋该收起来了，运动鞋不能那样底朝天胡乱塞进去。还有门后，雨伞和卫衣不能那样混挂，应该分开，雨伞插到鞋柜后，卫衣领口后那个商标挂到弯钩上。

青兵曾赶时髦帮她查过星座，处女座，她喜欢到处有序地干干净净，一乱就扎眼，所以很多东家都喜欢她上门，钱给多给少她都一样干活。

做保洁员其实挺好的，要是以后陈建民需要，她可以来做。

但她还是很快回过神来，陈建民是她相亲对象嘛。

她坐下，手交叉着放在两腿间，眼珠子转来转去的却不知放哪儿好。陈建民烧水泡茶，然后在她旁边坐下。沙发大的一张小的两张，她就坐在大张上，她觉得陈建民应该坐旁边那张小的，但她是客人，不好指挥主人坐哪里。

结果陈建民的一条胳膊就搭到她肩膀上了。中午在他老家时也搭过，那是演给邻居看的，这会儿再搭，亚静就不乐意了。她往旁挪了挪，胳膊还在。她又挪了挪，胳膊仍然在。她就想站起来，可是脚却没有力气，也可能胳膊太重了。这时候胳膊往后一拉，她就跟着向后仰去。她啊了一声，声音细细的，还要再喊，陈建民湿润润的嘴已经凑上来。

接着陈建民的手伸进衣服里，到了她胸上，又到了两腿间。

她一直觉得不行不行，这样不行，但整个人还是越来越松软，喘着气，额上起了一层汗。还在上楼梯时她就已经把手机声音关掉了，完全是下意识的，之前她哪有这方面的经验？陈建民上身完全压过来，下嘴很重，把她的上唇全部含住，嗞嗞嗞吸着。乳房也重重捏，揉面似的转来转去，有点疼，但她也顾不了疼了。

陈建民抽空问：“是处女吗？”亚静摇头。陈建民捏得就更重了，手指头还往里捅，捅得也重。但接下去却没有再发生什么，是戛然而止的，仿佛有人突然站到面前，陈建民一把放开她，收回手，仰到沙发靠背上，眼紧紧闭着。

红毛衣是外披式的，里头还有一件花衬衫。衬衫的纽扣敞着，胸罩也松到一边，有一半的乳房挤到外边。至于下身，她穿的是牛仔裤，裤头松着，裤门拉链开着，短裤也褪得差不多。亚静不知道怎么办，她拉了拉短裤，又拉了拉前襟，只是象征性的，并没用上力，明显有点不甘心。然后她也靠在沙发后背上，也闭上眼。脑中嗡嗡响着，她相信还是会再发生点什么。到底是什么？

陈建民的手又伸过来了，这次不是摸她，而是帮她先系上胸罩扣子，又系好衬衫扣子，接着抓住她的裤头用力提了提，把裤子也穿好了。她又回到进门前那么正正经经的穿着打扮了，好像什么都没发生过。

可是明明已经发生过了啊。

陈建民倒了两杯茶，一杯递过来，一杯自己倒进嘴里。然后他点了烟，抽到一半时终于开口，他说：“我答应你要说一说翠玲的故事。”

翠玲是他前女友，美容师，谈了快一年。这房子其实就是为了娶翠玲才买的，翠玲也住进来了，跑步机、衣架、瑜伽垫都是她的。两个月前翠玲却跟店里的美发师好上，从这里搬走。高速路将从村里穿过，房子要拆迁，按家中人口赔偿，大家都忙着结婚生孩子，总之尽可能添上人口。父母也催他结婚，但翠玲却已经走了。父母说翠玲不结婚就拉倒，赶紧找别的女孩。怎么能随便找个呢？要结婚他只能跟翠玲。

陈建民说这些时，亚静仍然靠在沙发上闭着眼听着。她突然想到一个问题，便问：“我长得像翠玲？”

陈建民侧过头看她一眼，站起，走到柜子前，把扣在上面的一个相框拿起，举在胸前看了一阵，手掌抚几下，重新走回沙发。站到亚静面前，相框又藏到身子后面了。

“想看？”

亚静没有动。

陈建民又把相框举到眼前看一眼，转身又把相框扣到柜子上了。再坐到沙发上时，他先长长叹了一口气。“我上征婚网前其实心挺灰的，父母催得急，索性就在上面找个呗。但是看到你的照片，一下子就……你别生气，其实翠玲比你漂亮，主要是气质好，美容师嘛。但脸形，尤其是厚厚噘起的上嘴唇，都很像，越看越像……”

陈建民叹了口气，俯下身子，双手抱住头。“我完全没有想到自己会这么爱她，其实一开始就知道她不是真心，老家这么近，她一次都不肯跟我回去让父母看看，真心的哪会这样？但无论她怎样，我这心里都只能放得下她！可能我上辈子欠了她。”

眼角有点痒，亚静用手抹一下，是眼泪。她站起，揪住衣角整了整。陈建民跟着站起，靠近她，低头看着她，又用胳膊环住她，把她揽进怀里，手还在她屁股上拍几下，摸了摸。

亚静终于哭出声了，浑身抽搐。

陈建民下巴抵在她头顶。“你哭的声音也像翠玲，抱着的感觉更像，刚才一恍惚都觉得是翠玲回来了。可是你不是翠玲。她走了，可是只要她没结婚一天，我就等她一天。即使结了，也还可能离，我还是得等她。很抱歉，我利用了你。之前父母看过翠玲的照片，我要是不带个人回去让他们看看，他们会自作主张替我定亲，送彩礼，办婚礼。”

亚静挣扎着从陈建民怀里出来，不看他，套上鞋，自己开了门往外走。

陈建民追出来，说：“我送你回去。”

亚静头也不回，双脚急速地踩住台阶下楼。

但陈建民还是跟来了。车就停在楼下空地上，陈建民拉她上车，硬按在副驾驶座上，然后发动了车。亚静很奇怪自己的眼泪一下子就没了，她掏出手机，看上面有十几条微信，还有六个未接电话，都是青兵。

她回拨过去，嗲声说：“老公，是我啊，我是亚静。”

又说：“老公放心，我马上就到家了。”

车猛地停下，陈建民踩了刹车，转过脸看了一会儿，什么也没说。过一会车子重新发动，开得很快。

已经临近傍晚，太阳柔软了下来，光清淡得似有似无。虽是周末，街上人却一点没少，每一条路都是堵的。远远看到玫瑰咖啡馆时，也看到青兵了。他站在大门外，脸色铁青。

八

亚静跟青兵定亲时只有二十岁，半年后就办了酒席算嫁给他了。农村女孩出嫁早，这不算什么，然后两个人就一起到这座城市了。其实青兵高中一毕业就离家打工，先去的是深圳，后来又去东莞，赚了点钱好歹够结个婚。但接下去就不单单结婚这么简单了，孩子要生，要上学，父母越来越老得赡养。婚后第一次离家时，青兵还跟父母说了大话，就是以后要在城里买房，把他们接去住。父母摆着手说：“你们自己混好了就行，多挣点钱，尽快把孩子生了。”

但是三年过去，钱既没挣多少，孩子也一直没生下来。

很奇怪，没有采取任何措施，亚静却从来没怀过孕。有一两次例假推迟了好几天，以为有了，刚准备高兴，裤底又忽地见红。要不要去查一下？亚静倒是想去过，却被青兵阻止了。二十四岁在村里可能显大，在城里根本还是小屁孩，当保安时每天都听得到很多八卦，七幢那个开宝马的女人三十六岁了还是单身，五幢那个整天化着浓妆的女人三十二岁了刚和第三个男朋友分手，诸如此类，都不算什么。另外，检查不是需要钱吗？谁不知道现在医院乱收费？过几年再说吧。

一直没怀孕的亚静，身材就还停留在少女阶段，瘦瘦的，薄薄的，很秀气。

亚静后来一直猜翠玲的样子，有时盯着镜子看，有时盯着投到地面的影子看。

那天陈建民的车没有开到咖啡馆面前，见青兵站在那里，离着还有近百米吧，陈建民就提前踩下刹车。亚静什么话也没说，开了车门就下去了，走几步手机响了，是陈建民发来的，只有一个短句：裤子后袋有五百元。

她顺手就把这条微信删了。

回到家青兵问都做了什么。她就说到了山上，山上人之多，路之挤，风之大，景色之好。又说山脚下那几家酒楼菜之贵，之难吃。这些都不难，她去人家家里做卫生时，早就听业主叨叨过。不知青兵信了没有，应该没信。青兵问："为什么车停那么远？他心里有鬼吗？"

亚静笑起，"鬼个屁！"她还在青兵身上娇嗔地打了一下，"人家接到领导的电话，突然有应酬，让他赶快去接。"

青兵还是很狐疑："那也不差这几步路啊！"

亚静说："几步也是步嘛。是我说可以了，让他停下来，别耽误事了，车子本来就是偷开出来嘛。"其实当然不是亚静说的，陈建民比亚静更早看到青兵站在那里，他踩下刹车后亚静才知道怎么回事。

青兵侧过头酸酸的看着她："咦，挺贴心的啊！"

"去你的！喂，晚上还是吃稀饭吧？"这个话题亚静觉得应该打岔掉了，说着她走到米桶前准备淘米。

但青兵仍然不放过，他跟过来，鼻子凑近来上上下下地嗅着。亚静笑着推开他："真是的，你以为自己是狗啊！"青兵手抓住她肩头，重重晃了晃，说："他真没把你怎么了吧？"亚静眼一翻，故作生气地："你自己检查看我身上哪块肉少了，如果真少了，就肯定有。"青兵说："给你钱了吗？"亚静摇头说："哪能一下子就给？"青兵还是不甘心："那礼物有吗？至少得送你点什么吧？"亚静还是摇头，说："没有。"

青兵松了手，眉头还是皱的。"手机呢？"他把巴掌伸到亚静面前。亚静从裤袋里掏出手机递过去，青兵坐下划拉着。他问："怎么大半天这个人就没有再给你微信了？"亚静说："不都在一起爬山吗，有什么可微？"青兵说："他也不发几个红包给你，好歹陪了他这么久嘛！"亚静装作没听到。屋子他们只租一间，一张床就占去大半，和其他人一样，灶放到门外。烧的是小煤气罐，睡觉时隔在墙外面也安全些。

亚静把洗好的米放进锅，端出去，低着头站在灶前，长长吁出两口气，胸口还是发闷。

中午出去前，微信刚加进来的那些人也都被设置了免打扰，这会儿解开，肯定有一堆信息涌进，够青兵忙乎一阵子的。让他去忙吧。

“亚静，亚静进来！”

亚静只好进去。

青兵说：“这个陈建民怎么把你删了？”

“呃？”亚静也很意外。

青兵很生气：“妈的他一分钱还没出的，竟删了……咦，这条短信你有没看到？”

亚静凑过去。她不发短信，短信要花钱，一般也没有熟人给她发，发的都是各路广告，所以她通常懒得看。这条短信写得很长，不是通讯录里人的号码，没有显示名字，一直拨拉到最后，都没有落款，但短信中提到了一百一十元红包。

徐必广？就是送快递的那个。亚静问：“他说什么？”

青兵没有马上答，他侧着头盯着亚静，半晌才问：“你告诉他手机号了？”

亚静摇头。

青兵说：“我只在网上公开你微信号，并没有提手机号啊，他怎么知道？”

亚静这才回过神来。短信是发手机上，确实，他怎么知道号码？她去抓青兵握在手中的手机，想看看都写了什么。青兵身子一扭侧开了。亚静急起来：“到底说什么了？”青兵不理她，掏出自己的手机，嘴里一边念着发短信的手机号，一边在按着号码，然后拨打出去了。

铃声居然在门外响起来。和手机铃声一起响的还有敲门声。

亚静和青兵对看了一眼，都怔住了。

最后是青兵过去开的门，果然是徐必广站在门外，也不待请，就跨进来了。

“把一百一十元还给我！”他一只手抱着一个包裹，另一只手伸出来，看看亚静又看看青兵，脸色非常难看。

青兵说：“别跟我玩这一套，老子不怕！”

徐必广说：“那老子就怕了？老子反正婚结过，儿子也有了——一百多元可以给我儿子买一堆好吃的，我干吗要给你们？”

青兵说：“去问问全天下的人，发红包有退的吗，呃？走，快出去！”

徐必广把手上的包裹往地上一摔，吼起：“不把钱还我，老子今天就不走了！”

包裹并不是一下子就跌到地面，而是先撞到桌上的两只碗，碗噼里啪啦摔落，碎了，声音脆响。隔壁老王听到了，跑过来连声问：“怎么啦怎么啦？”

徐必广指着青兵，又指着亚静，大声说：“这两个是骗子，他们……”话还没说完，青兵已经抓起旁边的锅盖照着他头砸过去了，徐必广跳起，扑过去。椅子倒了，桌子翻了，床也歪来歪去。房间实在太小了，两个人扭打到一起都施展不开。

老王吓坏了，指着亚静说："快打 110！"

见亚静只顾着往屋角躲，他自己取出了手机。亚静连忙冲出去，返身把门带上。她把老王已经举到耳边的手机拉下，点了关闭键。老王说："怎么回事啊你？"亚静笑了笑，她回头看着不时晃动的门。门里响成一团，不过传出来的声音闷闷的，听不是太清楚。

她说："老王，能先借我十块钱吗？"

老王愣愣地掏出钱递过去。亚静推开门，她看到青兵已经躺在地上，不过没死，身子蜷着，手捂住脸长一声短一声哼着。徐必广张大腿站着，手里还握着锅铲，大口喘着气。亚静手伸进牛仔裤后袋，掏出一叠钱，共五张。她取出一张，加上老王借的十块钱一起递过去。徐必广显然有点意外，但也没客气。他就是来讨钱的，讨到了，把铲子往地上一扔，转身往外走。"哼，"他说，"以为老子钱都像你们是骗来的？老子挣的都是血汗钱！脚跑没皮了才能挣到一百多块！"

他电动车就停在门外，上面还堆着很多包裹。见他走了，老王也要进屋，被亚静拦住了。老王指着青兵说："他怎么样了？要不要送医院？"亚静笑笑说："不用。"就关上门。

老王在门外喊："需要送医院喊一声啊。"

亚静说："谢谢。"她声音很小，不知老王有没有听到。不过无所谓，没听到就没听到吧。她蹲下，摇了摇青兵的胳膊，她说："你没事吧？"青兵把手拿开，额头破了，还在流血。亚静就去推出电动车，把青兵扶上后座，她载着，去了医院。伤口清洗一下，包扎好，没大事，又回来了。加上挂号，这一趟花了五十四块钱。

回到家，青兵看来真是打累了，倒头就睡过去。亚静搬张椅子坐到门口，手机又回到她手里。她翻到短信，徐必广说自己原先不是送这一片的快递，特地调了片区。他已经弄清，他们是夫妻，不是兄妹，如果不把一百一十元钱还了，他就绝不客气，要在网上揭发他们，把他们搞臭。

亚静在心里骂了一句。

回过头，她看到屋里扔在地上的那个包裹，就站起，俯身捡了，撕开。原来是双十一买的裤子。翻过来看上面的快递单，户名是她，留的手机号也是她的。噢，她明白了，徐必广不是神，快递员嘛，弄到她号码不难。

手机叮咚叮咚地响，她懒懒的，还是点开了。不过没看，一个个把那些网上加进来的都删了。删到陈建民她手在半空停了两秒，然后她写了一行字发出：

翠玲不会回来了。

很快发送不成功的提示音就响了。真的删了，居然真的删了。她不是好诱饵，没人上钩，根本挣不到买房买车的钱。青兵虽然聪明，还是想简单了。

她把裤袋里的钱都掏出来，抽出一张十元放一边，准备回头还给老王，又点出两百七十八元放到床边，青兵醒过来就会看到它们的。不是在医院又花了五十四元吗？再一减去，手里就只剩下五十八元。她闭上眼靠到墙上，想起在陈建民家沙发上也差不多这么靠着。被摸了半天，才挣到五十八块钱。她叹了口气，开始看手机。摸就摸吧，又没少一块肉——对了，陈建民长得真的很像一个人，到底是谁？她歪着头想了想，还是想不起来。

那就不想了吧。她手指开始在手机屏幕上拨拉，双十二反正眨眼就来了，她要看一看，剩下的这五十八块钱还能在网上买件什么衣服。

刊《上海文学》2017 年第三期头条

《小说选刊》《长江文艺 好小说》头条转载

获《小说选刊》“中骏杯”双年奖

蓝衫

一

她俩都成了老曲的老婆。

老曲有点不好意思，晃着头说："只能这样了，以后老陈和老季肯定能理解，又不是真的。"

文英这时候已经换好老曲刚去老乡家买来的衣服，蓝衫、大裆裤、凉笠。她已经好几年没这么穿着了，一下子觉得日子倒回去。穿上红军服后，她以为从此不再需要往日的衣裳，早就把自己那几件冬袄夏衫送给家中姐妹。如果跟着大部队一起走，当然仍不需要，但现在必须换上，否则路上谁知道会遇到什么。

只是蓝衫有点紧，原先的主人大约偏瘦吧。文英也不胖，她胖的只是胸，这一点像她母亲，几个姐妹都像，满满的两大坨肉挂在那里，走起路来荡来荡去。母亲说过："你们可别嫌它麻烦，以后都跟我学着点，把孩子一个个喂得肥肥壮壮。"说这话时，母亲笑得嘴咧得很大，眉眼上闪出光来。文英也跟着笑，脸马上就红了。女孩子家嘛，总有一天得替人生儿育女，生了育了，当然得喂得肥肥壮壮。

老曲也换了黑色对襟衫和大裆裤。作为客家人，大裆裤的好文英当然知道，舒适、自在、凉爽，但老曲显然第一次穿，不时低头往下看，他说：“这么奇怪的裤子。”他太瘦了，衫与裤明显大一圈，看上去就不像往日那个老曲了。

文英把换下的粗布米灰色红军服卷成一团捏在手里，有点舍不得。真的必须藏起来吗？老曲说当然。文英又把衣服凑到鼻子下嗅了嗅，几天没空换洗，上面已有股酸腐味，但新换上的蓝衫味道更不好，是死鼠与老蟑螂混合在一起的气味，闻起来呛鼻。文英吐口气，往门外望一眼。整个村子差不多都空了，之前的嘈杂热闹，有那么多人马往来，眨眼说没也就没了。肯定得走，留下来命不一定能保，连牛羊牲口以及仅剩的那点粮食也得带上，很难说啥时候能回来。

太阳偏西了，马上就会起风。山里的风那么烈，吹几下，衣服上的气味很快就会淡下去。现在的麻烦是菊芬。菊芬仍一身军装坐在关帝庙的门槛边，身子靠着门框，眼闭着。老曲跺了跺脚说：“快点，真的不能再耽误了。”

文英也知道不能耽误。大部队已经走了快一个时辰，天黑前，他们必须翻过村子后面那座猴头山，然后蹚过一条十多米宽的溪流，再走二十多里路，在黎明时赶到小坪村的祠堂前，收容队有个联络员在那里等。这是之前约好的，之前没几个人相信自己会掉队，可是老曲、文英还有菊芬还是掉下了。

文英拿起另一套蓝衫、大裆裤走到菊芬跟前，俯下身，轻声说：“换上吧，换上我们就走。”

菊芬还是一动不动。

文英就蹲下，径自动手解菊芬的衣扣。她的动作很轻柔，却是坚决的，也简洁，速度极快，带着股不容置疑的劲头。扣子在腹部那里被拉紧了，衣襟已经往两旁扯开去。这是曾经让文英非常羡慕的腹部，里头是已经快八个月的胎儿。文英说："你动动，这么坐着我不好解扣子，别伤了孩子呀。"

菊芬微微提了提身子，马上又重重靠到门上。她把手一挥，大声说："你们走吧，你们自己走！我就留这里了，哪儿也不去！"

老曲走过来，抬脚往菊芬靠的那扇门踢去，菊芬就整个人猛地往上一跳。

老曲说："快点！"

老曲又说："这是命令！"

菊芬嘴一扁，突然哭了——其实也不突然，之前她肯定一直在酝酿这一刻，如同怀孕是为了分娩的到来。总之都在那里憋着，终于憋不住了，就爆发了。她蜷起身子，头埋到两膝间，双手抱紧腿，拖腔拖调地号啕，嗓音尖利悠长，整座庙似乎都在摇晃。文英扭头看着老曲，正不知如何是好，菊芬却猛地站起，从文英手里夺过衣服，一扭身，走到角落。仍然抽泣，身子一下一下向上拔，这使她换衣服的动作看上去就像木偶戏。

文英走过去，眼也微微红了。从小到大，她眼泪一直很多，肚子里装满水似的，动不动就溢出来。老陈最讨厌她这样，她自己也讨厌，可改不了，此时见菊芬比她更能哭，心里倒宽了一些。菊芬正在套裤子，她伸出手，想帮一下，却被挡开，动作有点大，仿佛是被文英得罪了。文英皱起眉，她在原地无措地站了片刻，转身走到庙外，站在老曲的边上，四下漫无目的地看着。

天阴着，雨似乎马上就到了。

老曲手往山上指了指，唇动了，却没出声。

文英点点头，她刚才也注意到了，虽说硝烟味还在，但已经持续几天几夜的枪炮声一下子没了，天上也空了，呜呜吼的飞机没了踪影，都静下来了，没想到静也会这么骇人。

老曲皱着眉头，往里瞥一眼，说："再催下，真不能等了，必须快点！"

三个人现在走在猴头山上。

到处是毛竹，这里的土质浅却滋润，毛竹茂密，窸窣响动。路不是刻意修凿出来的，无非是浅草被踩后裸露着铁红色的土，踩实了，也有石头般的结实，参差错落，像一条蜿蜒的巨蛇，在暮色里往山上悠哉游动。老曲走在前头，他怕真的有蛇。中秋刚过几天，晚间虽开始有点凉意，白天太阳却仍是烈的，精亮得耀眼，自有一种说不出的锐利狠劲，晒得浑身燥热，大小虫子们怎么甘心完全缩起身子好好去过冬。到处是山，林子密密麻麻，都绿得发黑，在草间游走的蛇一向多得不逊于蚊子，老曲怕的就是这个，所以提着一根细竹竿，走两步拨一下，不时又重重地戳戳两旁的草丛。文英喊："老曲，慢一点。"老曲停下来，半转过身子，用眼角往下看。不是文英跟不上，是菊芬。菊芬脚肿了，腆起的腹部往前凸起，腰弓出一条清晰的弧线，整个人微微往后仰去，随时要翻倒的样子。老曲这时突然指着文英说：“你是大老婆。”又指指菊芬说：“你是小老婆。”

想了想他又说：“记着，以后就说我是民间郎中，专治跌打损伤。”

统一口径，这个差点被忽略掉的细节后来其实根本没机会用上。

文英返身拉住菊芬的胳膊，想搀一下她，当然也打算借机把她往前拖，步子迈大点、快点。这么磨叽，天亮前是走不到小坪村的。这时候其实并没人想到不能按时在小坪村与联络员接上头会有多大麻烦，老曲也许隐约意识到了，文英则脑子没转过来。至于菊芬，唉，菊芬脑子里装的只有自己的肚子。

老曲俯身折下一根竹子，掏出匕首，砍头去尾，就成了一拐杖，递给菊芬。菊芬不太想接，文英就先接过，然后塞到菊芬手里。

文英说：“快点吧。”

文英又说：“万一摔倒就伤着孩子了。”

菊芬大约认可了后面这句话，她接过竹竿，一手撑着，一手按住后腰，喘着气。她说：“要不你们走吧，我怕是不行了。”

文英看了老曲一眼，把手按到菊芬肩头，说：“那不行，反正不能丢下你。”

菊芬嘴噘起，恰好路边有块石头，她索性坐下了。

老曲气冲冲地快步走来，把手中的竹竿往地上重重一戳，吼起："你到底要干什么！"

菊芬嘴巴扁了扁，眼泪又涌出来，她说："你不知道我的苦，你肚子没装过这么重的东西，哪里能懂？你们都不懂！"

文英往旁走几步，这一瞬她有点后悔，她觉得自己今天可能犯下大错了。

她解开领口的扣子，把凉笠取下，握在手里扇着，笠檐那一圈已被日晒褪色的蓝粗布便蝴蝶般上下飘动。刚才走得急，这会儿被风一吹，才发觉后背已糊着一层汗。从站着的地方往东看，仍看得到远处那座叫松树岭的山又高又宽，像个大屏风戳在那里，四周没有哪座山高过它，它就有一股居高临下的威风。这些天，仗就是在上面打的，文英的丈夫老陈和菊芬的丈夫老季全上去了。完全没有想到除了大炮，白军居然还来了十几架飞机，炮弹与炸弹雨一样往下砸，地都在颤动，耳朵快被震聋了。

老季已经没了，这是从上面抬下来的伤员告诉文英的。文英不知道老陈究竟怎么样了，没人告诉她，她也不敢想，不想仿佛就什么都不会发生，只能这样了。她叹口气，心宽了点，又返身向菊芬走去。无论如何现在都不该生菊芬的气，更不能丢下菊芬。

老季没了，但老季留下菊芬和菊芬肚子里的孩子。

二

三个人中，只有文英没有孩子。当然，严格说起来，菊芬只能算快有了，而三十七岁的老曲大儿子已十九岁，只比文英小四岁，女儿十六岁，比菊芬小三岁。

老曲的妻子儿女都留在上海。他来苏区，是因为老陈，他们是北平大学的同学，学上到一半，老陈突然消失了，等到再见面，已经是十几年后了。当时老曲在上海办份报纸，俩人在城隍庙九曲桥上碰到，老陈认出老曲，老曲没认出老陈，可见老陈变化大，老曲的模样则没什么改变，还是瘦瘦的，在清秀与清贫之间徘徊不定。俩人坐进酒馆聊了两个小时，后来老陈又多次去老曲家，还是聊，没完没了地说话，说到最后，老曲就跟着老陈到南边来了。到了才知道，老陈是独立师的一个营长，已结过两次婚，第一个老婆死了，第二个老婆在医院当护士，就是文英。

看上去老曲每天都像刚大病过一场，浑身没剩几两肉，皮下就是骨头，背还微弯着，架着一副黑边圆框眼镜。这种人当然不适合真刀真枪去第一线，幸亏祖上是行医的，小时候跟父亲学了点正骨术，就到医院做个半吊子医生，这一做也快一年了。文英记得第一次见到老曲时，心里还叽咕过几句，觉得老陈没必要费那么大劲非要把这么个人带来。她小心地问了老陈，老陈嘴巴一抿，鼻子哼了一声，似乎没打算回答，不过后来还是说了几句。老陈话里的意思是，离开北京大学后，他反复做梦，梦到校园里的日子，很奇怪，其他人早忘精光了，唯独老曲眉眼一清二楚，老曲是他的同桌。老陈家里穷，接济不上时，只要老曲兜里还有钱，他就不会饿肚子，也不会受寒。虽然老陈个子高，也壮，但老曲的毛衣撑一撑也能套上。老陈说：“这些年我每次一受冻就想起老曲。”

按说下午大部队开拔时，老曲和文英都得一起动身，东西都收拾好了，结果左右看看，菊芬不见了。菊芬是第三师第七团副团长老季的妻子，早先在被服厂做工，嫁给老季后调到医院学做护士，但还什么都没来得及学会就怀孕了，孕期特别折腾，先是吐，吃什么都吐，胆汁都呕出来了，终于不吐不呕了之后，又发现胎位不正。按老法，每天屁股朝上跪着纠正胎位，还有人教她用艾草熏脚趾头外侧，每天熏，烟雾腾腾，又香又呛。做这些时，菊芬常眼泪汪汪的，她怕生不下来。

松树岭开打前，全医院的医生护士大都调到柴厝村候着，军团指挥部设在这里，医院也搬过来了。本来没菊芬什么事，但她非来不可，她说要离老季近点。调到医院这些日子，菊芬其实还没学会包扎，连怎么打个下手都不行，大家也不忍心让她动手。肚子那么大，好好歇着，别碍事就好。不过菊芬不听劝，伤员抬下来，一个接一个地抬，完全没想到会有这么多，很快就没有空房子可以集中安置，只好分散到各家各户去，整个村子都飘着血腥味。菊芬就在呛鼻的气味中东家走走西家串串，凑近一个个伤员，看是不是她家老季。不是了，也高兴不起来，逢人就问：“我家老季呢？我家老季会不会死了？”

松树岭上究竟死多少人没有谁知道没有谁说得清，不过老季一开始并没死。前天突然有命令让军团撤下来，留独立师守在山头。但刚撤到半道，松树岭上左侧高地就被攻破，第三师第七团、第八团就又被派上山去了。

老季下山时还好好的，再上山，中途飞机一个炸弹扔下来，他没躲开，死了。

这消息文英是听一个伤员说的，她把消息瞒下来，没有告诉菊芬，也没告诉其他人。大部队要走了，菊芬不走，她要留在村里等重新上山去的老季。大家劝她走吧先走吧，老季很快会赶上来的。菊芬不听，转身不见了，文英只好出去找。

文英在村里一路小跑，跑了几条巷都没找到菊芬，额上急出一层汗。一位正提着大包小包往村外撤的老乡指了指后山那座关帝庙，说看到菊芬在那里。文英连忙转身往后山跑去，突然发现后面有脚步声，回头一看，是老曲。

老曲说："我得替老陈看好你。"

大部队就是在文英找菊芬、老曲找文英期间出了村子。

其实几个月前就猜到松树岭要打这一仗。

从四年前的秋天起，白军的围剿就开始了，前后围了五次。第一次来了十万人，第二次二十万，第三次三十万，第四次四十万，到这次就发狠了，密密麻麻的据说有一百多万大兵压境。几路人马围向中央苏区，东路这支要从这里去瑞金，就必须从松树岭上两个狭窄小道通过，所以春天时这里的工事就开始修了，周围几个村的人都上山帮忙挑石挖土。文英没上去过，只是听说挖了很多壕沟，壕里密密麻麻插上竹钉，还垒了很多碉堡。说的人都挺开心的，觉得从没见过这么稳固的工事，苍蝇都别想飞过去。

月初时松树岭东南面的向坊村已经先打了一仗，白军的一个旅和一个团被全歼，大家正高兴着，转眼他们又来了几个师，不仅人多，据说有七八万，没有料到竟还有炮和飞机。老陈所在的独立师和老季所在的第三师加起来有三万多人，都拉上松树岭。

当时谁都以为，把白军挡在工事那么坚固的松树岭外易如反掌。

文英已经好几个月都没见到老陈了，他也没捎来任何消息。她不像菊芬逢人便问，但也一直悬着心。老陈怎么样了，到底怎么样了？老曲在一旁安慰她说："没事，老陈头那么大，不会死的。"

老曲说的是事实，老陈头确实大，是那种圆滚滚的大，肩也跟着比常人宽几寸，不宽应该都架不住那颗大脑袋吧？军帽因此就显小了，突兀地立在头顶，随时要滑落下来似的。文英没弄懂头大为什么就死不了？老曲又说："头大脑子好使啊，谁死也不会死他。"

就在这期间文英听老曲说到他们在北平大学时的许多事。原来老陈还有那么爱耍宝的时候，会演戏，把霸王演得虎虎生风，还会拉二胡，《良宵》或者《病中吟》之类，能把听的人拉哭。同时酒量吓人，敢端着整只葫芦把人一个个斗倒，转身他到操场上还能气不带喘地再跑上十几圈。文英暗暗倒吸几口，为什么她看到的老陈永远板着一张脸呢？结婚一年多，就没看到他真心笑过，一次都没有。当然这期间文英也一次都没怀过孕，症结就在这里。菊芬结婚第一个月就怀上了，年轻就是好，可文英并不觉得自己老。她有八个姐妹，母亲一个接一个往下生，直到四十六岁，终于为文英生出一个弟弟才罢休。九个姐弟站一排，就像一根藤上的一串大地瓜，看上去特别踏实。其他姐妹出嫁后，也转身生一个，然后又一个，比从树上摘桃子还容易，文英不相信单单自己是个例外。

一年多，真正在一起的时间扳着手指头都算得出来。这事要说，文英心里是有气的。老陈去广昌，去瑞金，就是留在闽西，也一会上杭，一会宁化、清流、连城，队伍水一样不停流动，文英觉得自己这个岸，怎么也没办法把他留在身边，自然也没有责任，要怪只能怪老陈自己。可老陈居然还板着脸，文英就把脸色也还回去，话赶话，说得就越来越难听，有时一赌气，就说不生，偏不生，偏要让你陈家断子绝孙。

参军之前，文英已经在乡农会干过一阵，也进了识字班扫盲，多少认了些字。老陈是大学生不假，但也不能因此就摆出死样子呀。母亲以前训导过几个女儿：客家女人吃得尽天下苦，也受得尽夫家所有的气。文英识字后就不服母亲的后半句话了。她明明占着理，凭什么还得像老式女人那么低三下四？

松树岭打起来后，担架远不够用，人手更不够，村民能出动的都去了，把家中门板拆下当担架，从山上抬下一个个伤员，缺胳膊少腿或者肚子开花，血淌了一路。就是在这几天里，文英心跳猛地呼呼加快了，她忽然明白了老陈。生死一线间，无论老陈有没有清晰想到，他肯定都急着为陈家生个仔，留个后。

柴厝村在松树岭山脚下，打听了一下，从村里到山上大约七八里路，如果走一趟，一两个时辰也够了。文英好几次夜里站在空地往山上望，都动了去见见老陈的念头，无非想把一句软话捎给他：傻瓜，哪个女人不想要自己的孩子啊。找时间，我们快快生几个吧。

陈一、陈二、陈三、陈四，要是这样取名字，不知老陈会不会同意？

三

菊芬坐到路旁石头上，她喘着气说：“我不走了。”

老曲返身，大步走近，手里的细竹竿重重地往地上戳，吼起：“你什么意思？！”

菊芬摇头，哭出声：“不走了不走了，真的走不动了！求你们了，你们自己走吧！”

文英看了老曲一眼，发现老曲也正皱着眉头看她。

她咧了咧嘴，似乎想笑，最终没笑出来。她相信老曲早就嫌她多管闲事了，其实之前她与菊芬并没有太多交往，一个年纪轻轻的女子，脸上挤满肉，鼻子扁平，眼皮浮肿，个子矮胖，看着并没什么过人之处，简直太不起眼了，偏偏老季却当宝贝乐呵呵疼着。医院里很多人都认得老季，季副团长已经受过七八次伤了，每次抬进来都骂骂咧咧的，看上去脾气特别暴，天天都怒气冲冲的样子，但最后跟医生护士最亲的人就是他了。药不够，他说给别人吃。动手术取嵌在体内的子弹头，他也说把麻药给别人用。真给了别人，手术刀下去时，他杀猪般号叫，把医生护士十八代祖宗都骂遍了，但下一回再碰到，他还是会先问麻药够吗？不够，那算了，给别人吧。

听到老季死了，文英眼泪当时就下来，忍了忍，没忍住，独自蹲到一旁抱着头号了好一阵，声音都哭哑了。

“我们宁化”是老季的口头禅，从宁化县老家投奔红军前，他是一名武师，开着家小武馆，要起刀据说四五个人都别想近身。小时候练武把门牙弄掉一个，说起话时，嘴里豁个黑乎乎的小口，像含着一只小黑虫。每次住院，伤口还没愈合，只要能下地，夜间他就会偷偷弄个竹筒放到田里，第二天早上再出去，就揪着一串灰褐色的大田鼠回来了，然后用米糠熏烤，再上山挖来竹笋红烧，让大家美美打上一顿牙祭。“很补身体噢！”他自己也吃得满嘴油光，边吃边把这句话告诉每个人。如果这时候有人从腰间摸出一小瓶地瓜烧，老季会孩子似的扑过去，瞪着眼睛，大声吼叫着，非得要赖着喝几口。其实他没酒量，酒一下肚脸就红得像新娘的盖头，脚步也踉踉跄跄，撕扯着嗓子一首接一首唱红军歌，调子跑偏十万八千里。

可是这样的老季已经没了，尸骨应该还晾在山上来不及收拾。

文英把老曲往旁拉了拉，二人走到离菊芬十来米远的地方。

文英说：“老季已经死了。”

老曲眼一瞪说：“啊？”

文英：“老季被炸弹炸死了。”

老曲嘴唇抿了抿，用眼角打量菊芬，低声说：“噢，我一点都不知道。”

文英抬了抬下巴说："她也不知道。所以她想留下来等老季。"

老曲头低下片刻，然后抬起来，看着文英："我们……看来现在只有我们能帮到她了。"

文英长叹一口气，又重重吸了一口。空气很潮湿，吸进鼻子都是一股子水气。她又看了一眼远处的松树岭，极厚的一层雾已经像块大幕布蒙过去，整座山只剩下一个隐约的轮廓，倒是山顶在雾之上裸露着，黑乎乎的像一顶大斗笠扣在那里。"我们撞上了，要是不管，她可怎么办呢？"这话声音不大，不像对自己说，也不像对老曲说，文英只是需要说出来，说了，心里就轻松了一点。

两个人再走过来时，菊芬已经不哭了，眼呆呆地看着远处的松树岭。文英蹲下，抓着她胳膊，小声说："那边炮早停了，连枪声都听不见了。看这样子，老季、老陈他们肯定也撤了，我们得快点走，追上他们。"

菊芬转来脸盯着她："真撤了？撤哪里？"

文英看了老曲一眼。昨天命令突然下来，说撤，究竟撤哪里应该只有军团首长知道，大家只得到通知说走，马上跟大部队一起走，万一走失了黎明前必须到达小坪村祠堂会合。

菊芬手按在肚子上轻轻揉着，说："为什么偏偏是这时候啊？我……"

文英把她往上拉："既然这么巧，就认了。来，走吧。"

菊芬吃力地站起，拉拉衣角说："我……脚沉得抬不起来。胎位还不正哩，孩子在里头一直乱动，他可能很难受……"

文英说："没事，能走就多走走，实在走不动了，再歇一歇。"

老曲也说："是啊，先走吧，累了就歇歇。"

菊芬看着老曲。老曲说话声音突然柔下来，大概让她有点意外。她提提往下掉的裤子，呢喃了一句。文英没听清，问她，她说："我要解手。"

四下无人，草木又这么茂密，往旁随便一蹲就是了。老曲已经知趣地走开，文英扬扬手说："拉吧。"

文英后来每每回想起这一刻，心里都咯噔一下。拉吧，她那时真以为菊芬只是拉个屎，拉完了就可以往前走了。不料菊芬往下蹲去后，刚淹没在草丛里，就猛地尖叫了一声，然后说："哎呀出水了。"

文英半晌才回过神来。出水了就是快生了，她没怀过孕，但她知道这个意思。她急走几步，拨开齐腰高的草，走到菊芬跟前。菊芬还蹲着，地面上的红泥土衬着她的屁股，像一团白面搁到红布上。"真的？"文英问着，心跳得厉害，她当然不希望是真的。

菊芬头低着，看向两腿间，再抬起头看文英时，脸煞白，一点血色都没有。

这个太突然了。

文英当护士已经三年，伤口清创与包扎她已经很拿手，那是医院的日常，仗不停地打，伤员接连不断地送来，每天忙都忙不过来，什么花样都见过了。但接生，她不会。她直起身了，想问问老曲会不会。就是这个瞬间，她脑子嗡的一声，整个人都麻了。

老曲不见了。到处是竹子、松树、茅草，密密麻麻挤挤挨挨，却不见人。“老曲——！”她紧走几步，大声喊起。山有回声，但没有老曲的回答。“老曲——！老曲……”喊出后面那句时她猛地咽住了声音。情况不明，也许不该这么喊叫？万一招来不测呢？她急步走回来，低头看着菊芬。菊芬拖着哭腔说：“快救救我，我……”

文英蹲下，看到菊芬脸上全是汗。她用手在上面捋了下，整个巴掌都湿了。她吸一口又长呼一口。无论如何她不能把自己有多慌乱告诉菊芬，她说：“没事，菊芬，没事……”

但她发现自己上下牙颤颤地磕到一起，喉咙那里很紧，每一句话都得费很大的力气才能挤出去。

菊芬把她胳膊攥紧，问：“要生了吗？在这里生吗？这里……”

文英点点头，除了这个动作，她不知还能做什么或者说什么。

“老曲……”菊芬叫了一声。文英一愣，扭过头果然看到老曲出现了，正站在她背后。她猛地站起，想笑起，眼泪却猛地滚下来。她说：“老曲你……”

老曲喘着气，手往远处一指说：“找到一个小山洞了，前面，百余步远。快，扶她过去，这雨马上就来了。”

文英“噢”了一声，抬头看了看天色。还是老曲想得周到啊！她把菊芬拉起。菊芬慌乱地扯起裤子，但裤头卡在屁股下。文英弯腰帮她提起时，头恰好横过她肚子，只瞥了一眼，心里就咚的响一声。人的肚子竟会这么难看啊，肉不像肉皮不像皮，居然更像岩石——粗粝，凹凸，斑斑点点。

老曲急起来："快呀！"

文英用上力，想把菊芬拉起，身子却反而往下坠。她直起身看着老曲。快不了啦，菊芬咬着唇，脸煞白，用一只手捧住肚子，看样子那里已经痛得不轻了。

老曲紧走几步过来，在菊芬前猛地蹲下，又缓缓起来。他说："这肚子，背不了啊。"

接着老曲又说了一句："我不懂接生。"

文英知道麻烦确实来了。

她把身上所带的东西用最快速度在脑中过了一遍：一包地瓜干，一双草鞋，半盒火柴，几片豆腐干，两片老鼠干。没了，再没其他。这几年，在白军一次次围剿下，苏区地盘越来越小不说，吃的穿的用的都在减少，药品更少，路被一条条堵死了，没法运来。如果随大部队走，只要有医生在，文英帮忙打个下手不是问题，可是现在……现在只有老曲一个是医生，但他撑死了也只会治治骨头。

还是怨菊芬自己。接到命令说走，必须马上离开村子，每个人都手忙脚乱收拾东西，菊芬却不愿走，转身溜了。好歹也穿着军装，居然这么胡闹。都是被老季宠出来的，火暴脾气的老季，在菊芬面前却成了一只绵羊，总是笑眯眯的，眼珠子影子似的紧随着她，如同老祖父看小孙女。可是到了这么紧要关头还无法无天，不是拿命开玩笑吗？真要让老季碰到这样的手下，肯定也会火冒三丈。文英追出去找她，老曲又追出来找文英，都以为来得及，肯定跟得上大伙，所以除了随身带的这几样小东西外，再没多带其他，连军衣、军裤、军帽都留在关帝庙里了。

现在怎么办，什么都没有，可是菊芬却要早产了。

幸亏找到一个山洞。文英和老曲一起把菊芬连拖带抬弄过去时，雨已经下来了，非常大的雨，砸在脸上刺拉拉疼。洞却不大，只有半人高，大半根扁担深，一根扁担宽，严格说起来它根本算不上洞，充其量只是一个穴。文英半个身子在洞外，老曲只能直接站在雨里，黑乎乎的一团，赤着身子。他的衣服已经脱下，垫在菊芬身子底下，虽是湿的，好歹只能这样了。

菊芬开始嘶喊，洞口宛若喇叭，声音霎时被放大，融进更大的雨声中。

天眨眼间就已经黑透，什么都看不见。用油纸包好的火柴倒是能用，但周围草木都是湿的，用什么点火？文英蹲着，除了在菊芬脸上一下一下抚着，就不知还能做点什么了。她说："你忍忍，天亮了就好。"天亮真的能好？这个她也没法多想。但天亮了至少看得见四周，或者雨也能停下来吧。

菊芬身子一挺，似乎要坐起，但马上又重重地躺下。她裤子已经被文英褪下，一边脱了，另一边挂在脚踝上，两条腿反正都这么敞着，又踢又蹬。"老季，老季快来……"

文英想帮她把屁股抬高点，胳膊却被她一把抓住了。文英往回抽了抽，转念又算了。菊芬把这条胳膊使劲揪着，舞着，扭着，咬着。下意识地文英用另一条胳膊摸了摸自己的肚子，就是在这个瞬间，她突然有点庆幸。她没怀孕，从来没怀过，一直盼着怀上，却原来此时一身轻如此可贵。

再见到老陈时，她一定得把菊芬的这场受难好好说给他听。女人的苦男人不见得明白，生生生，哪是那么轻松的事，这是拿命去搏另一条命啊。

然后，她还是会尽快怀上，怀上老陈的孩子。每次有别人的孩子从旁边经过，老陈魂马上就会被勾出来，直直追着看。要是有自己的孩子，老陈肯定高兴，非常高兴。

文英从来没有像现在这样，这么希望老陈能高兴起来。

四

菊芬死了。天亮时看到洞里地面上全是血，腹中的孩子一只脚先出来，出到一半卡住了。两条人命，就这样都没了。

文英已经帮菊芬把裤子重新套上，又在她肚子上轻轻揉了揉。是男孩还是女孩？从一条巴掌长的小腿上并不能看到结果。雨早停了，虫与鸟又开始在林间跳来跳去悠长地鸣叫着，阳光也依稀冒出来，树林间甚至浮动着一层薄薄的雾，看上去那么清新可靠，仿佛昨夜什么都没有发生。

文英坐在洞外，她哭了有大半个时辰，然后竟睡着了，醒来时看到老曲正在搬石头。他那件垫到菊芬身子下的衣服正挂在前面树枝上。怔怔看一会儿，文英才慢慢明白过来，原来老曲把自己衣服拿回来，洗过，晾着，准备一会儿再穿。另外，老曲要把洞口砌上，让菊芬永远留在里面。

文英也站起，身上的衣服还没捂干，贴在身上，风一吹，凉的。她扯扯衣角，发现被菊芬抓住的那条胳膊袖子已经裂开，肉露出来，很醒目的一道道红痕，还破了几处，伤口很深，是被指甲抠或者牙齿咬的，渗出的血已经干了，结了痂，像一条条虫子趴在那里。之前一点都没觉得痛，现在仍然没有。她抿抿嘴，唇很干。

山上到处都是石头，文英低着头，尽量找那些被雨水冲洗得最干净、模样又最好的捡起，用衣角擦擦，搬到洞口。老曲接过，垒好。两个人都不说话，好像这件事他们之前早就商量过似的。终于弄好了，老曲拍拍手掌上的土，站起，后退几步，看了一会儿。“我们走吧。”说着，老曲转身把树上的衣服取下，套起。他洗得并不干净，上面还有好几处隐约的血迹，血腥味很重。

文英边走边回头，那个洞口现在还很醒目，像贴到山体上的一块膏药，但要不了多长日子，那些碎石头被雨水浇过，长出青苔，冒出青草，很快就与周围混到一起，再也看不出一丝痕迹。老季没了，老季的孩子也没了，往后还会有谁来祭拜，给菊芬上一炷香烧几张纸？算了，罢了……文英突然眼睛又红了，泪往外涌。

老曲说：“走吧，快走，耽搁了这一晚上，不知那边怎么样了。”

文英脚没有停下，但头又扭过看了看。菊芬应该不会怪她，但她怪自己。参加红军后她是稀里糊涂被派到医院里的，既然去了，已经这么长时间，居然仍只会换换纱布清清伤口。早知道会有这一天，无论如何她都得学一学怎么接生啊。她不会接生，然后菊芬死了。

文英停下来，又跑起来。她一连抱了几块石头到洞口那里，垒成小山的形状，又摘了一根竹枝插到正中央。追上大部队后，如果哪天大部队重回柴厝村，她打算抽空上山来，为菊芬好歹立块碑。只要她活着，就年年来给菊芬烧纸上香。她怕自己到时找不到这个洞了。

老曲在路边坐下，默默等着，终于还是走过来说："这里到小坪村还有不短的路，走吧。"

文英点点头，以前行军时她曾路过小坪村，其他没印象了，但记得村前那座祠堂，不大，却很整洁，门外有一张大石凳，还每天备有一桶干净的水供来往的路人喝。现在祠堂外是不是有石凳已经不重要，重要的是那个联络员是否还在。

文英掏出地瓜干边走边吃。被雨水泡过后，地瓜干已经软软地胀开，甜味减了大半，但咬起来反而牙齿不累。她匀出一半递给老曲，老曲摇头，说："我也有，吃不下。"

从山上往下走时，老曲开始咳嗽，一声接一声，背佝偻起来咳。

"昨晚着凉了吧？"文英有点担心。

老曲说："以前这里就不好。"他用手往胸口那里指了指，"肺，肺不好。"

文英抬起手搭到老曲额上，马上哎呀了一声，非常烫。

此时他们已经站到山脚下那条河边，没有桥，水本来不深，只淌到膝盖上，也看得见底，但昨晚那场雨后河水涨了，山泥滚入河中，究竟涨多少已无法看清。文英说："不能过河，再泡个水，你身子不行的。"

老曲摇头说："不能等了。"话音还没落，一脚就踏进水里。

文英只好也跟上，很凉，她打个激灵，胳膊马上起了一层疙瘩。水漫过膝盖，漫过大腿，漫过腰，好在河不宽，再走几步，到了。

老曲一爬上岸就踉跄几步，差点摔倒。

太阳已经升高，文英看到老曲脱了衣服，又脱裤子，接着连草鞋也脱了，剩下一条小裤衩。她以为又要晒一晒，晒干了穿上再走，不料老曲根本没停下来，他把衣服裤子拧几下，又甩甩草鞋里的水，提着就往前走。文英愣在原地，老曲回过头喊道："快点！"

从昨天傍晚离开村子，老曲已经无数次重复这句话了。约好黎明前到达小坪村祠堂会合的，已经迟了这么久，还有那么远的路要走，当然必须快点。

但最后老曲并没有走到小坪村，上了河还没走出一里地，老曲脚就不听使唤了，整个人晃过来晃过去。文英伸手扶他，一碰上他身子，就呀的一声，太烫了，烫得吓人。文英说："不行，得去找点药。"老曲闭上眼，咽几下口水，喉结上下滚动，他说："哪里有药？找不到的，走吧……"话没说完，整个人往前一扑，把文英也带倒了。

文英闻到昨晚山洞里的那股气味，是菊芬的血。她仰面躺着，老曲捏在手里的衣服覆到她脸上，堵在她鼻孔前。她坐起，急急扳过老曲的身子。没事，老曲有呼吸，呵着嘴，眼虚弱地半睁着。活着就好。老曲说："扶我……起来，走……"文英不理会，她站起，四下看看。前不着村后不着店，但不远处有棵大榕树，她俯下身，把老曲一条胳膊吊上肩膀，架起他，挪到树下。

老曲在树下一直躺到下午。这期间文英做了几件事，她独自去附近寻找村子。倒是找到了，但和柴厝村一样，之前因为驻扎过红军，怕被报复，老乡们都先避到别处，整个村子都空了，冷冷清清，门上着锁，没鸡叫，没狗跑。正不知如何是好，突然看到一户人家屋顶冒出了烟，她一喜，立即就向烟跑去。无论如何她都得去讨点热米汤给老曲，然后再去附近拔点草药，比如利尿清热的车前草，或者牛膝草、麝香草、紫苏、甘草之类，再不济，去剥些柳树皮熬一熬，这些都是医院缺药时医生们常用的，她也多少学会一些，先对付一下。烧再不退，老曲命就保不住了。

她跑到屋子前，喘着气，手扶住门框，先是叩几下，然后一把推开门。

满屋子都是人，东倒西歪地躺着，怀里抱着枪，穿黄绿色制服，戴圆筒形布帽，帽上钉有军徽和扣子。

文英一怔，正要退出，那些人一下子哇地大叫，马上有几个跳起，扑过来。

他们是白军。这么快，白军已经占了这个村子。

五

从山上到河边的路上，老曲跟文英说了两件事：第一是自己的肺，第二是老陈的第一个妻子。肺的毛病是在大学时犯下的，当时是半夜，突然高烧，浑身烫得像一口灶上的锅。黑灯瞎火，找不到车，是老陈二话不说背起他就往医院跑，打了针，吃了药，整整折腾了十几天，烧才退下。医生都说，太幸运了，再迟点送医院就悬了。十几天里，老陈都在病床边结结实实守着，喂饭喂药，倒屎倒尿。那时他还不是老陈，是小陈，正是最贪睡的时候，就靠着床架打盹，只要老曲动一动，他马上就醒了。老曲说："老陈只记着我对他的好，我这条命是他救下的，他却闭口不提，也许早忘了。可我不会忘，怎么能忘呢？那天半夜去医院时，我趴在他背上，虽然迷迷糊糊的，但脑子还明白，就想，这个人以后让我给他当狗，我都会老老实实吠个不停，谁害他我就咬谁。"

文英点点头。她以前还嘀咕过，不明白老陈说了又说，为什么就能把有家有口的老曲说动。

老陈突然从学校里消失时，老曲一下子蒙了，之前他居然一点消息都没有，老陈连他都不说。他跑了大半个北平城，把所有可能的地方都找遍了，没有，还是没有。直到在上海意外碰到，才知道在学校时老陈就已加入组织，后来南下，先在江西，后来到闽西。

老曲说老陈走后自己又病了一场，跟肺倒没直接关系，但病好后却开始每天时不时咳，一直咳到毕业了，到上海找到工作，才好。南方人到底适应不了北方的冷和燥，还有水，太硬，吃什么胃都不舒服。幸亏到上海，才能重新与老陈见上。老曲说："你不知道那天我们有多高兴，城隍庙那么多人啊，就当着他们的面抱到一起了。这么大的两个男人，没羞没臊的，反正不抱一下真不行。那天我又咳了起来，是一口气没喘顺，被口水呛了。真的，太高兴了，整个肚子跟着呼呼叫，肠子都要一根根蹿出来似的。说真的，我们两个那天都流泪了，高兴到流泪，你知道是什么滋味吗？"

文英"嗯"了一声，想象着那个场面，一起又蹦又跳的两个男人，她觉得都是陌生的，既不像老曲也不像老陈。老陈的很多东西她其实都不太懂，老陈不肯说，包括他的第一个妻子。

老陈的第一个妻子叫陶秀敏，也是护士，但文英没见过，老曲当然也没见过。老曲来时，陶秀敏已经去世五年多了，是在黄洋界上，被一颗子弹穿过肚子，一尸两命，才刚刚怀孕哩。

文英悄悄问过医院里的其他人，都说陶秀敏其实长得并不好，至少没文英好。具体地说，就是个子没文英修长，眼睛也没文英水灵，嘴巴还偏大，露出一对虎牙，但这都不重要，文英知道老陈跟自己结婚根本就不情愿，是师首长再三撮合，几乎下了死命令。老陈最终肯点头，无非是要借一借文英的肚子，把陶秀敏没来得及生下来的孩子生到老陈眼皮底下。

老曲说：“你不能怪老陈，他太喜欢陶秀敏了，每次跟我说起她，都哭得跟孩子似的，眼泪鼻涕糊了一脸——你想象不到他会哭成那样，其实我也挺意外的。有些男人就是这样，一旦有个女人刻进他骨子里，整个世界就全是她了，她长得美不美俊不俊都不重要。老陈这个人啊，别看整天臭着脸，他最大的毛病就是太重情义了。你可能还不够了解他，即使兄弟朋友之情，他都会一辈子沉甸甸藏在心里，豁出命相报都行，何况陶秀敏？”

文英心里咕噜一声。老曲无非把她早已知晓的事实重新讲一遍，可她还是格外不舒服。她呢，她算什么？老陈的情义天下人谁要谁给，不要也给，独独漏了文英。他什么时候对文英情义一下？有个问题她得问一问，她说：“如果没有陶秀敏，他会对我好吗？”

老曲叹了一口气，沉吟片刻才说：“没有如果，无论如何陶秀敏已经在你之前出现过了。”

文英问：“他跟你这样说的吗？”

老曲说：“没有，但我明白。”

文英问：“那我怎么办呢？跟死人我一辈子都争不过啊。”

老曲说：“以后我找时间劝劝他。“

文英马上问：“有用吗？”

老曲笑起，说：“先不想那么远，走吧，追上部队再说。”

说这话时老曲并没有做好最坏的打算，他望着前方，一条不宽的河已经挡在那里了，水面浑浊，混杂着很多泥沙，而他也已经发烧，一声接一声地咳着。

文英现在得对一群陌生人说一说自己家人了，比如父母亲的名字，比如几个兄弟姐妹的年龄。她离开家后再没见过他们，甚至也不常想起。每天那么忙，忙得又累又充实，眼皮常常粘到一起才能躺下睡一觉，睡醒了马上又重新开始忙，都是性命攸关的事，哪点都马虎不得，她脑子里满满的都是伤员、伤口、伤情，好像再没有地儿容下父母姐妹和弟弟。谁知道突然之间，她得把他们一一罗列出来，说一个，眼前就浮现一个面庞，居然那么清晰，鼻孔里呼出的气似乎都直扑到她脸上。她突然声音一颤，泪下来了。

说到底他们还都在心里沉甸甸地藏着啊。

她当时很羞愧，再怎么着也不能在这些人面前哭啊，但后来才知道这一哭至关重要。

屋里大约有三十来人。文英很快弄清，除了这户人家家里，隔壁另一户人家那里还另有几十人，合起来就有大约近百人，其中夹杂着十几个伤员，胳膊或者腿打了绑带，吊在脖子上，拄着拐杖。两处房子里的人来来去去，他们说的都是官话，腔调不太一致，但听起来没有一个是本地人。文英参了军才学官话，说得不好，却大致听得懂。只是现在她必须装着听不懂。

对方问：“红军到哪里去了？”

文英摇着头，用土话说：“这是我家，你们到我家来干什么？”

对方又问：“村里的人呢？”

文英叽里呱啦地嚷着，挥着手，很恼火的样子。她说：“你们把我家床铺都弄脏了，文依九、霍大香如果这时候回来，肯定不会饶过你们。”

刚才她已经告诉过他们，父亲名叫文依九，母亲叫霍大香，这个她不用说假话，都是真名真姓。那些人反正听不懂，她没必要把自己弄成别人的女儿。

恰好饭端上来了，那些人看来是饿了，一下子都围过去，就没人再管文英。文英瞥一眼冒出热气的木桶，是白花花的粥，另一个桶内具体是什么看不清楚，大约是青菜与肉的混合，已没多少热气，但香气比热气更要命，一缕缕地蹿过来，直往肚子里钻。她咽几下口水，缓缓向后退几步。还是得逃，逃离这间屋子，逃开这群人。门敞着，外面一条石板路静静摊在那里，像一根浅色的柱子横插在门槛上。十米外就是一片橘子园，果子原本还得过个把月才能熟透，却都已被主人提前摘光带走了，但树上的叶子还在，浓密的绿着。客家女人不裹足，文英一双脚板又宽又大，但她没有信心自己能在那些人发现前，跳出门外，跑过石板路，闪进橘子园。算起来从昨天中午到现在，她只在中途匆匆啃了几根地瓜干，腹中早空了，又一夜守着菊芬没睡，双腿是软的，脑袋嗡嗡嗡地响。她跑不动了，只是不跑怎么办呢？她又向后挪了挪，长吸一口气——就是在这时，刚才一直审问她的那个军官扭头看过来，把手里的碗举了举，他说：“喂，要不要也吃点？”

文英马上点头，点到一半她心里咚的一声，知道坏了。

军官从桌子旁站起，一脸的狐疑。

文英连忙说："我知道米是你们自己的，我们家从来吃不起米。哇，但木柴是我砍的，看看你们，人这么多，把柴都烧光了……"还是用当地土话，她明白已经没用，但只能继续，说不定还有转机呢？总不能坐以待毙。

军官慢慢走过来，站到她对面，满满的一碗粥就托在胸前，另一只手捏着双筷子。他盯着文英，文英皱着眉头，也直直看着他。之前她从来没这么近看过白军，在脑子里一直把他们与青面獠牙的鬼怪画上等号，不想人家眉眼竟是如此端正，真是有模有样的啊。

军官把筷子换到端碗的那只手，用两根指头勾住，然后一把揪下她的凉笠。

她咳了一声，声音不像她的，更像老曲。按此时冒出来的念头，她想一把抢过碗，捧走粥，然后跑回榕树下。

急死人了，老曲，老曲究竟怎样了？

六

最终文英没有跑成，也没吃上粥。刚才她头不由自主地那么一点，军官就不再相信她听不懂官话了，至少不完全相信。原来人家那一句话是计谋，而她竟被自己的肚子出卖了。老陈以前骂过她缺心眼，她一听眼就瞪圆了，火气往上蹿。现在想，确实该骂。

她已经被反绑了双手，萎在地上。手是他们绑的，地上则是她自己赖下去的。屋里到处是汗馊味、烟草味，最要命的还是粥味、肉味。她把身子蜷起，肚子尽量折起，那里很疼，咕噜咕噜地叫。脑子里一直有个声音在提醒她：缩小，再缩小，最好缩到他们的眼皮外。她想幸亏是自己，换了菊芬，肚子里还藏着另一个人哩，怎么缩都是白费。

头上没有凉笠后，头发就披散下来。当地其他小妇人婚后都梳起圆髻或者船型发髻，而她一参军就把头发绞到齐耳长了。短发利索，戴军帽的谁还有闲心侍弄长发？

这就不需要再辩解什么了。军官斜着眼问：“红军？”

文英摇头，垂着脑袋，小声说：“农会的。”这几年她一直努力学官话，尤其是嫁给老陈后，舌头都能很自如地卷动了，但现在她重新把舌头弄直，话语中掺进很多的土音，说得含混不清。这样做当然也没什么用，但她发现也不是一点用都没有，至少那些人没觉得她是条像样的大鱼。她本来就不是啊。她已经慢慢弄明白，松树岭战事结束后，大概以为红军指挥部还在柴厝村吧，白军大部人马都开往那里，准备乘胜再打上一仗，就是斩尽杀绝的意思。这帮家伙则被指派留在山上给自己人收尸，收拾停当下山，按说得立即赶去柴厝村会合，却走错了路。一直有人在骂这里的山，说一辈子见到的山加起来也没这几天见到的多，山与山又他妈的长得这么一模一样。军官过来问她：“柴厝村怎么走？”

文英悄悄吁一口气。他们挺急着动身，能急就好。

她往门外指了指："那里……"

军官抬脚猛踢过来："那里个屁！到底哪里？"说着就把她拎起来，拖到屋外。

屋外有风，风清爽得几乎带着甜味。文英连吸几口，嘴向远处努了努："那……往那边，河，山，爬过山，呃，到了……"她没有瞎编，说的是实话。不是万不得已，做人不是都该说实话吗？她昨天就是从柴厝村出来的，知道村里已经空了，反正没有人，连鸡鸭都半只不剩，这帮人爱干吗干吗去。

军官看着不远处的山，文英也看，那里就是猴头山，昨晚在上面时，菊芬还活着。雨下那么大，菊芬在雨中哭着喊着咬着她掐着她，她却救不了，就在眼皮底下两条命都没了。

军官大声喝道："你干吗！"紧接着又一脚踢过来。

文英回过神，没想到自己又哭了，竟比刚看到菊芬断气和把洞口砌好时更伤心，悲戚从四面八方涌来，劈头盖脸，忍也忍不住——为什么要忍？文英腿别着，上身往前一扑，头趴到地上，双臂后翘，像一只母鸡。除了痛痛快快地哭，此时她什么都不想，她觉得舒服极了，简直想醉过去，她甚至以为自己可以这么自在地哭上三天三夜。

其实并没有。

军官皮鞋粘着泥，皮面也已经磨花了。这双鞋踢了她两次，文英记住了。她听到皮鞋离去的脚步声，然后是军官的吆喝，他让手下整好东西马上动身，于是那一群人就忙乱起来，锅碗声、枪栓声、喊叫声混在一起。有人往旁边那幢房子跑去，大声喊着出发出发出发，那边便也立即噼里啪啦响了起来。

两幢房子是并排的，却不是连在一起，中间有一尺多的间隔，不能算巷子，不过说巷子也没错，它幽长逼仄，地面乌黑潮湿，鸡屎味刺鼻。文英上身仍然向前趴着，头发披散，头抵地上，但屁股却慢慢抬起，前一下后一下往巷子挪去。中途她停顿了好几次，一有人经过她就停下来，静止着，一动不动，有气无力得仿佛一个死人。他们一离开，她又撅起屁股，越挪越快。等到整个身子完全钻进去之后，她把立在巷子口的几捆稻草用脚勾过来，遮住自己。

然后她抿抿嘴叹一口气。

如果能活着见到老陈，老陈肯定不会相信她今天究竟经历了什么。

她自己都不敢相信啊！

她确实活下来了。

从稻草的缝隙里往外看，她看到那群人列队向猴头山方向去了。军官从屋里出来时转几圈，左右看了看，肯定是在找她，但似乎也没太当回事，找不着人，他嘴里含混骂了几句，转身就大步跟上了。她怎么看都不像个有点分量的人，人家要急匆匆赶路，也不愿多个累赘吧？

她用力磨着反绑在背后的手，绑得不太紧，或者本来是紧的，但被她多扯了几下，渐渐有些松了。幸亏双脚没被绑，她站起，仍然小心地四下看看。四周静极了，只有虫子耳语般窸窸窣窣长鸣，偶尔鸟飞过，咽着嗓子低低喊叫几声。枪炮闹腾了这么久，鸟儿的日子也很不好过。起风了，有点冷。她缩起脖子，深吸几口气。命真大啊，父母亲天天都在为她上香祈求吧？

然后她走进屋，躬下身子，双手向后伸直，架到锅的边沿上。绑住她的是一节顺手从屋角捡起的旧稻草绳，算不得多结实。她用上了劲，身体带动双臂，双臂拖动双掌。能感觉到两只捆绑一起的手在一点点轻松起来，然后闷闷的一声脆响，绳子断了。她把两条胳膊从后面拿回来，举到眼前，手腕处通红，很疼，但……这时候疼算什么？她拍了拍巴掌，啪的一声响。似乎还不敢相信，她又重重连拍了几下，然后笑起。

不是梦，是真的。

锅里已经空了，只有一层薄纸般的米浆巴。她用指甲一点点抠起，拢到一起，只有掌心里小小的一撮。先这样，有总胜过无啊。她一只巴掌把它们一直托着，又舀了一勺水放入锅，再点了一把草塞进灶里。屋角有一个污黑的竹筒，外面浮着一层青苔，应该是这户人家废弃不用的。把它捡起，她用一只手洗涮一下，水开了，就舀起装入。不管怎么样，老曲终于可以喝上一口热水了。

重新在路上跑起来时，她的脚跟不上脑子里的念头，想快，还是快不了。路太滑了，她接连摔了几跤，每次跌倒时巴掌都攥得紧紧的，竹筒也高高举起。掌心里那些米浆巴哪怕被吹走一小块都舍不得啊，水当然也不能洒。老曲病了，老曲肯定饿了，把热水和米浆巴喂给老曲，说不定他就能好起来点，然后站起，重新往小坪村祠堂那里赶路。

文英当然也饿了，身子仿佛一截两断，中间那里空了，连胳膊触碰上去都没什么知觉。她抿抿嘴，饿就饿吧，又不是没饿过。

远远看见那棵大榕树了，但还看不到树下的老曲。把老曲独自撂在树下这么久，老曲会不会生气？见了面会不会吼起？文英加快了脚步。就让他吼吧，她想好了，无论老曲怎么骂，她都不能顶嘴，也没必要辩解。老曲是老陈最好的朋友，还指望他以后多劝一劝老陈哩。

太阳很大，到处白花花的，秋天的日头晒起人来一点也不含糊，虽没有夏天那么毒辣，却自有一股让人烦躁的狠劲。文英突然停下来，心猛地急跳。那群白军要去柴厝村，她指了路，还指了河指了山。过河与爬山好歹得从这里经过……她从来没有忘记老曲正躺在大树下，但她居然忘了那些人从路上走过时，可能看到树下的老曲，她忘了！

看一眼地上，路面昨夜浇过雨后泥就化开了，被晒了一天仍是东一处西一处的泥浆，刚被人踩过，很多脚印留在上面，硕大的、杂乱的、参差的脚印……她跑起来，这下子是真正的跑，像只从弹弓下逃生的惊鸟，整个人都在颤动。“老曲，老曲，老曲……”她不敢放开嗓子喊，其实也没力气喊出声，嘴里呢喃着，唇不停地抖。

突然觉得冷，非常冷，冬天一下子来了，可她还只穿着薄薄的蓝衫，风灌进来，四面八方的风。

老曲还躺在那里，就是早上她离开时的那个位置，但姿势变了，原先是侧躺，整个人蜷着，这会儿却是仰面向上，四肢张开，像一只从树上掉下来的大蝴蝶。

文英急跑几步，停下，又跑几步，再停下，然后一步步慢慢挪过去，挪到老曲的跟前。蹲下的一瞬她一直紧紧攥紧的巴掌猛地松开了，已经碎成粉末的米浆巴从指缝间飘落。

老曲身体还有点热，但眼睛睁着，眼神已经散开。地上全是血，顺着树根四下流，它们都是从老曲身上一个个绽开的弹孔里流出来的。胸、腹、头，数一下，整整八个孔。是那一群人开的枪吗？不会是别人。他们放过她，却没放过老曲。为什么他们把清瘦的、戴着眼镜的、已经病恹恹的老曲必须置于死地呢？

文英身子一软，猛地跪下了。

七

老曲被文英背上猴头山，背到埋着菊芬的那个小洞前。她把洞重新扒开，放进老曲，然后再把石头一块块砌起来。做这些很费力，简直太难了，但文英觉得必须这么做。她不能再把老曲一个人扔在树下了，树附近没有地可挖，即使有，光凭一双手她也挖不动。不如上山吧，与菊芬虽然不是夫妻，但从柴厝村出来时，老曲明明说过文英是他大老婆，菊芬是他小老婆，虽不过为了防备意外情况，但还有什么能比死更意外？假夫妻也算缘，好歹做个伴吧，在阴间闲时还可聊聊天，以后文英来上香也方便。无论如何，即使不管菊芬，她也不能不管老曲啊。

到时老陈想必也会一起来的吧？

想到老陈，文英终于记起还有小坪村这件事了。昨天傍晚三个人一起从柴厝村出发，说好黎明前赶到小坪村祠堂前，如今却只剩下文英，其他两个人都已经躺到小洞里了。很奇怪，从发现老曲死到现在，她都没有再哭过，突然之间整个人干透了，眼泪一滴都没有，一下子不知道怎么哭。她抬头看看天色，太阳已经落山，到处灰蒙蒙的。她把双掌举到眼前，它们已经不像手了，更像两块陈年的地瓜，破了几十处，渗出血。也不全是砌石头时磕的，刚才过河、上山，一路跌了多少跤啊，踉踉跄跄时，急着站定，旁边即使长着荆棘也只能一把抓住，狠命拽着，用上的已经不是一个人的劲，还得加上背上的老曲。

老曲瘦得只有一把骨头，没想到竟然这么沉。老家人都说，死人比活人沉，但老曲活着时文英没背过，她无法知道这话真假。背到中途，她两条腿打战得根本抬不动，脚板拖在地上，犁地般吃力地挪动，草鞋底被路面摩擦出刺耳的哧哧哧响声。好几次她已经泄气，觉得走不动了，背不动了，不如自己索性也死了更好，但一步一步还是到了山上。

她靠着洞口坐下——或者那已不能再称作洞了，砌上石头后，称作墙更合适。扭头看看，那些大小不一的石头砌得比之前老曲砌的要好。在家时她绣过花，也做过其他针线活，尽管不是一回事，但女人做手艺活，毕竟手更巧心更细。有一瞬她对自己几乎满意了一下，但转眼整个人就迷迷糊糊睡了过去。她自己都没想到，这一睡竟如此彻底而坚决，醒过来时已经是第二天清晨，阳光从树缝里漏下来，无拘地落在她脸上，暖暖的，痒痒的。她眯缝着眼四下看看，好一会儿才想起究竟是怎么回事，然后站起，快步向山下走去。

她还活着，就得继续往小坪村去。过河时她捧起水猛灌了几口，经过地瓜园时她又摘一把叶子嚼进肚子。客家女人的一双大脚板这时起了作用，她走得很快，左脚的力气是菊芬给的，右脚的力气则来自老曲。他们死了，她要带着他们找部队。

当终于走到小坪村时，祠堂的门紧闭着，门外大石凳还在，桶也在，但歪倒在地上，里头没有水。文英不是直接靠近去，她先是趴在一旁的树丛里打量，然后才走过去。没有人，没有联络员。围着祠堂转一圈，又推开门到里头细细查一遍，所有边边角角坛坛罐罐都翻了一遍，没有，没有找到任何印记，连一丝暗示也没有，都没有。其实这也算不得意外，但文英整个人还是往下一坠，脑子全空了。

她在门外石凳上坐了很久，眼睛不知看哪里，干脆闭上了。

父亲就是在这个时候从脑子里冒出来了。离家时父亲曾对她说过一句话："哪天有难了，就回家里来，怎么的都还有一口地瓜饭吃，反正饿不死。"

从小坪村回老家，也就三十里左右的路程吧？

她叹口气，睁开眼，站起，端立片刻，然后去了村里。她得去问问谁见过从这里经过的红军大部队，就在前天，那么多人呼啸而过，不至于悄无声息。他们往哪个方向走的？去了哪里？他们中有没有老陈？

无论如何，她得赶上他们。

半个多月后文英终于在县城找到了独立师。

放在往日，十几天时间眨个眼就过去了，这次却不一样，太不一样了。如果细细罗列起来，大约可以把嘴唇讲破，可是跟谁说呢？就是老陈，以后见上面了她也没打算多说。不想说是不是因此也就记不住了？像一锅捣烂的粥一样，都变成含混不清的东西，搅在一起，互相混杂。

但有一样东西却是清晰的，她要找到大部队，找到老陈。

没有谁能说得出部队去哪里了，小坪村的人摇头，一路上所有人都对她摇头。不见得是故意的，可能确实不知道。局势比想象的更凶险，差不多一夜之间这一带都成了白军的地盘，白蚁样铺天盖地的白军，红军怎么可能把自己的行踪告之天下？

不过那些人摇过头后，有时也会悄然说一些零星听来的消息，比如红军全部走了，连赤卫队也带走了，苏区没了。或者又说并没有都走，不是时不时还这里打一仗那里打一仗吗？还留着一大批哩，不会那么便宜了白军。

文英相信后面一种说法。最早听说红军到这一带时，她才十八岁，已经定亲，男的比她小六岁，瘦得只有一坨小肉，个子也只到她胸前。两个人见面时她低头盯着自己鼓鼓囊囊的前襟，泪一下子就下来了。不行，还是不行，参加农会后更不行了。那男的长了一年，个子出来了，倒是想得开，说那就算了，转身他也参加红军从家里离去。这事文英差不多已经忘了，只是一扳着指头算红军出现的日子，就又想起来。瑞金她没去过，这一带发生的一切却都在她眼皮底下。从十八岁到二十三岁，她和比自己小六岁的男孩断了，她嫁给了老陈，世事变迁真大啊。整整五年，确实不能便宜了那些东西。

草鞋早就烂了，索性扔了，光着脚板走。山路从小走到大，这难不住她。她循着枪声走，有时并不是亲耳听到枪响，只是从哪里路过，旁人悄声说着某地某时厮杀过，她马上转头就去了，多远都去。但总是扑个空，什么都没有，唯见四处血迹和一地坑坑洼洼。直到这一次，半夜，她正团着身子睡在路边干草丛里，对面半山腰上突然枪声大作。她睁大眼跳起就跑，迎着枪声跑。如果有翅膀，她一定会飞起来，跑着跑着其实也像在飞。已经脏得打结的头发杂乱地覆到脸上，蓝衫和大裆裤灌进一道道凉风，她不管，呵着嘴，喘着气，跑，拼命跑。终于跑到时，枪声已息，硝烟味犹在，但人还是空了，没有一个人。星光很好，密密麻麻挤在上头看热闹。她没心思打量它们，弯下腰她蛇一样贴着草丛走，嗅着气味，辨认着草的倒伏方向。

天亮时她终于站到县城的城楼下了。

城楼有三层，上面两层都有飞翘的屋角，下面一扇拱形的石门原先供人出入，如今已经关闭上了。而门的两边是石砌的两三个人高的城墙，把整个县环绕一圈。建了有好几百年了吧？青石早就变成黑褐色了，石缝上长满了粗密的青苔，甚至钻出一棵小榕树，根须横七竖八地攀爬着。文英曾无数次听过这个县城的名字，却是第一次到这里。她趴到门上，一下一下重重拍着。“开门！”她喊道，“开门！”她又喊道。

“干什么！”城墙上有人吼了一声。文英后退几步仰头看去，先是看到几管枪筒，然后看到几个人，都穿着她熟悉的衣服。她扑哧一声笑了，然后又哭了，边哭边笑。城墙上那几个人身上的衣服本来她也有，穿过整整三年啊，只是离开柴厝村时老曲让她换下，藏到关帝庙里了。

她把手搭在嘴边喊：“快开门，我是文英啊。”

墙头上那几管枪晃了晃，接连有人探出身子。文英马上双臂一举蹦跳起来，同时尖叫了一声。这么巧啊，她认出来了，那个下巴有颗黑痣的是老陈手下一个排长，曾受过伤，在医院里是她每天为他换药清洗伤口。老陈当时吩咐过，要好好照顾他。她做到了，照顾得特别好，自己有个蛋有个梨有块糖，舍不得吃，都一口口喂了他。她失声喊出排长的名字，是的她还记得，真的记得。排长怔怔俯身看下来。文英说：“我是文英，护士文英啊……”排长脸仍是木的，看样子还是没记起来。她就说出老陈的名字，边说边嘻嘻嘻地笑。“我是老陈的老婆文英啊！你忘了？哈，你怎么忘了呢？”

排长看了看旁边的人，就消失了。一会儿城门开了一条缝，文英一挤进去，门又猛地关上了。文英很高兴，她紧走几步，想抓住排长的双臂，排长却连连后退，又对旁边另一个人点头示意，骑上马，向城内跑去。

他是去通报消息吧？这个文英能理解。医院的管理不像队伍那么严格，但规矩她多少也是知道的，尤其这时候。白军到处都是，这么大一个县城居然还能完好，是她万万没有想到的。像做梦一样，竟真的找到了他们啊。现在没事了，她就等着吧，安安静静地等。可是她却怎么也安静不下来，两只脚一下一下地动，她还在跑，原地跑。这些天一直这样，不停地走和跑，脚大约已经喜欢这样。她举高双手捋捋头发，很涩。手从头顶滑下来时经过脸颊，那里塌了，凹陷进去。她连忙垂下眼看自己前胸，还好，那里并没有瘦，还是有力地把衣服顶起。她笑了笑，简直想笑出声，但她终于还是忍住了。

时间过得很慢，她以为排长会马上回来，甚至带出老陈。如果老陈飞奔过来抱住她，她也豁出去了，一定也要紧紧抱住他，把胸贴过去，让老陈知道它们仍然饱满，他的孩子还要靠它们，她会把陈一陈二陈三陈四一个个喂得肥肥壮壮的。

她竖起耳朵，一边继续原地跑，一边等着马蹄声出现。

八

排长很久才重新出现。

跳下马，排长把缰绳交到另一个人手里，素着脸，做了个请的手势。刚走几步，一队人马就迎面而来，其实只有三个人骑在马上，后面呼啦啦响，大约有两三百人跟着一路猛跑。排长把她往旁拉了拉，用身体挡住她。人马近了，从旁一闪而过。文英“呃”了一声，她不怕马，她的头从排长身体后伸出，觉得马上有个人有点眼熟，大头，宽肩，军帽窄窄的孤立在头顶……只是这个人有胡子啊，虽不长，但又黑又密，从腮帮到嘴周，一个缝隙都不剩。文英还想再看几眼，城门已经开了，又迅速关上，人和马眨眼都不见踪影了。

排长说：“走吧。”

文英还站着不动，她问：“那个人像老陈。他是老陈吗？”

排长没有回答，径自向前走去。文英只好跟上，但不时回头看向城门。那队人马连影子都没有了，马上那个人到底是不是老陈？

排长把她带进一座土楼，进了一间屋子，排长拉上门走了，屋里一下子黑下来。定睛好一会才看清屋里有床铺有桌子有一个装满水的脸盆。再细看，床上还放着半旧的蓝夹袄、大裆裤和一双崭新的草鞋，是给她换洗的？

但屋里没有人。人呢？老陈呢？

她俯下身，用巴掌捧起水往脸上扑。整个人一下子清爽了，眉眼也该露出来了吧？不露出来，老陈见了，也不敢认她啊。然后她向门走去，想打开，却拉不动，门竟然锁着。她握住门把重重地晃动，“开门！”她喊，“快开门！”却没有人过来。后来还是那个排长，他端着一碗地瓜饭进来，也不说话，把饭放桌上，转身又要出去。文英一把抓住他胳膊，她说：“怎么回事？到底怎么回事？”

排长舔了舔嘴唇，咳了一声，继续向外走。文英双臂伸到他腰间，一把抱住。排长嗯嗯嗯叫了几声，看来是抱的力气太大了。文英索性再使上劲，她恨不得往旁一绊，把排长直接摔到地上。“老陈呢？你把老陈给我叫来！”

排长咽了几下口水，又咳一声，说：“陈营长带人出城了。”

“干吗去？”

“打仗。”

文英想起刚才看到的那个阵势，两三百人背着枪，沉着脸，脚步匆匆，应该是真的，确实像是去打仗。可是再急的战事，从她身旁经过，不打个招呼？不留个口信？她猛地松开胳膊，端起旁边的脸盆往地上砸去。盆里原先装着清水，被她脸洗过，已经黑了，但到地面上再黑也看不清。她脚一跺，吼起，她说：“你们为什么要把我关在这里？”

排长不理她，趁机快步离去，还是关上门，在外面锁上。不一会排长带着一个人回来，那个人说：“我是团长，叫安子明。”

按安子明的说法，红军大部队已经离开了，独立师从松树岭下来后，本来也要走，临时被留在这里殿后。这个县城是红军仅剩的唯一大据点，上级有令，必须守到月底，尽量把敌人兵力吸引过来，掩护大部队撤离。现在离月底还有二十来天，可是白军却总不上当，最多派小股部队应付一下，仍然纠集人马急吼吼地追赶大部队。这样不行，就得主动杀出去。昨晚就是，刚才老陈也是。刚才去的人本来是别人，但被老陈抢了，老陈一定要去。

文英点点头，这些她都明白，不明白的只是为什么老陈不肯见她，非要抢着出城。见一见再走也行啊。

安子明一口接一口抽着土烟，烟在屋里散开，味很呛。文英咳起来，她想往门外走去，但排长站在那里，枪横在肚子前，食指钩在扳机上，见她过来，身子一紧，枪举了起来。

“别动！”安子明说。

“你还是先老老实实在屋里待着吧。”安子明又说。

文英扭头看了看，安子明脸绷着，眉头皱在一起，他说话时声音短促僵硬，有几分不情愿，或者为难……为难什么？直到这时候文英才相信，一定有什么事发生了，可是她不知道究竟是什么。她问：“怎么了？到底怎么回事？”

安子明说：“你自己清楚。”

文英摇了摇头，泪又下来了，雨一样滚落，脸上马上湿漉漉了一层。她想忍住，重重地吸着鼻子，她说：“我…….”这一刻她忽然想起老曲和菊芬，要是他们在就好了，只剩下她，她一个人被不明不白地关在这间黑乎乎的屋子里等着老陈。

老陈什么时候才能回来?

第二天中午老陈回来，但老陈死了。抬回来时还有一口气，排长推门而入，拉上她就走，走到土楼正中央那块硕大的天井，看到老陈仰面躺在担架上，浑身是血，眼闭着，脸肿得变了形。文英扑过去，跪在地上。“老陈！”她大喊一声。老陈一动不动。“老陈！”文英又喊道，声音拖得很长。然后她开始动手，一使劲，一把扯开老陈的衣扣。伤口在哪里？止血，清创，包扎……她抬起头左右看看，药箱呢，谁背着药箱?

很多人围成一圈，究竟多少人她没看清。都是脸，一张张模糊不清的脸。

有人说：“伤口已经处理过了…….”

又有人哽咽着说：“营长他已经……”

就在这时另一个人突然惊喜地叫起：“营长，营长他还活着！”

一阵嗡嗡嘤嘤，好多人接连蹲下来，喊着营长营长营长。

老陈果真醒了，眼睫毛开始轻微抖动，终于半睁开后，能看到他眼珠子在急速转动，后来不动了，久久盯住文英，喉咙咕噜咕噜响。接着他左手缓缓往上举——手是红色的，连指尖上的肉色都一丝不留。文英不怕血，血她在医院见多了，但老陈的血不一样，而且就在她眼皮底下，这么多的血啊。她想伸出手把老陈抱住，手却好像不是自己的了，一直抖，用不上力气。“老陈……”她俯下身子，想说很多话，可是话却一下子不知躲哪里去了。

老陈微微睁开眼，很吃力地睁开——就是在这一瞬文英整个人怔住了，她看到一道寒光。“老……”叫到一半，她猛地噎住了，眼睛定定地落到老陈的手上。

老陈的手不是举向她，而是一点点向腰间伸去，那里绑着一条皮带，皮带已经解了一半，上面松垮地吊着手枪。他握住了枪把，五个指头抖抖索索的似乎打算往外拔，但就在这时候手却猛地一松，然后重重滑下，垂到担架外。

老陈死了。

老陈被葬到土楼后面那座小山上，文英没有跟上山，她想去，但去不成，人家不让她去。她被重新带进那间屋子，三顿饭还是排长送来，但一连两天她都一口不吃。第三天排长再来时，文英已经倒在地上，人事不省。其实她不该这样的，从小到大饿是常有的事，这一路上整整十几天，她随便挖个地瓜、啃个野果也就对付过来了，客家女人什么时候娇气过？排长把她扶起，喂了几口水，叹了口气。文英很温顺地吞咽着，如同当初排长受伤时她喂他一样。

排长出去了一会，再回来时，他没有随手关上门，而是开得大大的。

“你走吧。”他小声说。

文英眼睛不看他，而是落在床角那里。她身上这套衣服是老曲从柴厝村老乡那里买下的，前襟、袖口都已经污黑，结了一层痂，袖子先被菊芬撕破，这些天更破得快挂不住了。排长把蓝衫、大裆裤和草鞋放在床上让她换，她一直没换，不想换。晚上睡下时，她把衣服和草鞋工整地挪到床角。她已经当了三年红军，为什么不把红军服给她呢？

“快走吧，啊，快走。”排长又说，声音很轻，颤颤地，像哄她。

文英这才转过脸看他。走？她走了十几天才找到这里，十几天啊，草鞋都走烂了，人瘦得只剩骨架子，现在又让她去哪里？

排长头低下去片刻，再抬起来，说：“真想不通，为什么你要出卖老曲？”

“出卖？”文英一下子声音尖厉起来。

排长连忙摆了摆手说：“算了，你走吧。”

文英上前一步，盯着排长。“出卖老曲？谁出卖老曲？”

排长看着她，又叹了口气。

文英揪住他胳膊，大声问：“谁，是谁说我出卖了老曲？谁？”

排长说：“情报员啊……你走吧，快走，别留在这里。”

文英两排牙叩到一起，手从排长胳膊收回，垂到大腿外侧。“团长呢……我要去找师长！”话音未落她就往外走，但排长挡住她。排长说：“别去了，没用的，真的没用，全师都知道你的事了……走吧，你快走！”

顿一下，排长又说：“其实，我们都不太相信，但……”

文英马上问：“老陈呢，他相信吗？”

排长回头看了看门外，点点头。

文英说：“他真信？”

排长犹豫着，眼珠子闪来闪去。“老曲和他的关系你也是知道的……唉，也不知该怎么说。你走吧，走了对你对我们都好。”

文英想起老陈临死前喉咙咕噜咕噜响，手还伸向腰间，握住了枪。原来不是留恋，不是打算说几句惜别的话。那么就是在骂她？如果拔得出枪来，就要对着她下手，替老曲报仇？

就是在这一刻，她决定走。老陈死了，老曲也死了，老陈相信她出卖了老曲，而老曲却不会替她辩解了，谁也不会。她从屋子走出来时，看到团长安子明正站在门外角落里，看到她，上前几步，手伸过来，掌心那里有两块银圆。文英微微点点头，她还是感激的，但她没有接过银圆。她向前走，步子迈得很大，客家女人的大脚在青石板上啪啪啪响着，然后她就出了土楼，出了县城。

那时谁也不知道她去了哪里。几十年后，省城一位热衷于做口述实录的女记者开车到柴厝村，她先是从县文史资料里看到一些老红军对女护士文英的回忆，又听当地人讲起另一件事：从 1934 年秋天起，猴头山出现一支来无影去无踪的队伍，最多的时候有几百号人马，领头的是个女的，枪法精准，行走如飞，刀枪不入。他们不是红军游击队，却和游击队一样专打白军。最奇怪的是居然收养一些没爹没娘的孩子，专门请先生教他们读书认字，再送往大城市上学，却不许他们学成后回来。

还是有一个不听话的回来了，女记者找到他，已八十多岁，头发雪白，但眼神明亮，口齿清晰。女记者问起那个女人的长相，老人摇头，说没见过，从来没有。女记者问：“她姓文吗？”老人说："不知道，据说她一直穿蓝衫，大家都叫她蓝姑。"女记者问他为什么非要回到这里？老人抿紧嘴，眼望到远处，半晌才说："猴头山上有座坟，得有人守啊。"

第二天中午女记者爬上猴头山，找了半天，终于找到那面碎石砌出的墙，它已经成为山的一部分，如果不是墙前立着一块石碑，根本无法发现。石碑立的时间肯定比墙晚，但也有些年头了，很简陋，上面写着更简陋的一行字："曲欣、王菊芬之墓。"女记者低头看了很久，手在两个名字上轻轻抚着，心想，文英后来会不会也埋在里面呢？

她去采了一束野菊和一把竹枝，缓缓放到墓碑上，然后盘腿坐下，一直坐到太阳西沉。

载《芳草》2018 年 5 期，获女评委奖最佳叙事奖

《小说月报》2018 年 11 期转载

南北货行

一

陈酒月提了提裤头。裤头有点松，其实是饿了。从家里带出来的地瓜饼吃了一路，早就一块块的硬得像鹅卵石，再也咬不动了，都在背包里捂着。爹说得没错，柳花是个脑子缺几根筋的女人，但这女人就是这不好那不好，对陈酒月死心塌地就是天大的好。一听说陈酒月要出门，就捡了块金元宝似的，喊叫着跳起来，嘴咧到腮帮上，仿佛她自己也可以一并跟去。哪里？她大声问。你去哪里？酒月装出很世故的样子晃晃脑袋，嘴角有一丝神秘的笑。这个表情他是到朱记南北货行当学徒后，从老板那里学来的。

老板姓朱，祖上是做茉莉花茶发家的，传到他手上时还有一千多亩茶园和两家制茶厂。朱记茶园，朱记茶厂，朱记南北货行则是老板自己开的，店里卖的不仅仅是茶，还有其他各种南北时兴货。几代都光守着一个茶，老板觉得不好，至少不够好，到自己可以做主说了算时，就把货行开在滨城最热闹的春杭路上，前店后院，院里安的就是老板的家，一妻一妾，四个子女，做人做到老板这个份上，也是到顶了。

酒月从当学徒的那天起，就偷偷打量老板。他想学，但学不会。那么大一摊家产，老板料理起来轻松得跟吃饼似的。茶园派谁去，茶厂又派个谁去，四两就拨千金了。天底下没几个人有老板这样的本事吧？不料中秋过后老板却皱起眉叹气了，整个人突然像棵缺水的菜秧子，病歪歪软塌塌的。当学徒都是从服侍主人开始的，酒月服侍的就是老板。老板病了，酒月不知怎么办才好，嘀咕了几天，终于还是忍不住开口，他问老板："找先生了吗？"老板点点头。"抓药吃了吗？"老板又点点头。酒月嘴唇动了动，找不到话了。这里人把医生喊成先生，酒月其实从没见老板找过先生，更没闻见货行里有熬中药的味儿。老板病了，却可能根本就不找先生不吃药。酒月说："老板您有什么为难的，就说出来，别憋在心里，真憋出病来就不好了。"

老板正躺在大厅的罗汉床上，手托在嘴边，握在手里的是一把雕着一只大嘴金蟾的象牙烟斗。来朱记南北货行前，酒月只看到别人抽水烟壶，从来没见过烟斗这种稀罕物。老板把烟斗从嘴里取出，回过头打量着酒月，眼神里有一点不快又有一点说不出来的其他味道。酒月心里咯噔一下，想：糟了，惹老板了。他来南北货行一年多，又勤快又听话，每天小心看着老板眼色，一次都没有招惹过，这次还是惹下了吗？不料老板却突然笑了，不是大笑，只是将嘴角轻轻往上翘起，抬了抬眼皮，拖着声音问："酒月，你知道我有什么病吗？"陈酒月小心地摇摇头。老板举起手，先在胸口上戳了戳，然后往西面指了指。老板说："一直打仗哩，唉，发去那么多货，可是钱却收不回来，我这是心病啊！"

酒月转过头望向门外，他不知老板指的是哪里。愣愣站了会儿，他向后退去，不敢再问了，但走了几步又停下，返身再上前，咽了咽口水，问："我去，我替您讨钱行不？"

"到哪里讨？"

"您货发哪里？"

"桔州。"

"我去桔州！"

酒月去桔州的事就这样又急又快定下来了。也不是立即就动身，老板让他当晚先回家说一声。说什么呢？当然不能直说去桔州。这个南方省份不大，东面临海，西面高山。海边的滨城是省城，桔州城则在众山之间，那里是三省交界处。酒月去过吗？当然没有。但他听说过，不时会有一些风言风语传来，说鬼子来了，这几个月桔州打仗了，打了一次又一次，死了好多人。究竟多少？陈酒月不知道，平日里他埋头扫扫地烧烧水整整货物，手脚都不敢停，哪有闲工夫去听别人闲聊？偶尔东一句西一句零碎听一些，也不过脑，反正都不是他这样小伙计操得了心的，索性也就不操心了。不过桔州这个地名他并不陌生，店里售的玉扣纸、连史纸就是从那里进的，还有笋干、茶叶、烟叶、靛青、薯莨之类的东西，发往那边的则是茶叶、绸缎、棉布、油伞、角梳、脱胎漆器。春杭路离南北货行五六百米远有个桔州会馆，老板很多生意是和会馆里的人联手做的，货去了，也大都由他们作保——这是在平常的日子里，一打仗，谁还保得了？

柳花要是知道他是去桔州，往地上打滚撒野都不会让酒月动身的，所以凡事不懂有不懂的好。柳花整天都流着口水想出去见世面，她去不了，但看着酒月能去，她就比自己去还高兴。她把家里藏在木桶里的地瓜都刨出来，磨成粉，捏成一块块，垫上竹叶，蒸成地瓜饼，然后缝了一个粗布包妥帖装起来，酒月路上可以干吃，如果有灶，重新蒸一蒸，把饼蒸热了、蒸软了当然更好。

现在酒月站在桔江码头边时，冰凉的风一阵阵刮来，风里有一股要把他脸皮扯裂的狠劲。以前老听说西边山区冷，究竟多冷呢？想一百遍也没用，现在总算领教到了。出门前，柳花一再问的也是这个问题，多冷呢？多冷呢？他吸吸鼻子。冷如果是味道就好了，可以吸进去储存起来，然后带回家，再掏出来给柳花闻。他今年十六岁，三个月前才娶的柳花。父亲说自己十三岁就成亲了，十四岁当了爹。如果顺利，酒月十七岁才当爹，已经一代不如一代了。但父亲活到现在去过滨城以外的地方吗？没有。做过帮人讨债这么大的事情吗？当然更没有。父亲一辈子都在码头上扛货，背都压弯了还在扛。码头上停着船，父亲上船下船，货上去下来，然后船开走了，父亲永远只能在岸上。

酒月就不一样，酒月坐着船离开了滨城。船把酒月载到了桔州。

是昨晚摸黑上船的。本来该走陆路，陆路快，但老板说不行，陆路得翻几十座山哩，山上原本土匪就多，打了几年仗后，人心都焦了，草丛树丛里保不准藏着什么，还是走水路吧。老板自己没船，但他熟人的船正好要西去运货，给了点钱当盘缠，就把酒月捎上了。这条船不是直接去桔州的，中途不走了，船主又帮忙找另一条船，把酒月再捎去。说起来似乎很轻松，其实途中费了不少周折，不过也算不得什么，好歹是到达桔州了。

动身那天老板亲自到码头送行，一千个不放心的模样。老板说这兵荒马乱的，水路其实也不保险啊，你要是反悔，现在还可以不去。酒月躬下腰一连给老板作了几个揖，保险与否他不怕，老板越这么说，他心里暖暖的越要替老板走这一趟。他说："老板，酒月一定帮您把钱讨回来！"老板歪着头打量他，他看懂了老板眼神里的意思，他说："出了事我自己担着，我可以写个契，白纸黑字的搁您手里。"老板就笑起，掏出一件丹士林布做的领口嵌一道蓝边的薄棉黑夹袄替酒月穿上，又取过一条黑麻布腰带扎到腰间。老板比酒月高大半个身子，所以做这些时，老板身子向前俯着，长衫拖到地面，脸上一直微微布着一层笑，笑的不是皮，是从肉的深处一点点缓缓透出来的。酒月闻到老板身上的茶香了，他到南北货行一年多，一直伺候着老板，却从来没这么近地跟老板站在一起。可能肩膀那儿留有线头，老板伸出手指轻轻弹了弹。夹袄是全新的，浆过的领口硬邦邦的显得很威风，酒月一下子觉得身子暖了。他张了张嘴，大声说："老……"可是话还没说出口，泪先滚下来了，嗓子那里紧得哽住了。老板拍拍他肩膀说："酒月啊，没想到你是这样的酒月！那就去吧，一定要小心点啊……唉，你一定要小心！"

后来一路上的际遇说明老板多虑了，除了浪大晕船之外，没什么大事。之前陈酒月从没坐过船，更没有坐这么远的船，哗啦哗啦在水里荡了五六天，终于就到了桔州。他想只要找到人，就可以讨到钱，讨到钱就帮老板去掉一个心病。黑暗中他不免嘿嘿一笑。

这一刻他挺喜欢自己的。

二

天亮时陈酒月蜷在桔州旧城墙根上醒过来，原来他睡着了。天冷，即使有老板送的夹袄仍然冷，但困压住了冷，上下眼皮像一对急着亲热的男女，不顾死活粘到了一起。在船上他其实一直破布袋似的软绵绵躺在船板上，眼闭着，似乎睡了，又永远听得到自己腹中翻滚的酸水，动不动嘴一张，就把它们底朝天往外喷。船工们笑得不行。江上这点小浪，酒月居然晕。陈酒月不怪他们，他们毕竟是外人嘛，换成柳花就不一样，柳花要是知道他这样，一定会心疼死了。

想到柳花，他慢慢就高兴了起来。

村东头的柳花从小就被人叫成傻花，不俊俏，却有一样好，就是爱笑，动不动就咯咯咯地笑得前仰后合。她真没有愁的时候哩，嘴比别人大一圈，笑起来差不多把牙、舌全都端出来让人看，连喉咙口那里水津津的小舌头也一清二楚。酒月觉得这样的女人挺好，怎么都比整天冷着一张哭丧脸的好，更比眼珠子整天滴溜溜转的好。女人的脸就是一户人家的门面，晴就是晴，雨就是雨。这么一想酒月就觉得自己还是很合算的，当然如果模样能稍微再俊俏点就更好了。

但现在不是想柳花的时候，他用手抹了抹脸。船离开滨城前，老板还曾俯到他耳边悄声说：“要快去快回！”他当时就点点头。老板那么愁，当然是因为焦急，当然怕事情被他耽误了，他怎么能耽误老板啊。算起来朱记南北货行里有十几位用人伙计，老板却单单让他一个人出门讨钱，真能讨回，一生都脸上有光。他得立即去找那家店铺，找到了，讨回钱，快快回家，就给老板交差了，就见到柳花了。

抬抬身子刚要站起来，他猛地又坐下了。等等，他忘了那家店铺的名字了。老板帮他穿上夹袄后，曾递给他一张纸条，在上面写着店铺的名字。当时他认真看了，一遍两遍三遍，然后老板收回纸条，哗地撕了，撕得粉碎，再一甩手往江里扔去，一张张铜钱大小的纸屑就梅花般晃晃悠悠飘去，浮在水面，向下游荡去。老板问：“酒月，记住了吧？”他当时很有把握地连连点头。他没有上过学，只在十来岁时跟着当药房先生的远房堂叔有一搭没一搭认过几个字。他自己倒是愿意多学点，是父亲反对，父亲说：“字能当饭吃？”确实不能当饭吃，科举都废了几十年了嘛。父亲的意思是别去攀风雅，不是这个命，还是老老实实做苦力去。但母亲不肯他跟着父亲到码头扛货，父亲就让他学一门手艺去，木匠或者铁匠都行。他去了，先是刨木头后来是打铁再后来是弹棉花，转了一圈，却什么都没学会。他笨，笨的主要是眼睛。一出生他眼珠子就跟人不一样，两个黑眸不是整齐搁在眼眶中央，而是费上吃奶力气都往中间挤。斗鸡月，斗鸡酒，斗鸡鸡，这些都是他的外号。父亲总是说眼珠子还不懂事跑歪了，以后鼻梁长起来就好了，结果鼻梁一直没怎么长，只隆起一个似有似无的小坡，眼珠子就躲在坡的两侧，像两只受惊的小鸟。拿这样的眼睛他怎么打铁？怎么锯木头弹棉花？还好朱记南北货行的老板愿意收下他当学徒，只有老板没有嫌弃他，甚至让他跟账房先生学一学记账。老板说："好不容易认点字了，扔了不是可惜了？"

酒月原先觉得天底下有柳花，有父亲母亲，这辈子活一遭就是赚了，没想到还能再碰到老板。老板知道他认得字，所以把字写在纸上让他记住。他相信自己已经记住了，可是现在却忘了。好像是三个字？好像三个字中有一个"春"字？

对了，老板还说，到这家店里，钱是向一位姓徐的先生讨。一共多少钱？老板说这个徐先生有数，找到店铺，找到徐先生，钱自然就拿到了，一分不会差。可是店在哪里？徐先生在哪里？走的那天酒月心里像装着一百只母鸡，一直咯咯咯地安静不下来，就是前一个晚上他也没睡好，不时想笑，睡不着。当然，那时他可能也觉得没必要问。老板既然说得那么轻松，那就是说姓徐的和店是焊在一起的，一脚跨进去，就能找到。可是现在他找不到了。

他手在身上按几下。要是老板不把纸条撕了扔江里就好了，带着纸条，他就能一下子找到那家店铺，但老板那么做肯定有老板的道理。

他重新坐下，脑袋沉得抬不起来。解下背上的布袋，手进去掏出一块地瓜饼，虽然咬不动，但放嘴里舔一舔也是好的。其实他有钱，老板给了他三张面值一千元的法币，老板还说："讨到钱后，该怎么花你就尽管花吧。"酒月当时就摇头了，他是来替老板讨钱不是花钱的，他不能那么做。来的路上不需要盘缠，他就省下了，他甚至打算尽可能都省下，到时带回滨城还给老板。既讨回了钱，还省下了钱，他这么能干，老板不知会乐成啥样哩。他喜欢老板笑起来样子，老板笑一寸他会乐一丈，所以他得忍着，不能惯自己，店铺的名字还没想起来哩，他不能先去买吃的，连店铺名字都忘了，他怎么好意思吃？

但是坐了一会，他仍然没把店名想起来。

他只好站起。老板很急，急着讨回钱，他不能坐在那里发呆。

城门有十几丈高，高高挑起的飞檐像两把长剑戳向天空。它怎么跟滨城的城门如此相似呢？或者天底下所有的城门长得都是一模一样？酒月没有时间多想，那么大的一桩大事等着他去办。

城门立了几个鬼子，在每一个进出的人身上摸来摸去。摸到酒月时，酒月脑里轰隆隆响着。他有三千元钱，老板给他绑腰带时，顺手就把钱卷一卷塞进腰带里了。腰带很粗，也很长，在腰间绕了几圈，日本人手已经伸到腰间了……

还好，日本人什么都没发现。人太多，日本人也不耐烦了，扬扬手，让他快走。

他当然会快走，穿过城门，向桔州城里走去。

一路上他都仰着头。他个子不高，这不怪他，往上数几辈，太爷、爷爷、父亲，总之能见到的几个全是矮子，上身倒正常，就是腿短了一大截。酒月跟他们比已经高出半个头了，可是站在货行里，也才在柜子上露出一小截身子。矮没关系，至少柳花没嫌弃过，柳花说过心好才是天底下最大的好。他当时听了，胸口猛地一热。他弄不清自己的心是不是真的有那么好，人嘛，出生时哪个心不是跟水晶似的透亮透亮的，如果到死去的那天，能够仍然透的亮的，这一辈子就不算活成屎了。他喘口气，就这么一直仰着头，眼盯着两边的店面招牌看。这么偏远的地方，竟有这么大一座城，城里竟然有这么多商店，这是他万万没有想到的。

但他还是很快发现了异样。并不是所有商店都开着门，正相反，一家家几乎都关着，或者门坏了，店牌掉了，店前横七竖八堆着杂物。街上人也少，偶尔一两个小跑着走过去，脸都白惨惨的，边走边左右看。倒是骑马、坐汽车的人很多，他们穿黄绿制服，挑着膏药旗，扛长枪的、腰间别手枪的都有，大声吆喝着，呼啸而过。

滨城也有鬼子，这个不稀罕，酒月见过，有一次路上碰到，还没来由地被两个鬼子拦下，用拇指和食指弹他鼻头，痛得他哇的一声哭起，鬼子就哈哈大笑。相比较这里的鬼子跟滨城的还是不太一样，凶巴巴地嘿嘿喊着，随时要捅谁一刀的劲头。这里打过仗，打了几个月，这里的鬼子肯定比滨城更坏一百倍。

无论如何，他得尽快找到店铺，找到那个姓徐的，讨到钱，然后离开这个鬼地方。

三个字。有个“春”。哪一家？到底哪一家？他走了一条街，再走了一条街。后来他觉得不能光是傻傻地走，他又不是哑巴，得开口问一问啊。

他问了。

但是，当地人的话他听不懂，他的话当地人也不懂。

虽是一个省份，滨城人与桔州人说的话却完全两回事。父亲以前说过，这一带人都是逃难来的，只是逃的时间前后不同而已，安史之乱或者靖康之难，再或者更早以前的永嘉之乱。虽说大都是来自中原，但中原到底大得很，几百年下来，各说各的话，话还跟当地土话混杂到一起，就彼此听不懂了。家里藏有族谱，父亲一直很骄傲地称祖上出自战国时的颍川郡。同是颍川陈氏，落脚到这个省后，其实这一处跟那一处，话照样也说不通。

以前老板到这里，说的是官话吧？可酒月却不会官话，这一点可能连老板都忘了。

三

天黑下来后酒月找了一家小客栈住下。不是他非得有床有被才能睡觉，他没那么娇气。但他得找到那家叫“春”什么的店铺啊，怎么找？不到人家客栈里睡一睡，谁肯告诉他啊？人总是睡了才能亲近起来。

客栈在一条小弄堂深处，弄口才一尺多宽，青石地板有些年头了，被踩得精亮，月光下反射出一道道珠宝似的色泽。一直走到跟前，酒月才看到门外局促挂着一块木牌子，上面用墨汁胡乱写着：“青天客栈”。说是客栈，其实不过是几间低矮的破木屋，覆着茅草，大门都已经歪斜。为了找到它，酒月费了一两个时辰。稍微像样点的大客栈他哪里住得起？住得起他也舍不得住。

推开门，里头黑乎乎的，只亮着一盏昏黄的小油灯。没有人，看不清是否有人。酒月跨进门槛后稍稍站立片刻，然后重重咳起。这是他有生第一次住客栈，他居然也可以住一住客栈了，柳花要是知道了，肯定逢人便讲吧？

脚步声从里屋传来，走近了一看是位男人，个子虽比酒月高一个头，但跟其他人比也不能算高的，倒是肩特别宽，而且厚，就显得壮了，脸颊上都是胡子，从下巴一直密密麻麻蔓延到耳根，看着并不怎么收拾，像荒地里刚胡乱长出的杂草。男人还离得很远茶香就先飘过来，夹一股茉莉花的味道，原来他一只手托着一把紫砂壶，另一只手捏着一个小茶杯。刚才在独自小饮吧？不一会儿一个女的也跟出来了，年纪跟那个男的相仿，挽着发髻，穿蓝粗布大襟褂子，黑色肥裤，眼梢向上吊起，腮帮肉嘟嘟的，看着姿色不少，但腰间扎着一条油腻腻的围裙，一下子就没有了富贵气。他们是店家吧？都三十岁出头的模样，看上去像夫妻。酒月用滨城话比比画画一下，他们马上就懂了。这黑灯瞎火的，进客栈还不就是为了住宿？

房间很快就弄好了，但酒月没有马上住下，他在厅里随意走走，看到墙上有一块杉木板，板上用毛笔写着几行字，字不好，歪歪扭扭的，一壶酒多少钱，一碗面多少钱，一盘菜多少钱，总之内容都写得很明白。然后他又转转头，没发现其他客人，但发现了柜台上的毛笔，毛笔边上还有一个砚台。就在这时，他笑了笑。

这一夜酒月睡得非常好，眼一闭整个人就跟断气似的啥都不知道了。

第二天早上醒来已经到处亮晶晶的，太阳非常大。这里早晚冷，但太阳一出来马上就热了。滨城的太阳一过中秋节好像就老了，没料到山里却仍然这么年轻强壮，既驱得走冷，还能晒得皮肤发烫，抬头稍一打量，眼就被刺得眯起来。

他走出房间，看到男人正坐在柜旁，还是在喝茶，还是茉莉花茶，香味一阵阵的。女的则坐门旁，仰着头望外面，眉微皱，看不出高兴还是不高兴。

酒月走到柜台边拿起毛笔，眼盯着砚台，砚台上的墨已经干了。他也没客气，从男人手上取过茶杯，杯子已经见底，但在砚台上方抖一抖，还是落下几滴水。酒月用笔在砚台上抹几下，然后头伸进柜台，俯身看着。男人很快就明白了，从底下抽出一张皱巴巴的毛边纸，展开了放柜台上，巴掌还捋了捋，纸似乎真的被捋平整了一些。

“我叫酒月。”酒月写道。

“找姓徐的。”他又写道。

他还想写更多，可是墨已经彻底干了，笔头上的毛旧扫帚般炸开，在纸上拖出一条条纤细的纹路。笔不好，非常差，要是在朱记南北货行里，老板早就把这样的笔扔了——店里其实根本就不可能用这么差的笔，连记个账都得用狼鼠间毫，软硬适中，返原性又好，哪怕仅仅写个数字，都像享福啊。叹了口气，酒月把笔放下了。他不喜欢这把笔，另外，他认的字也不够把心里话更多地写出来。当年要是不听父亲的话就好了。字不能当饭吃，但可以办大事呀。

男人扭过头看看女人，“哎”了一声，手指头在纸上戳了戳。女人缓缓从椅子上站起，走过来，身子靠在柜台上，歪着头看着纸面，然后跟男人咕噜了一句。酒月不明白他们说什么，他只能猜。那些杉木板上的字看来是女人写的吧？男人似乎并不认得字。酒月用指甲在纸上画了一下，又画了一下，他画的是“找姓徐的”的这句话。

男人又看着女人，手前伸，嘴张开，似乎要说什么，手却被女人一下子拨开了。看样子女人很不耐烦，不时撇撇嘴角，翻出白眼。她比柳花漂亮，但酒月还是更喜欢自己家的柳花。

“我叫酒月。”

“找姓徐的。”

酒月重新在这两行字下画几下，嘴里发出呃呃呃的声响，脸上摆满了笑。也没有刻意要讨好，他平日里就这样。为什么就不能对别人好一点呢？何况出门在外，在人家的屋檐下。他又呃呃呃地说着，手舞来舞去，想把意思表达得更清楚些。

女人看来真听明白了，她垂下眼睑闭目片刻，眉头皱得更深了，接着索性就不打算睁开眼皮，手已经举起，左右摆摆，又重重甩了甩。

这是在赶他走？

酒月这时失声叫了一句，他突然发现身上少了什么……对，夹袄没了，老板送的薄棉夹袄！他返身向屋里跑去，昨晚睡下前他把夹袄脱了，整齐叠好放床头，再搁上腰带，可这会夹袄却没有，仅剩下蛇一样盘在一起的腰带。他又翻开枕头，昨晚解下腰带后，钱就压到枕头底下。钱还在，一张都没少。他抓起，捏在手心，重新出来，向柜台走过去，走得很快，几乎是跑。他说："东西丢了！"哭腔都已经出来了。但马上他想起他们听不懂滨城话，就用上双手先在前襟上扯了扯，又摊开，再上下舞几下。

男人一笑，嘴往旁边桌上努了努。酒月扭头一看，马上也笑了。原来夹袄正搁在桌上，黑黑的一团，密密织出的布面没有变化，浆过的领口仍然硬硬地挺着。他跨前几步，取过，正要往身上穿，猛又停住了。

夹袄的领口破了个洞，洞不大，也不显眼，但确实是破了，明显是有人用剪刀尖戳开的。酒月"啊"地喊一声，揪住夹袄的领口往前伸。男人又笑了，手又指了指女人。

酒月看着女人。女人为什么要用剪刀把夹袄领口剪开？

女人也淡淡一笑，这是酒月第一次见到她笑。接着女人又双掌合到胸前，躬下身。这算赔礼道歉吧？酒月叹口气，只好算了。柳花也喜欢拿剪刀在衣服上弄来弄去，所有女人都一样吧？人家并不知道这件夹袄对酒月有多重要，既然已经这样了，还能怎么办？酒月又叹了口气。

他得走了。在这个客栈一无所获，反而损失这么大，他一刻都不想再停留了。

结账时男人却不收钱，男人指了指他夹袄领口，酒月明白他的意思，就是赔领口的钱吧。他觉得不行，他怎么能占别人的便宜？这事他从来都没干过。他抽出一张钱放在柜台上，被卷了几天，钱已经曲成一团。酒月把它展开，指尖压在两端，上面“中央银行”四个大字和孙大总统头像都明明白白，不是假钱。住一晚不用这么多，他等着男人找他钱。但男人却从柜台后面转出来，拿起钱，塞回他口袋，然后把他往外推。

酒月甩动身体，挣脱男人，又冲到柜台前，放下钱。

这时女人“哎”了一声，然后抓过砚台，她居然开始磨墨了。磨一阵，将毛笔在上面蘸了蘸，拖过酒月刚才写过字的那张粗毛边纸，在空白处慢慢写下一行小楷：“钱拿走。我告诉你谁姓徐。”

酒月怔住了，这事有点突然。

男人急急走进里屋，出来时手里托着几块南瓜饼，如果颜色是褐的而不是偏橘红，就和柳花做的地瓜饼一模一样。男人把饼伸到酒月面前，酒月没接。女人就挥了挥毛笔，喊了几声，意思大约是酒月吃了饼，她才肯写字。

酒月就接过，而后就吃了。真好吃。他咬下饼时，女人果然就落下笔了。

“街尾第三家店，姓徐。”酒月把所有饼一把塞进嘴，然后拿起纸反复看着。女人写的小楷和店里杉木板上写的不一样，太不一样了。酒月写不好字，但在老板身边这一年多字看了多少啊，他没想到女人字写这么好，工整，清秀，充满力道。

女人却已经走开，重新坐到门后椅子上，腿别着，两手交叉放腹前，皱着眉望着外面。

当着客栈男人和女人面，酒月重新把钱卷进腰带，绑扎到腰间，就像老板帮他做的那样。这家男人女人既然不收钱，怎么说也不收，那就没必要防着了。然后他背起背包往外走，已经干掉的地瓜饼还装在里头，脚迈出一步，它们撞在一起，就会咕噜噜轻微响几声。没有灶蒸一蒸，即使有，他也没时间啊。弄子窄窄的，大白天脚下的青石板跟夜间完全不一样，油光没有了，剩下污黑的旧，一块块挤挤挨挨贴在一起，像柳花把碎布头剪成四四方方再缝到一起的被面。

回过头，他看到脸颊上布满杂草般胡子的男人正站在“青天客栈”牌子下，手里仍然握着茶杯。男人也看着他。他连忙举起手摆了摆。在朱记南北货行里，每天也都能闻到茉莉花茶的香味，老板自家茶园里收的，自家茶厂制的，早上、中午、傍晚，反正都是酒月帮他泡好端上。一种东西还没吞下肚子，香味就到处飘着送给人，连喝不到的人鼻子都先享个福，这是心地多么好的茶啊，喝这种茶的人，是不是也都像朱老板那么心善呢？

酒月又摆了摆手。

男人只是默默看着他，没有回礼。

酒月笑了笑，他不会计较。他眼睛不好，他个子不高，他认字不多，他十六岁了才第一次出来见世面，他到现在都还没帮老板讨到钱，总之他有什么资格跟人计较呢？以前学打铁时，生铁烧得像熟柿子那么红，别人随随便便一锤子下去，都能准确砸中，他却不行，怎么用心都是砸歪。锯木头也是，明明用墨线打过底了，可是锯子一上一下拉着拉着，就拉到线外边去了。那时他就知道自己天生就对不起这个世道，对不起别人。都对不起了，还有什么好计较？

现在最要紧的是快快去讨到钱。

究竟街尾是左边还是右边的第三家？酒月正要回头再去问，走几步又停下了。不必啊，别再耽误时间了。既然欠老板的钱，老板发来的是茶叶、绸缎、棉布、油伞、角梳、脱胎漆器之类的货，那这家店铺做的就是这些买卖。到街尾看看，一二三数到第三家，哪家卖的是茶叶、绸缎、棉布，或者油伞、角梳，总之只要摆着这些东西，看看店名是不叫什么春的，再进去问主人是不是姓徐，这不就成了？酒月很高兴自己能想到这一点，能想到说明他并不笨啊。回家时他一定得把这一点告诉柳花，柳花会比他更高兴的。他还要告诉柳花，自己学会跟人用写字来交谈，柳花会吗？父亲会吗？母亲会吗？他们都不会，但酒月会。酒月是昨晚在客栈里才突然想到的，如果昨天白天想到，白天就把字写在纸上问一问人，应该就已经找到姓徐的，也已经讨到钱了。

他在自己脸上拍打了一下。

昨天他算不算耽误啊？耽误了整整一天。

他已经走到弄口了。他从弄口转出去。他到了街上。他向街尾走去。

很多店铺仍然关着门，他怕自己看不清楚，用手揉了揉眼。就在这时，突然"咚"的一声，脑袋像被什么东西死死捏住，他嘴巴刚张了张，跟前就黑了。

四

陈酒月再次醒来时是在一间没有窗户的屋子里。好半晌他才回过神来，明白刚才自己并不是睡过去的。后脑勺疼，用手一摸，摸出一个大包。那么是晕过去了？为什么晕？晕了多久？是被谁打晕的？眨几下眼再一看，屋里不仅他一个，还有很多人，都木着脸坐在地上，见他醒来，有不少眼珠子投过来。有人问了他一句什么，他没听懂，那个人也就不问了。屋里很静，但耳朵里却灌满了声音。吼、嘶喊、惨叫，还有噼噼啪啪的撞击声。这是哪里？出什么事了？

他欠欠身子，慢慢坐起来。旁边马上有个人伸出手把他猛地一按。他抬起眼皮往上看，是个黑瘦的男人，大约五十岁出头，黑裤，鼠灰色粗布褂子，脸上横着几道伤口，还没愈合，淌着血，身上衣衫也破了，一道道地破，像是用什么东西故意撕开的。这是谁？酒月不认识。他重新爬起，还没坐直，男人又手伸过来，这次用上更大的劲重新把他按倒。男人扭过头说了一句什么，声音不高，但很用力，连眼珠子都使上劲，直直瞪着他。他还是不明白什么意思，他听不懂啊。

但他不再坐起。可能人家不喜欢他坐起来吧？他这么想，那就不坐了。躺久了身子半边有点麻，但既然别人不愿意他坐，就算了。他什么时候跟人争过？一直不争。他什么都不如人，还不能让着人吗？不让就是他不对了。

门外有响声，是开锁的声音，屋里马上就嗡嗡嗡动起来，所有人都从地上站起向屋角退去。酒月用手臂支撑起上身，茫然地看着，他不知道发生了什么。那个黑瘦男人本来也往屋角退去了，看了看酒月，又返回原地坐下，身子挡在酒月前面，反手又把酒月按下了。

门开了，酒月从黑瘦男人的屁股外侧偷眼看去，屋外站着两个端枪的日本人，进屋的也是日本人。大皮靴，土黄色马裤，白衬衫，屎状的军帽。日本人呱啦呱啦说着什么，没有人应他。日本人又呱啦呱啦一阵，还是没人应他。日本人就走过来，走到黑瘦男人跟前。酒月连忙闭上眼，等他重新睁开时，黑瘦男人已经被日本人从地上拖起来了。他想都不想，一伸手就抱住黑瘦男人的脚。日本人能做什么好事？又要弹鼻子了吧？

黑瘦男人踢了他一脚，还气恼地骂了一句什么。酒月发现这时候日本人已经放开黑瘦男人，冲着自己过来了。看上去日本人很意外的样子，瞪大眼俯下身，揪住他的胳膊，一把将他拎起来。日本人明明个子也不高，怎么却有这么大的劲呢？

酒月被日本人拖出了屋。酒月想，去就去吧，去了把事情说明白了，他就可以出去找卖茶叶、绸缎的店铺，向那个姓徐的人讨到钱，然后回滨城。他不想在桔州待下去了，第一次来，还哪里都没转一转哩，竟转进鬼子的窝里来了。

鬼子前几年都在北方。母亲好几次庆幸地说："幸亏我们活在南方啊！"父亲也说："中国这么大，小日本打不到我们这里的。"最终还是来了，几个月前才来的。码头上消息多，父亲听人说打了几年，鬼子其实已经不行了，马上就要完蛋了。可是现在他们明明还没完蛋。

酒月被扔进一间暗幽幽的房间，也没窗户，不过比刚才那间要大很多。屋里还坐着几个日本人，有一个明显看着是个官，他手里握把大刀，刀拄在地上。在日本人的背后则站着一个穿对襟褂子的男人，看着像中国人。

他们要干什么？酒月从地上爬起来，并住手脚老实站着。

像军官的那个日本人说了一句日本话，穿丹士林对襟褂子的男人马上也跟着说了句当地土话。日本军官又说，穿丹士林对襟褂子的男人也说。

酒月摇头，无论日本话还是当地土话，他真的一句都没听懂啊。

啪！啪啪！身后几声响传来，是那种沉甸甸的闷响，像屋子垮了，像山崩塌的声音。酒月脑中空白了片刻，马上明白过来了。他没有任何犹豫，嘴一张，霎时哭出来，声嘶力竭地，揪心揪肺地哭。那个穿白衬衫把他从那间屋子拎到这里的鬼子，手里握的是蛇一样的长鞭子，鞭子还浸了水，它从背后往酒月头上抽，酒月抱住头哭，它又往酒月脚上抽，酒月就跳着脚哭。凭什么啊，凭什么说打人就打人？打得还这么狠？以前父亲也用竹枝打过他，那都是因为他做错了事。可现在他错哪里了？他只是来帮老板讨个债，向姓徐的讨，不是向日本人。他大声喊："不要打啦，不要打啦！"但鞭子根本不想停，有一鞭恰好打在腰带上，腰带扑地一声响，然后松了，一点点往下滑，接着三张法币就到了地上。第一眼肯定看不出它们是钱，早卷得变形了。但抽鞭子的日本兵马上停住手，捡起钱，一张张拉开看，嘿嘿嘿笑起，然后走到军官面前，把钱递过去。

酒月嘴一张，更大声地号哭起来。刚才他哭的是身上的疼，现在哭的是钱。他还想把钱省下来带回去还给老板，现在却落进日本人口袋。"操你妈小鬼子啊！"反正他们都听不懂滨城话，索性放开骂了。"你们没有长良心吗？良心被狗吃了？快滚回去啊，滚啊！"

鞭子重新落下来，这会儿是迎面抽下。酒月用胳膊护住脸，蹲下，继续哭。

最后他哭不动了，他不知道自己什么时候哭不动的，又是什么时候被拖回原先那间屋子。醒来时他明白自己又昏过去了，但他不清楚这次自己昏了多久。到桔州他已经昏过去两次了。第二次是被日本人打昏的，那第一次呢？第一次是早上，他走出青天客栈，出了弄口，转到街上，正往街尾寻找卖茶叶、绸缎、棉布之类的店铺，后脑勺那里就被人重重砸一下，砸出一个大包，然后他就到了这里，这里是日本人的地盘，日本人又打了他。

他嘴一扁，打算再哭一场，但还没出声，嘴就被人捂住了。

还是那个黑瘦男人，正俯着身子蹲在旁边，捏起拇指和食指的指尖缓缓地伸到酒月胳膊上。他要干吗？酒月紧张地盯着他指尖，原来那条浸了水的鞭子把衣服抽破了，皮和肉也破了，布和皮肉就粘到一起。黑瘦男人要用指尖把布从皮肉里夹出来。破的是胳膊、腿和脑袋，身上要是没有朱老板送的那件夹袄，也得破。夹袄帮他挡了几鞭，夹袄破了，但夹袄上的布没有嵌进肉里。

疼！黑瘦男人指尖碰一次，酒月浑身就抽搐一下，但他咬住嘴唇没有喊出声。黑瘦男人指尖伸过来时，另一只手竖在唇前，嘴里轻轻“嘘”了一声。这意思酒月懂，就是让他别喊。他突然回过神了，原来黑瘦男人刚才一直把他往下按，就是让他装昏，别让日本人知道已经醒过来。醒过来，他就得被拎去，就得挨鞭子。

酒月眼泪涌出来了，他闭拢了嘴，但管不住眼泪。然后他就睡过去了。没想到一个人被打了之后会这么累，被打越重会越累吧？梦也可能越多，梦里有老板也有柳花。柳花在哭，嘴巴张得非常大。柳花冲着日本人又踢又捶，柳花喊：“他还是个孩子啊，你们这样欺侮他！”

酒月醒了，他不是被柳花哭醒的，而是被人摇醒。睁开眼，到处是黑的，原来是半夜了。黑瘦男人又嘘了一声，把他从地上扶起来。酒月起来了，站立不稳，晃来晃去。还没明白怎么回事，黑瘦男人拉住他的手向前跑。酒月不知道要去哪里。屋子不大，很快就到了墙角。墙角还有好几个人，都猫着腰，急匆匆的样子。墙上有洞？酒月一激灵，终于彻底醒过来了。黑瘦男人蹲下，把他往洞口按。洞口不过锅口那么大，探一眼，外面只有隐约的亮。昨晚月光那么大，今晚却没有了。到底洞是什么时候挖开的？酒月最好奇的是这个，他居然一点都不知道啊。但还来不及问谁，背后就被人用力一推。大概是黑瘦男人吧？他听到黑瘦男人低声喊了一句什么，声音有点失真，像从管子里传出来的，大约是让他快跑吧。

他真的往前跑了，用尽了全力。脚很痛，身上很痛，但他不能停下来。风凉丝丝的，风刮过耳边，刮过头顶，刮过夹袄——对，夹袄还在。夹袄是老板送的，老板让他来讨债。如果不是夹袄让他想起老板，他会一直向外跑，跑出桔州城。但现在还没找到姓徐的，钱还没讨到，他不能离开桔州。

后面很快传来枪声，还有日本人的喊叫声。黑瘦男人呢？酒月不敢停下来，他还是跑，不停地跑。他以为黑瘦男人肯定也跑远了，没想到其实没有。那一句像管子里传出来失真的低声喊叫，其实是黑瘦男人留在世上最后的声音。

五

第二天傍晚酒月在城中鼓楼上看到一排脑袋，都是从脖子处砍下的，刀子肯定很利，切口处基本没有锯齿边。血已经凝固了，但地面上血迹还在，微微发黑，一摊一摊的。

其实早上鼓楼城里就围满了人，酒月那时不知发生了什么，一开始他也没有兴趣。日本人开着车，车上放着大喇叭，喇叭里放出来的是当地的土话。是那个男人的声音，昨天他被浸了水的鞭子抽时，站在日本军官身后那个穿丹士林对襟褂子的男人。喇叭响过之后，日本人就端着枪把当地人往鼓楼赶了，一拨一拨赶，那里很快就聚满了人，却死一般安静。

到底怎么了？酒月不敢马上过去。他躲在半山坡一垛木柴堆旁，桔州城就在眼皮底下，但他不知那个姓徐的人在不在鼓楼前的人群里面。

下午鼓楼前的人散去，日本人也走了，酒月还是不敢过去。但他已经慢慢相信那里有什么事是跟他有关的，至少跟他认识的人有关。傍晚天开始浑浊，连晚霞都消尽了，他才从木柴堆旁站起，他个子本来就不高，但还是把身子弯下来。到处迷迷蒙蒙的，山里的雾说来就来说走就走。他到了离鼓楼十来米远的一棵树旁，从树身后探出头，看到墙上挂着的一排脑袋。

只片刻，他就转身跑开了。他不能在那里多站，他站不住了。

脑袋里有黑瘦男人，还有“青天客栈”里那个一脸乱草般胡子的男人。

酒月大口喘着气，他跑了很久，然后在一处一人多高的芦苇丛里蹲下来。一路上他都急着找地方哭一哭，但蹲下后，哭却没有了，一下子好像不知怎么哭了。他双手环抱胸前，手贴住夹袄，瞪着眼，一直瞪着。挂在鼓楼上的那一排脑袋，差不多每个人也都是这么把眼瞪大的，他们瞪着眼死去，但酒月还活着。

夜深后酒月去了青天客栈。黑瘦男人从墙洞里钻出来被杀，客栈男人又是为什么得罪了日本人？墙上没有挂客栈女主人的脑袋，她人呢？

酒月进了那个小弄口，他走得很急，脚上是柳花亲手缝制的鞋子，底子纳得很厚，踩在青石板上没有任何声音。

客栈门大开，一开始看不清任何东西，在里头站久了，就模糊看到乱成一团的柜子、桌子、椅子，它们倒了，坏了，歪斜了，柜子上的东西也都到了地上。酒月俯下身子，陆续找到了砚台、毛笔、茶杯、茶壶……

他凹起掌心托住茶壶，掌太小，不能像一脸胡子的男子那样托得又稳妥又贴切。

他扶起一张椅子坐下，坐了很久。他从滨城坐船到桔州，只是为老板讨个钱。老板说那个人姓徐，老板还特地把店铺的名字写在纸上让他看过，问他记住了没有。他以为记住了，其实没记住，所以他现在还没讨到钱，却经历了这么多事。

整个晚上他都没有睡，竟然一点都不困。身上到处还都是伤，大都没结疤，疼，还是疼。他暂时不想管它们，开始动起了手。到处都是乱的，厅堂、房间东西都乱七八糟地扔着。他捡起东西，扶正桌椅柜，找出水桶，拿块布，一样一样逐一清洗过去，地也扫了，一丝残叶都不存。在朱记南北货行他就是干这些活的，已经干了一年多，他干得很好，轻手轻脚和井井有条都是起码的要求。天亮时，客栈已经恢复原样——其实比原样更像样，像样多了。如果一脸胡子的男人还活着，看到被他整理过的客栈，一定会非常满意，像朱老板对他一样满意，可那男人已经死了，脑袋还挂在鼓楼上。

重新走出客栈时，酒月已经换了一身衣服。他从滨城穿来的褂子和裤子被日本人鞭子抽烂了，不能再穿着它们走到街头。而他又不得不去，不去他怎么能在街尾找到那家叫“春”什么的店铺？怎么找到姓徐的人？现在他穿的是客栈女主人的蓝粗布大襟褂衫和黑色肥裤，就是他第一次进客栈那天，看到女人穿的那一身。女人的衣服穿到他身上居然偏宽大了，他站到镜子前瞥了一眼，觉得自己又缩小了一圈。长得连女人都不如，他真是太没用了。

换下的衣裤他揉成一团塞进灶台里去，只留下夹袄。夹袄也破了，他找出针线把开裂的口子重新缝上。穿针的手挺笨，虽然吃力，但还是一板一眼做下来了，裂口全补齐，乍一看似乎并不显眼。这样就好，这样夹袄就还能穿一穿。他反正怎么也不能把夹袄丢掉啊。

他在柜台上留下一张纸条，上面写着：“借衣裤一……”最后一个字是“套”，他没有写出来，他不知道这个字怎么写，就空在那里。女主人回来时，他相信一定能看懂。她还能回来吗？

跨出门，他在店牌下站了一会。那天那个男人就是站在这地方看着他走远的，他对男人摆了摆手，那时男人手里托着茶壶，茶香还淡淡飘出，脸颊上浓密胡子也清晰可见，转眼却死了。

他向弄口走去，心里清楚穿了女人衣服，就该迈出女人的小步，免得引人注意，但他还是管不住自己的脚。老板让他速去速回，老板一脸的愁苦急切，可是他却把事情办成这样，他讨不到钱，甚至还没找到那家店铺。

茶叶、绸缎、棉布、油伞、角梳、脱胎漆器……他现在脑子里都是这些。远远见日本人从街上过来，他马上躲起，然后继续向街尾走去。一二三，左边数到三，右边再数到三，没有呀，没有名字中带“春”的店铺，其实根本没有店了，连门都没了，几家店都空洞洞地豁着口，里头没有任何东西。

入夜后他不敢再待在街上，打算重新走到半山坡上的木柴堆旁，那里两边都是齐人高的茅草，零星有几株松树，树身碗口粗，后面是望不到底的悬崖，崖上没有土，却一纵一纵爬满茂盛的青苔。那里至少还比较安全吧？

但是他还来不及走到柴堆旁，就被人拦下了，是个十四五岁的女孩，女孩个子不高，但粗胳膊粗腿，梳两根朝天辫，脸粉嫩红皙，大眼，小嘴，两腮红扑扑的。她不说话，只是从身上掏出一个米白色东西，手掌摊开，递给酒月。酒月嘴巴一下子张大了。象牙烟斗！他把烟斗举到眼皮底下细看，果然看到上面雕着一只大嘴金蟾。

这是老板的烟斗啊！

六

酒月做梦也没想会在桔州见到老板。

他跟着小女孩往前急走，弯来弯去绕过几条小巷后，闪进一户大院子的门。屋里没有点灯，酒月一进门还是马上闻到老板身上那股特殊的茶香了。老板四十三岁，却已经喝了至少四十年茶，茶在他腹中徐徐沉积下来，早就渗进每一根毛发里了。

厅堂太师椅上坐着一位男人，酒月以为是老板，跌跌撞撞上前，一看并不是，只是年纪相仿，但比老板胖，脸圆嘟嘟的，眼梢往上吊。

酒月问："老板呢？朱老板啊？"

男人咳一声，屏风后很快走出两个人，一个是老板，另一个是……酒月定睛一看，不正是青天客栈的女人吗？她手里举着一盏煤油灯，灯不亮，但已经足够把她脸上轮廓清晰照出来了。

酒月腿一软，猛地跪下了。"老板……"他觉得自己喉咙那里仿佛架着几把锯子，一起用力割过。但并不疼，只是有点麻，又麻又胀。泪下来了，雨一样往外涌。"老板……"他又叫了一声，声音已经变得沙哑。

老板说："你起来！"

酒月一愣。声音不对，老板从来没有用这种腔调跟他说过话。他没有起来，只是仰起头看着老板。泪水厚厚地覆住眼眶，他看不清老板的脸，但老板脸上的寒气他还是感觉到了。"老板……"他再喊一句，声音打着战。

老板重重叹口气，指节在桌上叩几下，问："你都做了什么啊酒月？"

酒月说："我来桔州帮老板讨债，我找姓徐的……."

站在一旁的那个男人又咳了一声，说："我姓徐。"

客栈女人也开口了，她说："我也姓徐。"

他们说的都是滨城话。原来客栈女主人会说滨城话，但那天晚上她没有说，她更没说她跟酒月要找的那个姓徐的人认识。酒月眼珠子在两个姓徐的人脸上滚了一遍，他们眼、嘴、脸形都非常相近……他说："你们……是兄妹？"

没有人回答他。

客栈女人放下油灯，从桌上抓过一把剪刀，急走几步到酒月身边。酒月不知她要干吗，身子猛地往里缩。剪刀并没有落到他身上，客栈女人只是用力扯下他的夹袄，剪开浆得硬邦邦的领口，翻找几下，好像找到了，就把夹袄往地上一扔。

夹袄里藏有东西？没有人跟他说过啊。酒月直直地盯着客栈女主人手上。一阵风过，油灯晃动几下，火像是要灭了，是老板伸过手掌罩住，罩了一阵，风停了，火苗又往上拔长。

客栈女人手中是根细长的东西，女人把它展开，变成一张纸，纸不大，两头翘起，还保持着往里卷去的势头。女人往上面看几眼，递给站边上的徐先生。徐先生也看了，再递给朱老板。朱老板用中指和食指夹住纸的两端，拉开，看了片刻，把纸伸到油灯上点着了。火在他指间燃起，像开着一朵花。花越来越小，终于只剩下小小一撮时，老板把手一松，它就轻轻往下飘，飘到酒月跟前，就只剩下指甲大小的一块泛着零星银色的灰烬。

酒月低头看它。夹袄里一直藏有东西？到底写着什么？酒月好奇极了，可是他知道现在问不得，问了也不会有人告诉他。他看着老板，觉得这会儿的老板跟以前不一样，这个老板好像跟他不认识似的。

老板又用指节叩了叩桌子，老板说："酒月啊，你到底做了什么？快说！"

酒月手按到地上，四肢连爬几步，到了老板跟前。"老板，酒月还什么都没做，店铺找不到，姓徐的……噢，"他转过头看着徐先生，"店呢？徐先生您店名叫什么？"

徐先生说："冷春轩。"

酒月猛地一拍额头，对呀，冷春轩，老板那天在码头上写的就是这三个字。"店呢？您店在哪里？整个桔州城都找遍了，酒月都没找到一家名字带春的店铺啊，街尾那里也没有，不是第三家，第三家店没了……"

还没说完，酒月整个人往上一震。有人在他屁股上狠狠踢了一脚，是客栈女人，徐先生的妹妹。她说："我丈夫是你出卖的吧？是不是你！"

"出卖？"酒月没听懂。

老板不耐烦地提高嗓音，老板说："是你跟日本人说的青天客栈？"

酒月摇头，原本只轻轻摇几下，忽然回过神，猛地像拨浪鼓似的急急摇动。"没有！酒月怎么会跟日本人说？老板知道酒月不是这样的人！老板可以作证，老板……老板……"

眼泪本来就没干，这会儿又重新倒出来。

"别哭！别出声！"徐先生呵斥道。

酒月声音立即咽住了，但泪还是停不住。他什么时候害过人？从懂事那天起，他最不乐意做的事就是害人。别人害他，他都认了，反正他不会去害人。好好活着，都是人，为什么要去害呢？他想到鼓楼上那一排脑袋，脸颊上布满乱草般胡子的那一颗……客栈男人不是他害死的。明明没有，却被说成有，这怎么办呢？怎么才能辩解清白？

他说："我没有，我不会……老板，老板您替我说说话呀……"

老板没有开口，厅堂里安安静静的。

酒月重重地往地磕了三个头，然后站起。额头破了皮，血像红豆般冒出来，一个两个三个。有点痒，他用巴掌在上面一抹，巴掌就红了。"酒月没本事，没有帮老板讨到钱，但反正老板自己来桔州了，找到徐先生了，就不怕徐先生再赖账。现在不需要酒月了，酒月就此别过……”话音未落，酒月转过身向厅堂外走去。门关着，屋里挂着一圈黑布帘子。酒月脚趔趄着，一连掀了几块帘子，终于找到门时，老板已经把他拉住了。

老板厉声问：“去哪？”

酒月抽泣着说不上话。

老板把他往后推了推。“去哪？”

酒月没站稳，一下子扑倒在地上。他索性也就躺着，手臂盖住脸，呜呜呜长一声短一声细细地哭着。好像老板和徐先生兄妹用官话小声说着什么，酒月反正听不懂，他也不想听。刚才他打算去哪？去死啊！半山坡柴堆后面就是悬崖，从那跳下去，不跳这样活着还有什么脸面？说他害了人，害客栈男人脑袋被砍下，挂在鼓楼上，这是多大的罪啊！要是父母听到了，柳花听到了，他们万一相信了呢？不如死了，死了啥都不用管了。可是死了也消不了这个无端落下的罪啊。他才十六岁，父亲十四岁就有儿子，他十六岁了还没有，他不能死，死了就永远不会有儿子了，那柳花怎么办呢？柳花会哭瞎眼睛，一个人孤孤零零到老，老了也没有人照顾她，安慰她，可怜她……酒月躺在地上说服自己，他慢慢不哭了，过一会坐起，再站起。

厅里空荡荡的，没有了老板，也没有了徐先生兄妹，只剩下带他到这里的那个梳着朝天辫的女孩，她刚才一直安静地坐在屋角小凳子上，现在仍然在老地方，仍然坐着，左手托住下巴，直直看着他。

“人呢？”酒月问。

“老板呢？”酒月又问。

女孩不答，脸上什么表情都没有，她站起，不急不缓走过来，两根朝天辫在半空中晃来晃去。这时酒月看到她右手了，右手上居然握着一把枪，手枪。

走到酒月跟前，她伸出手拉了拉。酒月跨前一步，把客栈女人丢在地上的夹袄捡起，然后顺从地跟着她走。即使她手上没枪，他也不会逃。逃哪里？老板都已经从滨城到桔州来了，他得等着老板。

徐先生的院子比滨城春杭路上老板家的院子小不多，三进，每个宽大的天井里都安放几个硕大的水缸。屋子是木构的，但把院子团团包住的围墙则是青石和三合土砌成的，两人多高，覆着黑瓦，飞檐凌空翘起。沿着墙旁的拦雨廊走，就走到后院，那里是个花园，有池子、石桥、石亭，花草茂盛。穿过花园是书斋，小女孩推开一个书柜，书柜背后是墙，但地上却有一块方方正正的石板，中央有个凹槽。小女孩把枪别到裤头，从旁取过绳子，绳子穿过石板凹槽，然后她用力往旁一拉，一个洞就豁出来了。洞口架有梯子，往下，下到底，居然是一间屋子——准确地说，只能算是地窖吧，极其宽大的窖而已，那里有张床，还有一张狭小的桌子和椅子。而桌上放着的，是一碗还微微冒出热气的地瓜粉面，一双筷子斜斜插在面里。

船从滨城离开那天起酒月就没像样吃过一顿了，而从日本窝里逃出来后，整整两天了他一直就饿着，柳花做的饼没有了，老板给的钱也没有了，他只能到树下捡落下的烂果子，它们大多被鸟啃了一角，有一股酸腐味，但没关系，在衣服上擦擦，就咬进嘴里了。

现在面却摆在了桌上，插好筷子，等着他吃。

酒月喉咙咕噜几声，但他没有坐下，没有坐到地瓜粉面跟前。他突然意识到一件事：老板让他来讨钱，可是老板似乎并不看重能不能讨到钱。

他单独坐船到桔州，可是转眼老板自己也赶来了。老板和姓徐的兄妹在一起，一点不像追债与欠钱人之间的关系，那他们是什么关系？

什么关系？

七

酒月在地窖里只做一件事，就是躺着。女孩把他带进来后，转身就走。酒月听到顶上石板扣上了，然后是书柜被拖过来的嘎嘎声。

他出不去了，只能老老实实待在这里。

老板呢？老板去了哪里？还有姓徐的兄妹，他们和老板在一起吗？

窖里原先是点着油灯的，酒月把它吹灭了。他不需要看什么，也没什么可看，点着就是费钱。这是徐先生的家吧？看上去当然是有钱人，但再有钱跟酒月也无关，酒月不能让人家白白破费。

酒月不知自己什么时候睡着，也不知睡了多久。醒来时他听到很大的声响，对，是声响把他吵醒了。他一轱辘从床上翻下来，跑到梯子旁，耳朵贴过去听着。声响就是从顶上传来的，噼噼啪啪。还有人声，很多人声，喊叫着，怒骂着。声音嘈杂，却是模糊不清的。接着枪声也响了，接连响了几声。

酒月紧张地转一圈，手到处摸。他不敢点灯，但想找到可以抓在手里抵抗的东西。其实没用，即使有刀也扛不住枪。

死期终于还是来了吗？这个宽大的有床有桌椅的地窖，就是他的坟墓？

老板呢？老板和姓徐的兄妹一起逃走，把他一个人丢下？酒月大口喘几下，他害怕，头仰着，眼盯着梯子尽头那块黑得什么都看不清的石板。如果书柜被推开，石板再被掀开，枪口伸进来，朝下开几枪，他就真的要死了，死在十六岁。可他不想死啊。

石板是很久以后被打开的，具体多久不知道，酒月觉得几万年已经过去了。其实上面的响声已经消失很长一阵子了，酒月仍然靠在梯子上，耳朵好像已经和梯子粘到一起，不敢动，他也不想动。这期间他好像闻到过烟味，嗓子难受，咳着。他脱下夹袄，又脱下客栈女人的大襟衫。热，一下子热起来。他把大襟衫绑到脸上，这样咳时，至少可以压一压，不会往上面传。

后来他听到老板的声音了。老板轻声叫："酒月，酒月！"

头上的石板哗地开了，老板举着油灯，灯光把老板的脸映得像木头刻出来的。

“酒月！”老板又小声喊着。

酒月抓住梯子，但脚却抬不起来，他以为已经用上力了，可脚根本不听使唤。接着，很快就有万千只蚂蚁在两腿上啃着咬着。他居然把腿给站麻了。

“酒月，你没事吧？”老板一只脚已经探到梯子上了。酒月连忙说：“没事，老板我没事，我上去。”

酒月上去后才知道，已经是半夜。老板说：“你没事就好。”说过老板就不再搭理他，径自走去。酒月连忙跟上，他怕转眼又找不到老板。

屋里已经不是白天见到的那副样子，除了高高的围墙和花园后面的书斋，房子基本都没了，剩下横七竖八的焦黑柱子。失火过？火烧到花园时熄下了？

花园里有两个人影，酒月很快就认出是姓徐的兄妹。他们手里都拿着一柄锄头，一下一下地挖着地。

老板说：“快点！”

徐先生点点头，把锄头往旁一扔。他脚下有一个又长又大的木盒子，徐先生蹲下，把油灯点着，然后把灯举到木盒上。

酒月差点没失声叫起，他看到那个梳着朝天辫小女孩了，她身上全是血，左侧脸上有个被枪打出的洞。她死了？被谁打死的？

“快点！”老板又催促道。

徐先生把一块木板盖到盒子上，然后和客栈女人一起抬起，放入刚挖出来的坑里，再把土覆盖上去。老板也上来帮忙，老板都帮忙了，酒月当然也不会闲着。没有锄头，酒月用手用脚把土往下推。梳着朝天辫的女孩拿着象牙烟斗找他，又提着枪把他带到地窖里，他活下来了，她却死了。

老板拉了拉徐先生胳膊说："不能再拖，马上走。快！"

客栈女人也挥了挥手说："走。"

他们仨人在前面，酒月跟在背后。居然又走到书斋。刚才书柜没有推上，洞口石板也没盖住，仍然都敞着。客栈女人先下了洞，然后徐先生回头看看酒月，又看了老板一眼。老板马上说："他一起走！"

徐先生好像有点为难，支吾了一声。

老板又说："他一起走！"

酒月还愣着，老板把他往前一推，推到洞口。

下了洞才知道，这并不仅仅是个地窖，地窖里还有一扇门，打开门，是长长的洞。洞向前伸，弯来弯去地伸，酒月低着头跑，终于跑到尽头，从洞里钻出来时，看到一条江，江旁停着一条带篷的船，船上还有两位撑竿的人。

三年后，酒月的儿子已经开始咿呀呀学说话了，老板躺在南北货行的罗汉床上，边衔着烟斗，边慢悠悠跟酒月聊起夹袄的事。老板不开口，酒月是不敢问的。他一直盼着老板说，现在老板终于说了。

桔州不是打了一阵仗吗？那个三省交会的地方往北通海，往东也是海，往南则有一片大平原。小日本那时快不行了，但哪里会甘心？他们一边窥伺着时机，一边琢磨着退路，所以桔州就非抢下不可，调过来一个师精锐部队，打了几个月。守桔州的部队眼都打红了，死伤一大片，毕竟武器不如鬼子，最终桔州还是丢了。

老板吐一口烟看着酒月。“你从滨州走时，夹袄领口里藏着一张手绘的地图。”

酒月说：“地图？”

老板说：“桔州城丢时，有个受伤的指挥官来不及撤走，乔装后隐在城里。这事鬼子也知道。那一带都被他们占了，要救出指挥官就非常难。地图上绘的是救指挥官要走的线路，每一个点都有人接应，错一步，就前功尽弃。”

酒月站在罗汉床侧面，老板让他坐，他不坐。同一件事站着听和坐着听，滋味肯定不一样吧？这会儿他背上已经渗出一层汗，脖子僵直，仿佛浆过的领口还硬硬地顶在那里。他记起青天客栈，还记起徐先生家。那天当着他的面，客栈女人把领口剪开，取出纸，纸看过后被老板烧了。原来那是地图？

老板摆了摆手，老板说：“那张纸是鬼子营地的大致情况，多少人，有什么武器。”

两张？原来领口里藏着两张纸？

老板又摆了摆手。老板可能高兴了，话越讲越快，越讲越多。酒月觉得自己脑子有点不够用了，嗡嗡嗡地响成一团。那天离开南北货行后，他直接走到朱记茶园，在坡地上选一处空地独自坐下。

他得把老板说的慢慢理一理。

原来夹袄领口里的地图是青天客栈女人取走的，而被老板烧掉的那张纸是在日本窝里时黑瘦男人塞进他领口的。

原来领口嵌一道蓝边的薄棉黑夹袄是接头的标记。

原来接头还有另一个标记，就是手里托着紫砂茶壶，托着说明是同道，可以一起赴生死，但老板当时没有告诉酒月。

还有几个原来，比如客栈女人出去送那张地图时，留在店里的客栈男人是被日本人杀的；比如酒月单独去桔州后，老板马上也赶去是因为想来想去不放心；比如那天是日本人闯入徐先生家，想抓人没抓到，就烧了房，杀死了梳朝天辫女孩；比如梳朝天辫女孩不是徐先生的女儿而是丫鬟；比如在他们钻出地洞，坐着船离开桔州城后的第三天，反攻开始，飞机大炮都用上，整整打了五天，一个精锐师的鬼子全部见鬼去了……

眼下鬼子早就投降了。酒月骂过鬼子，让他们滚，他们真的就滚了。如果有机会，酒月现在仍然很想找那个用鞭子抽他的鬼子问一问，明明也是人，怎么对人却下得了那么狠的手呢？还有鼓楼上那一排脑袋，杀鸡杀鸭都不能那么做的啊。还是比柳花年纪还小的梳着朝天辫女孩，还没嫁人，还没生子，那么好看的脸却被打出洞，流了那么多血。

刚才酒月还问了徐姓兄妹的下落。那天船离开桔州，船到了滨城，然后就分手了，再没见过。老板说：“他们都过得不错。”不错酒月就放心了。

他叹口气，直了直身子。茶园现在是酒月的，三年前老板送给酒月。酒月怎么敢要？但老板说如果不要，就断绝来往。老板又说："酒月啊，你这样的人要是都不能过上好日子，这世道能好吗？"

酒月望着茶园，满山的绿，一垄一垄的绿，一眼望不到头的绿。三年来他经常这么望，他眼神不好，眼珠子凑在鼻梁两侧，看久了，绿会越来越绿，绿得迷迷蒙蒙恍恍惚惚。茶园他不会真的占下，老板送给他，他先承接下来，多吃点苦好好管理。总有一天，等茶树更多更茂盛了，树下的土更肥了，树上的叶质更优了，他会把茶园重新归还老板。他一定会！

如果是以前，他根本不敢接这么大的茶园，接了也不敢想能做好，现在却敢。他已经去过桔州，已经有了儿子，还有什么不敢？

刊《雨花》2017 年第 10 期

《小说选刊》2017 年第 10 期转

附：《南北货行》创作谈：想念一个叫陈酒月的人

我认识陈酒月已经很多年。他不是具体的谁，而是站在人群里特别不起眼的某类人，有点迷迷糊糊，不善察言观色，不想迎合讨巧，也不懂为了多分一杯羹而调整此刻的笑容。他懂什么呢？懂诚实宽厚、知恩图报、与人为善、尽职尽责、一言九鼎、忠义孝仁……把这些词语罗列出来时，发现它们都具有传统质地，在我们这块土地上已被当成美德褒扬了两千多年。换言之，一直以来我们都明白什么该赞颂什么该摒弃，可拥有这些品格的人还是越来越少。在生活中我很难找到陈酒月，他呆头呆脑地站在洪水般汹涌的人精里，似乎又憨又傻，没有光芒，既兴不起风也作不了浪。

号称认识他，是因为他一直住在我隐约的向往里。被坑了，被骗了，被伤了，被辜负了，被出卖了，被践踏了，被亏待了……哪怕不是切身遭遇，却每每总是在沉甸甸的感同身受中，想念起那个叫陈酒月的人。趋利避害是人的本能，但如果利是以害别人为前提，陈酒月不会去做；人不为已天诛地灭，但如果为已必须踩下别人的躯体，陈酒月也会断然拒绝。

可是每天总是有那么多不可思议的伤害不时上演，陈酒月怎么办呢？

我一直想找一个血雨腥风的故事让陈酒月置身进去，这其实一点都不难，从春秋战国一路逶迤下来，信手一拨就能拨出一堆。两眼那么单纯明净的人，与身后那个残酷肮脏的背景，是构成反差，还是对比？我因此搬出史书读，古往今来的都有。虚构的故事，却必须有真实可靠的历史经纬线，甚至钱币、服饰、空气、山川景色这类细节，都一步一步慢慢触摸过去。这事做得不是太用心，东游西逛得有点像走进一家货物丰富的大型超市。不同的是超市仅让人看花眼，而阅读则常常不由得心生灰暗。人在神情黯淡时，总不免创造力低下。陈酒月能够在那样的时代里活下去吗？想象着他局促狼狈的举步维艰，我叹口气，还是罢了罢了。因为心疼他，所以放弃了他，一年一年就这样过去了。

但最后陈酒月还是站在了20世纪40年代的南方小镇上。老板有难，酒月想帮上忙。讨债这件事让他充满了成就感。被人信任总是格外愉悦的，尤其是他这样一个天生资质不好的人。长相平平，笨手笨脚，一路遭人嫌弃。一直崇拜的老板突然委以如此重要的大事，酒月欢喜激动中就上路了，不料却险象环生，一切远远超出他理解的范围。万分震惊之余，他得以成长，但初心不变，他还是原来的酒月，忠诚、信义、仁慈、厚道。

“酒月啊，你这样的人要是都不能过上好日子，这世道能好吗？”这句话我借老板的口说出来。酒月在我心里活了这么多年，已经是位血肉相连的亲人，他必须被温柔以待。

一个无害的、充满善意的人，他生活的质量不正是检验这个世界质量的最好标杆吗？

从白天到黑夜

一

一大早曲东喜刚起床，曲西米就哭着跑来说季成根不要她了，又粗又肥的泪嗖嗖往外滚。曲东喜外号“大眼仔”，无论什么时候看人，对方都觉得他是在瞪自己。同样一双眼换到曲西米脸上，却像灌满了蜜，看谁谁都暖，一个目光就是一道水流。可是忽然间曲西米的眼睛就变了，浊得像只烂梨。曲东喜一时没回过神，怔怔地看着妹妹。曲西米说：“他说他不想搞我了。”曲东喜又愣了片刻才终于明白过来。不想搞？连路边一身肉松松垮垮的老野鸡搞一次都还得二三十元哩，曲西米才十九岁，又白又嫩，不想搞？曲东喜转身就往外走，他要去找季成根算账，揍他两巴掌，但最终小腿被打骨折的是曲东喜，而季成根却差点死了。

事情统起来说就是这么简单，在安南镇却是不小的轰动。

安南镇从前离城里很远，公路也没修，进一次城在心理上跟古代书生进京赶一场考那么不易。后来就变了，农村不再包围城市，而是城市向农村步步吞噬过来，一幢幢高楼眨眼间就像巨人部队耸立，地没了，地又没了，地比人更早就改变身份，成为城市的一部分，这样安南镇就从偏远乡下变为城郊——还没变透，像正脱毛中的公鸡，浑身零乱参差，这一绺已花团锦簇，那一簇却一地杂芜。

城郊房租便宜，在这一点上老板们的心思和曲东喜是一致的，腰包再鼓他们也不愿给别人当冤大头，厂房那么大，从城中往城外一移，租金立马是一大笔的节省，路反正摆在那了，不过是汽车油门多踩几脚的事，这个账要不懂得算还做什么生意？重要的是工也好招，本地的外地的，来了，住下了，那些图谋未来拆迁赔偿之计而胡乱搭建起来的民房不正空着吗？少收点钱，正好出租了。

曲东喜、曲西米以及季成根就住在这样的房子里。他们不是同乡，但曲东喜和季成根是同一年到镇上的，都在汽配厂打工，曲东喜是保安，季成根是花匠。后来季成根仍然是花匠，曲东喜却辞去保安单干了。新厂房开建或者改建，总要敲墙砌墙，他做的就是这个活，抡锤子砸掉旧墙，破砖烂泥铲掉运走，再把新砖和水泥沙子挑到泥水匠跟前。很累，但来钱多，一单一单的付清，收工后，腰包里就是实实在在的真金白银，躺下睡觉都踏实。这让他有资格嘲笑季成根，总共才那么几片小钱，一个月才能拿到一次，有劲吗？季成根却不在乎，这个人脸上表情不太多，脸皮很安静地绷着，问一句答半句。

“有老婆了吗？”

“没。”

“打算什么时候找对象？”

“不急。”

那天曲东喜忽然心里一动，就把曲西米从老家喊来了。他是曲西米的二哥，本来上面还有一个大哥，但早些年大哥从家里拿了一笔钱，说是去美国，当然是偷渡，从此就影子都没见着。死了？不知道。在美国发大财不顾家里老小了？也不知道。曲东喜只好被迫升级为长兄，父母也没了，他不为父就没人替曲西米为父了。

这是一年前的事。那时曲西米还只有十八岁，眼睛不仅大，还圆得像玻璃珠，脸也圆，这种长相的人按理个子都不高。曲西米当然也不高，她身上的肉无法纵向拉伸，只好向左右两边撑开了，也就是说她偏胖，肉鼓鼓的，白里透红，放在唐朝就是大美人，不过即使是男男女女都讲究瘦瘦瘦的今天，曲西米也不难看。女人眼睛一好看，基本上就丑不了，而且曲西米皮肤上有一层油光，毕竟年轻嘛。

“哥你让我来干吗？”她还是什么都不懂。

曲东喜备下酒菜让季成根来一趟，曲西米在一旁端菜斟酒。曲东喜要害的话都没说，他知道越说越适得其反。他对了。酒足饭饱送季成根出门，他看到季成根路走得有点黏，分明是不舍得离去，到门外就说：“你妹妹的眼睛长得跟你一模一样。”

一个很好的开头，后来进展就很顺利，季成根带着曲西米看电影逛街进馆子，然后就住到了一起。要放在老家，没结婚睡到一张床上曲东喜会暴跳如雷一万次，现在当然不会，人就是这样起变化的，自己如果想一想都会惊诧。不过曲东喜没空想，主要他觉得没必要想。这事铁板钉钉了，水到渠成的那一天反正会来。

谁知道竟没来，反而季成根忽然不想搞了。

季成根比曲西米大五岁，曲西米比曲东喜小三岁，也就是说跟季成根比，曲东喜也小两岁。人成年后年纪个位数的差别，外表几乎没法看出来，尤其是曲东喜挑了几年担子，风吹日晒流大汗，整个人黑且瘦。而季成根长得本来就嫩，每天又只是侍弄花草，浇浇水剪剪枝，看上去反而比曲东喜小很多。重点不在这里，当曲东喜把曲西米从老家喊来时，他自己还没有尝过女人的味道。曲西米喜滋滋睡到季成根床上时，他还是没有。季成根吃饱了，不想再搞曲西米了，曲东喜仍然单身一人。

曲东喜起床后正刷着牙，曲西米就来了，哭得像发情的猫，腔调拖得又尖又长。曲东喜惺忪着眼，终于被她哭得彻底醒过来。他想起六年前父亲病逝时，曲西米泪流得还没这一半多，再往前两年，母亲车祸死时，她更只是很平静地伤心了一小阵，也就拉个屎的工夫，又有说有笑。连亲戚都看不过去了，说这女孩子没心没肺，脑子里缺一根筋。曲东喜那时心里虽也咯噔几下，但觉得她毕竟年纪小，哭既是体力活，也是脑力活，她还没长大，对伤心事不求甚解也是福气。哪想到，人家懂得伤，为一个原本不相干的男人弄得肝肠都要断的样子。

曲东喜觉得于情于理自己都有责任。是他把曲西米叫到安南镇，又蓄意让季成根看上曲西米。他怂恿曲西米跟季成根逛街看电影进馆子，他没有拦着曲西米睡到季成根床上。好事被季成根全占光了，那么现在必须轮到季成根吃点苦头了。

他本来直接就去找季成根，但转念一想还是先去了趟工地。

无论厂房还是民居，装修前的拆墙以及装修中对砖沙水泥的需求，工作量都极大，房东又往往都急吼吼地指望一夜之间就弄好，所以一个人根本对付不过来，这就需要两三个人一起联手，好听点的叫法是搭档。曲东喜的搭档就是顺子。顺子喜欢使唤人，本来彼此没有高低之分，挣钱对分，做事平摊，但顺子总是说曲东喜你这样，曲东喜你那样，久而久之，顺子就把自己弄成曲东喜的领导，反正都听他安排。跟业主或施工队工头讨价还价，顺子也冲在前面，挺能说的，话赶话嘣嘣脆，还没轮到曲东喜开口，眉目就大致有了。等到开始实质性干活时，瘦得像根扁担的顺子就以功臣自居，找各种借口少挑几块砖，少抡几下锤。省下力气，顺子晚上还有事。

昨天收工时，顺子又接下一单业务，没啥新鲜，反正还是拆墙。房东的钥匙照例顺子不管，收工后顺子大都要跟女人们再忙一阵，他怕把钥匙弄丢了。这个房东赶工期，价格给得不错，所以顺子当时特地叮嘱道："明天早点来。"

今天曲东喜本来可以早来，但被曲西米这么一哭一闹，就迟了。顺子坐在房子前的台阶上看手机，见曲东喜来了，眼斜斜抬上来，脸色很难看，骂了一句娘。曲东喜小声嘀咕道："我有事。"顺子听走样了，瞪过来一眼说："有屎早点去拉呀。"曲东喜不理他，正掏出钥匙开门，手机响了。邻居在电话里说："曲东喜快回来，你妹妹疯了！"

曲西米没有疯，只是快疯了。曲东喜气喘吁吁从工地赶回来时，离大老远就听到稀里哗啦的声响，像有谁踩在一块铝合金板上，又蹿又跳。没有想到，曲西米被季成根抛掉了，却跑到他家里，把所有能摔的东西都摔烂掉，锅碗酒瓶碎了一地。

又不是什么多像样的家，无非一间十来平方米的低矮小屋，是人家把以前的粮食仓库草草隔出一个个小单间出租的，所以曲西米再怎么使泼，钱的损失也不至于有多大。不过曲西米的态度有问题，虽然季成根是曲东喜介绍的，但这事不能混淆到一起。而且曲东喜最恼火的是，他的酒瓶和酒杯子居然遭殃了。他不抽烟不打牌，晚上下班回来时只爱灌灌啤酒，两三瓶、四五瓶不等，把自己弄得半醉不醉。为了省点钱，他自己去农贸市场批发，一次买五六箱，绑在电动车上运回来，高高地摞在门后慢慢享用。可它们，一只只绿色的玻璃瓶现在都到了地上，不再是瓶，而成了玻璃片，麦黄色的液体挤在玻璃缝隙间吱吱吱地泛出泡沫。

“你干什么！”他站在门外大喝一声。

曲西米微微抬起头，马上把桌上的空酒瓶又拿起，举过头，往玻璃碎片群中再重重砸下。

“你干什么！”曲东喜又喊一声。

曲西米这会儿已没酒瓶子可砸了，她气冲冲地从屋里出来，跨出门时，把挡在道上的曲东喜往旁一推，然后急步而去。

曲东喜怔怔地看着，回过神来时紧走几步，喊道：“哎，你去哪里？”

曲西米头也不回答道：“回家！”

曲东喜没想到她这么说。回家？她难道家还在季成根那里？他说：“别再去丢人现眼了，回来！”

曲西米哪里肯理会他，走得更急了。周围没有高楼，也就没有大路，横七竖八的破房子有一点北方青纱帐、南方甘蔗林的特点，很容易就把人掩饰起来。去吧，死活随便！曲东喜气得脸都青了，他转身进屋，清理地上这些垃圾可比清理工地上的建筑垃圾憋屈得多。他给顺子打个电话。这个上午他倒霉透了，不打算再过去干活。

其实下午以及后来好多日子，他都没再去工地。

弄个编织袋把杂碎东西逐一收拢进去，拖到屋外的路边。一般这一带不会有清洁工，就先那么放一阵，万一有捡破烂的觉得还可淘点宝，就一股脑拖了去那可就两便了。

然后他给曲西米打电话，通了，但没接起，话筒嘟嘟嘟地响，一个女声柔柔地传来：“您拨打的电话暂时无人接听，请稍后再拨。”曲东喜愤愤地把手机揣进裤袋。人真不能惯，曲西米就是一个例子，以前被父母惯，后来父母死了大哥走了，曲东喜觉得这么小一个妹妹可怜，不知不觉也死命惯，结果惯成无法无天，关键还这么贱。他妈的老子不管了——要是他也不管，曲西米怎么办？这事死活赖上他了，曲东喜一想气又蹿上来。他骑上了电动车去汽配厂，他要狠狠揍一揍狗娘养的季成根。

结果一条小腿被打断的却是他。

二

汽配厂招收的工人仅一小部分是当地的，上午八点上班，中午半小时吃饭，下午五点半下班，然后当地人回家，外地人租了房子也有家可回。一般每月三百元就可在镇上租下一间小房子了，一个人是这个价格，两个人住也是这个价钱，所以很多就夫妻一起来了，白天各找各的活做，晚上好歹还能聚一聚。

也有像顺子这样，老婆孩子留在老家陪父母，自己孤身出来的。晚上独处一室久了，屋里也会多出一些女人来。顺子把这种事叫“办事”，每次花费不太一样，有时一百元，有时二三十块钱也成。“活着就几十年，我不能亏待自己。”这是顺子的理由。哪天心疼起钱了，他也会一连憋上好几天，但最终没憋住。晚上一“办事”，第二天他就要跟曲东喜夸耀半天。顺子的意思是让曲东喜也学学，别一个人干耗着。曲东喜不学，他不敢。

已经十一月底，太阳照着到处白花花的，其实凉意还是夹在风里丝丝来了。曲东喜掏出手机看看，快十点了，推算一下，正是季成根上班时间，但厂子门口的保安告诉他，季成根今天没来。

保安流水般更换，已不是曲东喜当时的同伙了，不过关系毕竟多一层，新来的这些人也不至于骗他。没来？那就在家里。

曲东喜房子租在镇子东面，季成根则在西面。东面是老街区，西面靠近城里，镇上有点钱的人新房子都往这边盖，附近还有一家大超市，人流量大，热闹倒在其次，关键是生活方便了很多。不过季成根所租的房子并不比曲东喜强多少，也是低矮的单层瓦房，红砖砌得歪歪斜斜，连砖缝间的泥浆都粗糙裸露着，有一股隐约的臭味。以前这房子究竟是做什么的很可疑，养猪养牛都可能，只是现在已没人过问了。曲西米来镇上之前，曲东喜有空会过来坐坐，聊聊天，喝点茶。季成根不吃饭可以，不喝茶肯定不行，一闲下来就在面前摆一把小壶和几只半个拳头不到的小杯子，一遍遍泡着喝。认识季成根，曲东喜才知道有“功夫茶”这个词。原来茶这东西不是一大杯灌下去解渴的，而是有功夫，得用拇指和食指捏起杯沿，然后端起，放到牙齿前轻轻吸进嘴。那么一点点还不够塞牙缝哩，曲东喜如果这么说，季成根就嘴一噘，不屑地说：“你是牛饮！”

有时候茶喝高兴了，季成根会从后裤袋上掏出口琴，塞进嘴里吱呀吱呀地吹一两曲。不算好，但也不太差，好歹吹出的曲子，听起来像那么回事。老大不小的一个人，像啃玉米似的抱住一把小琴，肉乎乎的厚唇在上面口水津津地拖来拖去，怎么看都别扭。曲东喜对口琴没兴趣，倒是“功夫茶”，喝着喝着也就喝顺了，时不时过来喝上几小杯，好像确实能精神好一阵。曲西米跟季成根睡到一起后，曲东喜就没再来过，屋子里有色情了，他自己主动避开为好，免得乱想。如今再来，已经沧海桑田了。

曲东喜估计曲西米也在这里，仍一把鼻涕一把眼泪地求着季成根。曲家的脸面算是被她丢光了。反正也求不回，索性就当着曲西米的面，把季成根教训一顿，算扳回一局，出口恶气。

对于自己的力气，曲东喜心里很踏实。他比季成根年轻，个子也高，关键的是力气大。花匠季成根连一米七都不到，瘦干干的，背还有点驼，走路有气无力软塌塌的。当初为什么会把曲西米推给他呢？曲东喜想了想，理由有点模糊了，也许是一时的冲动，也许是觉得他人老实可靠。

真的老实可靠？把曲西米玩弄一阵，玩腻了，又不想搞了，老实个屁，简直他妈的流氓！

曲东喜捏捏拳头，让肚子里的火尽量蔓延到掌心上。按他想法，如果有锤子，要把季成根当墙一样砸烂；如果有铲子，得把季成根当沙子一样甩起。现在没有锤子铲子，但拳头也管用。没想到忽然间手脚竟有点虚。“季成根你给我出来！”他站在离门五六米远的地方重复喊了三遍，里头没有动静。正想再喊，门吱呀开了，伸出一张惺忪的脸，是曲西米。这臭不要脸的果然在里头。“喊什么喊，你干吗呢？”

曲东喜说：“我要教训教训那小子，你叫他滚出来！”

曲西米眼往上一翻说：“他不在！”

“去哪儿了？”

“不知道。”说着曲西米脑袋往里一缩，就要关门。

曲东喜急步上前，一抬臂顶住门。他确实有力，曲西米使劲把门往外推，却怎么也关不拢。

曲西米尖声叫起：“走开，你走开！”

曲东喜说：“我为什么要走开？我找季成根，不教训教训他，他都不知道自己姓什么了！快说，他去哪里了？”

曲西米说："我怎么知道他去哪儿。刚才厂里保安打电话来，说有人要打他，让他赶快离开家。我以为是骗人的，原来是你要打他啊，你凭什么打他？你走开！"

曲东喜手臂松了松，马上又顶紧了。他说："你没问他去哪儿了？"

曲西米说："我问了，他没理。"

曲东喜说："他一接电话就走了？"

曲西米很不耐烦了，又用力往外推门。"是的是的，谁会等着人家上门来打，傻呀？快走，我还要睡觉哩！"

门终于关上了，曲东喜盯着门板看一会儿。这一上午发生的事他有点回不过神来，一大早曲西米跑回家说季成根不想搞她，也就是想甩掉她了，曲西米伤心得又哭又闹，拿来撒泼出气的却是他屋里的东西，然后又不要脸地跑到季成根这里，还赶他走。这算什么？

"西米，你赖在他家干什么？"这句话一下子把他自己说得更恼火了，一抬脚，狠狠踢到门上。

门没有倒下，而这时候他却突然被腿间的一阵颤动吓了一跳。噢，是手机，刚才他决意大打出手一场，怕被打扰，特地把手机调成震动。

电话是顺子打来的。顺子粗着嗓子嚷："曲东喜你怎么回事！屎还没拉完啊！"

曲东喜突然有个主意，他往外走几步，低声说："顺子要不你来一下。”

顺子说：“来？来哪里？干吗？”

曲东喜说：“有件事，你过来帮我一下。”

顺子嗓门提得更高了：“妈的到底什么事，话怎么说得也跟拉硬屎一样，半天屙不出来！”

曲东喜往刚才被他踢过的那扇门瞥一眼，继续压着声音说：“过来，顺便操根棍子，帮我一起揍揍季成根那小子……”

顺子问：“季成根是谁？”

曲东喜说：“不是谁，是狗——也不是狗，是我妹妹的男朋友。”

手机静了一阵。曲东喜连“喂”几声，顺子才重新开口，他说：“曲东喜，你没事吧，你妹妹的男朋友不就是你亲戚吗？”

曲东喜吼道：“狗屁亲戚！”

他突然就烦起来了，一上午他其实都很烦。单拿曲西米把他当出气筒这事来说，就让人憋屈。他是哥哥，可以继续宠这个二百五，可是被二百五看成二百五，这就没天理了。那么小就没爹没娘没大哥，曲西米命是不好，可他又好到哪里去？他把天顶起这么多年，最后落个什么好？出来打工前，村里也不时有人给他提亲，他不敢应承。穷成这样，养个曲西米都已经吃力，哪还敢再添一张嘴？安南镇这儿女人不少，但人家明摆着都眼盯住有房有车的主，哪个正常女人肯跟他？顺子老是笑他傻，镇上野鸡比天上飞的鸟还多，咬一口是一口，咬过交点小钱，就互不相干了，怕啥？其实顺子话虽这么说，心里估计也有怕的，他已经因此进派出所两次了，都是曲东喜帮他缴的罚款，但出来灰头土脸几天，很快又故技重施。这种事看来去一次真的就上瘾没法止住了，所以曲东喜一直管住自己。曲西米是他靠近过的唯一女人——不是女人，是妹妹，曲西米属于季成根，可是季成根吃饱喝足了，却不要她。

曲东喜从来没像现在这样想做两件事，一是找个好女人成家，好歹也尝一下怎么搞的味道；二是把季成根揪住，狠狠揍一场。揍过了，季成根就老实了，曲西米就是死活要把日子再往下过，以后也会腰杆挺直，气壮了几分。

没想到最后被打的人却是他。

三

曲东喜重新把门敲开。在找到季成根之前，他得弄清几件事。

一年多没来这里，季成根家里比之前挤了。好像也没多出什么，一张床，一张泡茶的小矮桌，桌旁摆两张小凳子，一切都没变，可是看着就是觉得挤。曲西米显然很不情愿起床，她打开门后，马上又小跑着跳上床钻进被窝，脸朝里，拿后脑勺对着曲东喜。她穿着紧身的秋衣秋裤，里头肯定没穿胸衣，前襟那里一颤一颤堆着肉，钻进被窝是对的。

曲东喜一屁股坐到凳子上。“西米，爸爸以前说过，人活一张脸，树活一张皮，你是不是都忘光了？”

曲西米稍微扭动一下身子，瓮瓮地答：“是。”

曲东喜不想跟她计较，肯回答说明她并没有睡过去，这已经不错了。他说：“其实，你没缺胳膊短腿，脸蛋也俊俏，不能不要……志气。”他本来想说的词是“脸”。

曲西米又扭了扭身子，这次没有答。

曲东喜觉得有哪里不对头，他左右看看，发现自己是坐在一件棉大衣上，而棉大衣则凌乱搁在凳子上。怎么回事？还不到穿棉大衣的季节呀。凳子是两张并起来的……棉大衣上刚才似乎还有一点温度……曲东喜噢了一声，回过神来了。

他起身接了一壶水，开了电源，壶吱吱吱地烧着。过一会儿，噼哒一声，水开了，他就照着以前季成根的样子，捏一撮茶叶到小壶里，泡上，斟出，用拇指和食指捏住杯沿，端起来抿了一口。季成根不想搞曲西米，看来是连睡都不肯睡在同一张床上了，宁可把这么小的两张凳子随便拼起来，裹一件棉大衣，潦草睡下。曲东喜觉得一下子愉快了很多。昨晚他们要是还睡在一起那才更窝囊。

他问：“他什么意思啊，是看上其他人了吗？”

床上窸窸窣窣一阵响，曲西米在被窝里头重重摇着。

他又问：“那，会不会他家里给另外说了一门亲事？”

床上又响了，曲西米还是摇头。

“你有他家里电话吗？”

曲西米继续摇头。

“你知道他父母名字吗？”

曲西米迟疑了一会儿，还是摇头。

曲东喜又重新不愉快起来了。季成根以前说过自己是闽南人，父母开家小茶厂，挣钱不多，但够花，几年前就盖了两层楼的房子。在县里他们乡不是最穷的，在乡里他们村不是最穷的，在村里他们家也不是最穷的。到底真假？谁知道哩。闽南哪里？漳州，厦门，还是泉州？也不太清楚。现在回想起来，关于季成根，曲东喜了解到的确实非常有限。又不是跟他过日子，他本来只要知道对方家里反正比他富裕就够了，接下去交给曲西米，谁知睡了一年多，曲西米却一无所知。曲东喜屁股往下颠几下，好像那件棉大衣就是季成根。凳子长也就一米多点，宽嘛，即使两张并在一起也不过三四个巴掌大的地方，能睡出一个囫囵觉？他忽然改变主意了，他说：“西米，我看这样，你索性就赖在这里，对，就在这里，不走了！这兔崽子宁可睡凳子，行呀，让他睡！睡！”

重新倒了一杯茶，现在可以坐在季成根睡过的凳子上，再把季成根的茶好好喝上几口了。一大早曲西米就跑到他那里哭，接着又闹，气得他早餐都忘了吃。喝完茶，他打算站起来找找，看季成根屋里有没有什么东西可以填肚子的。

可突然间他就被曲西米吓了一跳。看来今天曲西米死活是不让他好过了。

曲西米从被窝里出来了，先是坐起，然后身子一别，跳下床。

“你有良心吗？”曲西米开口就是喊，胳膊还直直伸过来，手指头戳着曲东喜。

“你良心被狗吃了！”曲西米继续喊，“爹妈死得早，大哥也不见了，剩下你一个，你却根本不管我的死活。你不管，有你没你都一样，不如你也死了算了！”

曲东喜呆呆看了她一眼，低下头，放下手中的小杯子。他想，曲西米应该先披上一件衣服，她居然这么圆滚滚的，没十来斤肉，胸口那里根本就颠不出这么大的气势。

“我不是不管……”他说得声音很小，嗓子眼那里竟有点黏。

“你还狡辩！我已经憋屈好些日子了，本来想自己忍忍就算啦，可是昨天一夜睡下来，我忍不住了，实在忍不住了才告诉你。你哩，你是我亲哥啊，听了后做了什么？你站起就走！做工比我幸福还重要？挣钱比我死活还重要？你良心被狗吃了啊你！爹妈在阴曹地府都不会放过你！而且到这时候了你还讽刺我，你以为我爱睡凳子吗？这么小的凳子，半夜还一大堆老鼠窜来窜去，都往我身上爬了，我能睡好吗？浑身到现在都是痛的你知道不知道？这会儿刚想到床上补补觉，你却来捣乱……”

曲东喜一下子把头抬起来，他反正只看曲西米的脸，其他的不看就等于不存在。

“你睡凳子？”

想了想他又问：“你晚上盖棉大衣睡凳子？”

接着他又问了一句：“季成根不搞你，连睡都不让你睡到床上，你只能睡凳子？”

话音刚落他猛地站起，顺势把小茶几一把掀翻。太欺侮人了，欺侮的是曲西米，但打脸打的却是曲东喜。没错，他是她唯一的亲哥啊，这事没完！

这屋子一刻都不想待下去了，转个身他大步往门口走。他听到曲西米在后面拖着哭腔喊："滚吧，快滚！我上辈子到底做了什么孽，碰到的全是你们这批一点用都没有的死鬼！"

跨出门才发现，有好几个人都挤在外面看热闹，见他出来，像苍蝇从臭肉上被赶起，嗡地一下散开，掩着嘴小笑，一脸暧昧。都谁呀？一个都不认识，妈的，管他哩！曲东喜走得很急，鞋子叩到地面咚咚响。他必须立即找到季成根，不打这一架，他头都没法抬起来了。

季成根在哪里？曲东喜记起手机通讯录里存有他的号码，调出来，拨出去，嘟嘟嘟长音持续响着，直到一个女声响起：对不起，您拨打的号码暂时无人接听，请稍后再拨。他没有耐心"稍后"，马上再拨，还是没人接。这个孬种，正躲在哪里发抖吧？最让他意外的是，汽配厂的保安居然会打电话通知季成根逃走，按说季成根不过是花匠，而他则曾是保安中的一员——毕竟是"曾是"，人都是势利的，这无话可说。要怪只能怪自己，居然有这么傻的妹妹，居然是他把妹妹介绍给季成根。

他必须把季成根打得七窍出血才解恨。

季成根在哪里？这个问题现在是大问题。

手机响了，是季成根回拨过来的？拿起一看，却是顺子。顺子说："喜子，你还活着吧？"

曲东喜“嗯”了一声。他正忙着哩，一点都提不起跟顺子说话的劲。

顺子说：“在哪儿呢喜子？架打了吗？要不，我这会儿过去帮帮你，免得不够哥儿们。”

曲东喜说：“不用了。”就把手机摁掉了。

顺子马上再拨过来：“喜子，快告诉我你在哪儿，我这就过去。我们两个，你就不会吃亏。棍子我都找好了，有我胳膊这么粗。行不，喜子？”

曲东喜叹口气，他没想到顺子这么仗义，但他现在觉得没必要。汽配厂保安一报个信，说他要去家里揍人，季成根就吓得躲起来了。这个软蛋那么瘦不嘎叽的，哪需要劳顺子的大驾？他不打算欠下这个人情，一个人来收拾就足够了，对曲西米也能更好交差。

他说：“顺子你快干活吧，人家工期不是急吗？”

顺子说：“急也不差这一时半会的。喂，你那亲戚是做什么的？”

曲东喜说：“花匠。”

“花匠是干吗的？”

曲东喜说：“也就是在厂子里浇浇花剪剪枝。”

“噢。”顺子好像一下子就放心了，“那打呀，还等什么？——哎为什么要打他？”

曲东喜说：“他欠揍。”

顺子看来已经好奇心膨胀了，问：“到底什么事，说吧说说吧……你真不需要我？”

曲东喜说：“不要了。顺子，今天我就不去了，今天工钱不用算，明天我多干点。”

顺子嚷起：“那怎么行，至少你下午得来。业主在这盯着哩，都靠我，我要是累一整天，晚上还怎么办事？快点快点！”

曲东喜想，谁不知道要快点？可是季成根不见了。会不会匆匆买一张车票逃回老家了？一般不至于。汽配厂有规定，如果中途突然离去，别说当月工资取消，连当初进厂时的两千元押金也全部没收，季成根舍得这个钱？如果没走，会不会躲哪里喝茶了？镇上有两家茶楼，店面都装修得花里胡哨，一看就知道不光只是喝个茶那么简单，总之是为老板们准备的，贵得吓人，季成根不见得愿意花这个冤枉钱吧。镇里还有一家电影院，不过前些天重新装修改造，还雇曲东喜和顺子砸过墙，这会儿仍在粉刷，不可能开业。还剩下哪里？曲东喜想不起来还有哪里了。他手指头漫无目的地划拉着手机屏幕，忽然看到一个名字：陈明亮。

陈明亮是谁？他怔了片刻，就笑了。

汽配厂差不多是第一批来安南镇投资的企业，老板是台湾人。据说当时镇上还流着口水巴结金主，老板说要五百亩地，镇上就给了五百六十亩，地价便宜得台湾人都吓了一跳。其实厂房的面积只占地一半不到，剩下的种花种树弄绿化。地大了，事情出得也多，虽有围墙，但被人翻墙进来偷点钢圈、橡胶是常有的事。汽配厂的保安不好做，当时规定有什么紧急的事得随时向厂办公室负责后勤的副主任汇报，这个副主任就是陈明亮。陈明亮的手机号本来只是贴在保安室墙上，但鬼使神差，曲东喜却存到自己手机上了。后勤包括厂区绿化带的管理，也就是说如果陈明亮现在仍在厂里当副主任，季成根就是他手下。

曲东喜按下拨号键，通了，对方接起。

“喂陈主任，”曲成喜把声音弄得很恭谦，“陈主任，我在汽配厂当过保安，有次抓了三个偷钢圈的还立过功。噢，就是外号‘大眼仔’那个，您记得吗？”

陈明亮说：“不记得。什么事？”

曲东喜说：“我找花匠季成根……”

陈明亮说：“那你找他呀，找我干吗？”

曲东喜怕他撂下电话，连忙说：“我有急事找他，可是找不到他。”

陈明亮不耐烦了：“他不正在我窗子外浇水吗？以后别再打我电话了！”

电话断了，一下子没了声响。曲东喜松了口气，该知道的他反正已经都知道。季成根没溜回老家，要说躲，他只是躲进汽配厂继续当花匠了，正浇着水。

曲东喜把电动车锁在季成根家门外，然后大步走去。这里离汽配厂不远，等着，今天他必须揍一揍这个人。

没想到最终被揍骨折的却是他。

四

其实从去年起，镇上忽然就没以前那么热闹了。也许不热闹是一个缓慢的过程，只是曲东喜平时不太注意而已。哪家制衣厂关掉了，或者哪家鞋厂老板跑路了，这些消息他听得零零星星，并不太当回事。那么多工厂，他真正熟悉的只有汽配厂，十六岁从老家出来就到了安南镇，就给汽配厂当保安。汽配厂是给一家名气很大的中外合资汽车厂供货，生意一直不错，机器每天都开得轰隆隆响。看路上小汽车越来越多这个架势，汽配厂反正倒不了。

曲东喜去路边小店买了一碗面吃。早上就饿着肚子，现在再不吃饱，哪有力气揍人？

汽配厂是整天封闭的，中午工人也不能外出，这一点曲东喜很清楚。他绕着围墙外沿缓缓转一圈，其实他知道哪一处安防最虚弱，可是他不能翻墙进去。到厂子里揍季成根，当然不合适，揍成揍不成，都会给保安添麻烦。即使现在这批保安已经不把他当回事了，他也不会忘记自己曾在这个岗位上干过，将心比心，得罪他的人是季成根，而不是保安。他知道保安这碗饭也不好吃。

他走到离厂子十几米外一座破木屋后面。因为年久失修，木屋已经歪斜，屋顶上的瓦片七零八落，门洞阴森豁着，空无一人。和洋气十足地盖着一排钢架玻璃大厂房，并种着无数花草树木的汽配厂相比，木屋差了几个世纪，但镇上到处是这样参差的景象，这边时尚百货，那边垃圾臭粪，或者这边高楼光鲜，那边污水乱流，大家已经见怪不怪了。

从木屋可以看到汽配厂的大铁门。虽然围墙的东面还按消防要求开了一道侧门，不过那里平时是紧锁的，不允许员工出入。也就说，花匠季成根下班后，只能从大铁门这里走，出来了，厂里的保安就管不着了，那他就可以下手。看看时间，还有点早，他掏出一支烟点上。到镇上后，他从季成根那里学会了喝茶，又从顺子那里学会了抽烟，以后肯定还会学到其他，只是他不敢断定究竟会是什么。眼下他反正也不必多想，老实等着就是，等到季成根从汽配厂里走出来，逮住他，狠狠揍上几拳，这笔账就了结了。

曲西米那么伤心，会不会去自杀呢？这个念头是突然冒出来的，曲东喜一下子就觉得心跳加快。他连忙拨了曲西米的电话，通了，没接。再拨，还是没接。拨到第五次，终于通了，曲西米在那边气喘吁吁的。“西米，你在干吗？”

曲西米说：“在外面。”

“外面哪里？干什么？”曲东喜急急问。

曲西米很不耐烦地说：“在超市！买米粉，买虾，买螃蟹！有什么事？快说！”

曲东喜说：“……没事。”

曲西米说：“没事打个屁！”就把手机摁掉了。

曲东喜叹口气，看来是他多虑了，人家心情好得跟过节似的，又是米粉又是虾又是蟹。他记起以前曾听季成根说过，爱吃老家的米粉，也爱吃海里带壳的东西。曲东喜也爱吃啊，但它们贵，平时哪舍得买。这会儿曲西米正在超市里买，却不是买给他吃，而是给根本不想睡她的季成根。

来镇上这一年多，曲西米好像从来没像像样样打过工，偶尔到哪家酒楼端端菜，或者去超市收收银，都做不长。之前曲东喜也没太当回事，觉得反正季成根会给她一口饭吃，冻不着饿不着，看来是大意了。花匠并不是肥缺，收入和保安不相上下，那一点钱还要再多养一个人，问题可能就出在这上面了。可是女人怎么能白玩呢？顺子找女人办事，也都老老实实付钱给人家的，便宜不能白占。有时候曲西米会来向他要点钱，三百两百的他随随便便也都给。如果当时能过过脑，应该就能发现季成根对曲西米的嫌弃，已经从钱这件事上流露出来了。虽然没经验，但曲东喜相信如果自己看上了哪个女孩，掏心掏肺都可以，何况钱？

而季成根几百块钱都不给西米，却让她厚着脸皮伸手向哥哥讨！

今天这个日子太晦气了，从早上开始，他就没顺心过。想一想就生气，气久了原来也会累。几支烟之后，坐在那里他竟迷糊睡了过去，是一阵嘈杂的声音吵醒了他。睁眼一看，天已经灰了，铁门像一张张大的嘴，嘴里伸出的一根黑乎乎大舌头正非常热闹地在动——噢，下班了，穿着铁灰色工服的人群往外涌。曲东喜从地上一跃而起，但他马上又定下神来。以前厂里规定下班的顺序是这样的：先是占全厂百分九十左右的生产线员工，接着是后勤部门的，再然后是管理人员。估计这种小事没必要改革，也就是说这会儿正走出铁门的是第一批生产线员工，还没轮到花匠季成根。过了一会儿，“舌头”的规模渐渐小下去，然后季成根果然就出现了。

季成根也没有骑车，从汽配厂走回他家，只要穿过五六条巷子就到了。曲东喜也向前走，他没打算一开始就张扬，而是小心跟在后面，不时往旁闪一闪，或者缩一缩身子，以防被发现。这种场面让他想起某部谍战片，有点新鲜，新鲜让他兴奋。

终于人少了，从工厂出来的都四下散去，只剩下季成根一个人。曲东喜长吸一口气，快跑几步，绕到季成根的前面。这是一条只有一米多宽的小巷，可能曾经也热闹过，如今两旁的民居都拆了，砌起了高高的围墙，墙上插满了碎玻璃，成了哪家企业的仓库，巷子因此显得更窄了，变得不像巷子，更像一个黑洞。

季成根显然被吓一跳，他往旁一闪，半晌才呃了一声，然后说：“喜子，是你。”

曲东喜不说话，只是瞪着他，眼眶因此又大了一圈。

季成根说：“喜子，我也正想找你哩。”

曲东喜心里哼了一声，找我？找我他妈的你就别跑呀。

季成根说：“要不我们找家店喝点酒？我请你！走吧，走吧走吧。”

曲东喜不走，他站着不动。季成根已经走几步了，只好又停住，转过脸，在三米多之外愣愣地站着。

天已经暗下来了，风从巷子穿过时加了把劲，像一根棍子横向重重捅过来。曲东喜微微缩了缩脖子，他早上匆忙出门，穿少了，有点冷。前几年刚到安南镇时，他还能不时嗅到与老家相类似的气味，具体他说不出来，土腥与屎臊混杂，偶尔还夹着青草特有的苦涩味。后来渐渐就没了，傍晚时到处都是炸薯条炸鸡块的味道，闻着比吃还香。“不喝酒也行，前面有家麦当劳，我们去里头坐坐吧。”说这话时季成根还上前了一步，拉了拉曲东喜的胳膊。

曲东喜觉得时候到了，他应该有所发作。他低头瞥了一眼自己的右胳膊，季成根的手仍搭在上面，然后他左腿向后一撤，右胳膊猛地向上挥去。

没别的打算，这一刻他只是想甩掉对方的手。当然这仅仅是开始，是为下一刻的大戏先造造势。他达到目的了，虽然光线不好，但他还是看到季成根脸一下子白了。

“喜子，你别生气。西米的事我得跟你说一说……”

曲东喜在要不要听这个王八蛋说一说上犹豫了片刻，最后他吐一口气，决定不妨听一听。他说：“你他妈的把她玩弄够了，现在还有脸扯什么？”

季成根说：“不是玩弄，你误解了。”

曲东喜吼起来：“误解个屁！你先把她睡了，然后让她睡凳子——还有那么多老鼠，看把她吓的！”

季成根说：“凳子不是我让她睡的，我只是让她离开，她不走，宁可睡在凳子上也不走，这就不能怪我了……”

曲东喜脸热了一下，西米为什么要这么贱？当然如果西米说走也就走了，曲东喜同样不能答应，这关系到曲家的脸面问题。“她凭什么走？你睡了她，睡够了，现在又看上其他谁了吧？你说走她就得走？”

季成根摆摆手，他说：“喜子，我真没看上别人，可是……”

他说得很小心，眼珠子闪来闪去的，但曲东喜还是感觉到他鼻孔正嗞嗞地冒着得意。

巷子口有动静，有个矮胖的女人走过来，曲东喜已经捏起的拳头又悄悄放松了。他不想刚一下手就有人报警，这样划不来。这个地点是他一下午算好的，又黑又暗，还没什么人，打了白打，连季成根也只能吃哑巴亏，谁让他要流氓了？传出去自己先臭了。

看不清来人的脸，其实也没认真看，只知道她个不高，梳着马尾辫，穿着松松垮垮衣裤，胖嘟嘟的模样。肯定在哪里打工的，累了一天，拖着脚后跟走路。等到她从他们身边挤过后，季成根才继续说：“喜子，你相信我，我不是故意的。床上明明有女人，却一点都不想搞她，真的一个指头都不想碰，这个，太别扭了，你不明白……”

曲东喜后来一直回想，如果不是季成根说了这句话，自己会不会真的动手？

总之季成根话音未落，他就一拳砸过去了，但最后腿断的人却不是季成根，而是他。

五

下午蹲在木屋旁时，蹲累了，曲东喜曾睡过去一阵。入睡之前，他还做了一件事：用手机拍了一张对面汽配厂的照片，然后把照片微信发给顺子。

近墨者黑这句老话原来是非常有道理的。到哪儿拍哪儿，是顺子的爱好，甚至微信，也是顺子强行让曲东喜用上的。流量是套餐送的，不用白不用，短信却要扣钱，这是顺子强调的理由。顺子让他在老家的老婆也开通了微信，家里多少总有点事需要沟通，钱没了，孩子病了，老人身体不舒服了，等等，一来二去的，拍张照片发去比说一堆话都更明白。顺子拍的很多照片他老婆永远不会看到，曲东喜却差不多都看了。那些来“办事”的女人，脸要是拍不到，顺子会偷拍人家身体的其他部位，胳膊，大腿，后背，脚丫，头发，指甲，等等，偶尔也有惊悚的，比如一对奶子或者半只屁股，第二天拿来给曲东喜看，曲东喜也没客气，顺便就瞄了好几眼。

“花了钱，要不留点什么，这钱就白花了。”顺子说。

曲东喜想想好像也有点道理，照片看多了，他得出结论，顺子找的女人没一个好看的，还大都上了岁数，肚子上堆着褶子，肉坑坑洼洼，像一床松垮的旧棉被。顺子吹过好几次牛，说自己老婆模样俊俏，但毕竟在那么远的老家，“远水解得了近渴吗？”顺子问。这个曲东喜答不上，他不懂，还不太懂。拍汽配厂照片发给顺子是闲着无聊，曲东喜记得在厂里当保安时，看到过很多长相不差的女孩子，脸大都胖嘟嘟的，虽也谈不上漂亮，但都挣干净的钱，看上去也就干净了很多。当时曲东喜年纪还小，如果是现在，他会试着追追她们中的哪一个，追上了就娶来当老婆，过正儿八经的日子。东咬一口西咬一口其实也挺累的，他不喜欢。

幸亏有了这条微信顺子后来才能找到他。顺子也不是马上就找到，据说是从汽配厂门口为中心，一圈圈扩大范围，所以终于扩到巷子这里时，曲东喜已经在地上躺了很长时间，究竟多长他记不起来。“你为什么这么久才来？”他觉得身上一点力气都没有了，但这句抱怨仍然恶狠狠挤出来。

顺子马上嚷起：“喂，他妈的你也没说到底在哪，只让我快来快来。我马上就来了，找得快吐血了知道吗？谁想到你会躺在这么黑乎乎的鬼地方！”

是不是这样？即使不是这样曲东喜也不想辩解了。最初电话他是打给曲西米的，但西米没接，只好改打顺子，顺子一听就说马上来。最终虽然并非马上，但毕竟来了，他要不来，曲东喜想，今天自己说不定就死在这个小巷子里了。

“你到底怎么啦？”顺子蹲下来问。天已经黑透了，没有月亮，还好有星星，但照到巷子里的光微弱得像刚生过一场大病。曲东喜只看清顺子的人形，顺子手伸过来，他还没回过神来，猛地就一声大叫。

顺子已经插到他脖子上的手一下子收回了。大概顺子本来想扶他起来，刚动了动，就被他喊得吓一跳。“你怎么了？”

曲东喜摇了摇头。疼啊，这二十多年他从来没尝过这么剖心剜肝的疼，但究竟是具体哪一处痛，他又弄不清，像有千万根钢针在体内纵横跑动，嗖地一下就扎进肉里，又嗖地一下扎进骨头里，撕心裂肺。

现在说什么都没用了，何况该怎么说呢？他一拳打过去，对，他把拳头对着季成根脸狠狠擂去，结果却什么也没砸到，季成根往旁轻轻一跳，拳头落空了。他马上转过身来，以更大的劲又扑过去。既然已经惊蛇，就必须尽快对着蛇的七寸下手，这是常识。结果季成根又是一闪，拳头仍然没有砸中。季成根开口了，曲东喜没有想到季成根这时候说话居然是慢悠悠的，气不喘，也不慌张。

季成根说："喜子，我劝你别这样。"

季成根又说："喜子我告诉你，我以前练过拳，你真不是我对手。"

这种话曲东喜不可能相信，他想妈的那我还练过少林棍哩，吹牛谁不会？这样他果真就觉得自己的腿有一股劲横贯，抬起，猛地往季成根的肚子上踢去。但他什么也没踢到，季成根看上去并不怎么动，身子微微一侧，轻轻一闪，总之就侧开闪掉了。曲东喜恼起来，落空的每一拳每一脚都像一勺勺汽油浇进他肚子里的火堆上。事情的转折点是季成根说了一句："再这样我也不客气了啊！"如果曲东喜能及时收住，就不会有下面的事，可是曲东喜怎么可能收住？等了一天，他要打的就是这个人。吸口气，一个拳头又过去了，接着是一条腿。他记得这一次靠得很近，几乎扑到季成根的鼻子底下了，你还能往哪儿逃？季成根倒真的不逃了，而是伸出双臂做出如下动作：一只手抓住曲东喜踢过去的腿，一只手往曲东喜小腿上猛地一砍，接下去有一道似是而非的声响被小巷放大了：“叶！”曲东喜听到了这个声音，但他并不知道是从自己身上发来的，在那一刹那，他觉得地面忽然塌陷，他整个人飞起，身子麻绳似的被扭了一下，然后重重摔下。四周没有其他人，很快连季成根也不见了，曲东喜蜷在那里，刚开始好像也没有哪儿疼，只是一下子没了力气，迷迷糊糊的像做梦。不记得究竟过了多久他才掏出手机给曲西米打电话，西米没接。

还是顺子好，顺子来了。

曲东喜觉得身子越来越沉，嗓子那里也被什么严严实实地堵着，但脑子反而比刚才清醒了。说话有点吃力，但他还是从牙缝里清晰挤出一句话：“去医院。”

“噢，对！”顺子终于回过神来，“你能站起来吗？”

曲东喜摇头。

顺子说：“你伤哪里了？啊，到底伤得重不重啊？你不会死吧喜子？”

曲东喜重复道：“去医院。”

这时手机响了，手机在曲东喜的裤袋里，屏幕蓝色的光穿过布的纹路透出来，看着瘆人。铃声一直响，终于停住了，马上又响起。顺子帮忙伸进裤袋掏出手机，看了看说：“是米子——谁是米子？要不要接？”

曲东喜又摇头。这么长时间顺子只知道他有个妹妹，却从没见过，也不知道名字。喜子、米子，还有那个说是去美国，却已经不知去向的哥哥，他也有个小名，叫欢子。欢子的旧手机号曲东喜一直存着，可是七八年过去，一直没响起，一次都没有。

运气怎么这么背呢，要爹妈没爹妈，要大哥没大哥，小妹倒是有，却是这样一个二百五。

铃声第三次又响起。顺子说："还是米子，要不要接起？"

曲东喜还是摇头，他说："去医院。"

顺子说："米子，是不是女的？"

曲东喜仰躺着，巷子两旁高耸的围墙把上方的星空切得又窄又长，像一条亮光忽闪的黑蛇。冷，后背那里仿佛开着一扇大窗，风不是从外向内吹的，而是发动机般正拼命把他身上的热气往外抽。他欠欠身子，但他弄不清身子是否真动了。脚在哪里？手在哪里？脑袋在哪里？他哼了一声，觉得不行了，已经撑不下去："快，快打120……"

顺子终于回过神，拿起曲东喜的手机。铃声又响了，只响了一声就猛地熄下。顺子拿着手机愣一会，手指头在上面按来按去，按了半天才说："你手机没电了，喜子。"

曲东喜想骂人，但没力气骂。还好顺子很快明白了，他把自己手机拿出来，说："我打我打。"

打通了，说明白了，然后顺子像刚搬了块大石头那样又紧张又兴奋地长叹一口气，他说："妈的第一次打120啊。"

曲东喜也是第一次，以前120救护车大都是在电视剧里见过，偶尔安南镇街头也一闪而过的，看上去白色车子宽宽大大的，像个大鞋盒，顶上戴一盏瓜皮小帽似的红灯，一闪闪地吼叫着，既威风又吓唬人。谁会想到突然有一天，它却向自己煞有介事地飞奔而来，他觉得自己一下子也显得重要了起来。可惜这个经历以后回到老家并不能告诉谁。能怎么说呢？妹妹被人耍了，他替她出头，打算狠狠揍对方一场。而结果，躺到地上等救护车的人却是他。

六

快一个小时过去，120 还没来。顺子拿着手机到巷子口等，不断通电话，对方都说找不到找不到。等到终于找到时，车又开不进来，只能停在巷子外。车上下来两个人，先过来看几眼，其中一个问：“电话谁打的？”

顺子说：“我。”

那人说：“120 出车不要钱，但油费和人工费要钱。钱带了吗？”

顺子说：“带了带了。”

那人问：“带多少了？”

顺子说：“两万多吧，平时都装腰包里，怕丢了，随身带着。”

那人“嗯”了一声，用脚尖碰了碰地上的曲东喜，问：“能走吗？”

曲东喜还没答，顺子抢着说：“不行，走不了，他快死了。”

曲东喜想，顺子说的也许是真话，他觉得自己确实没多少活头了。那个人俯下身看了一眼，然后扬了扬手，另一个就走回车里，一会提着一副担架重新过来。三个人一起把曲东喜搬上担架，又抬上车，驶去医院。一路上只要还有些精神气，曲东喜都拿眼往顺子腰间瞥。那里确实有个土黄色的帆布腰包，顺子每天都鼓鼓囊囊的挂在腰间，但曲东喜印象中那里装的都是些杂物，能想起来的，不过是烟、打火机、通讯册、《故事会》、草纸、钥匙、卷尺等等，当然也有钱，钱到底有多少？

安南镇并不大，以前曲东喜也去医院看过病，知道那里并不远，可是救护车转来转去，总是到不了。终于开进医院，被抬到急诊室外，曲东喜觉得已经过去几十年了。他以为马上能见到医生，却没有，护士从旁边跑来跑去，一个也没停下来。只有到医院才知道现在人的身体有多不好，白天挤得跟菜市场似的，这会儿都半夜了，大厅里仍然有不少人。

120那俩人把担架搁上手推车，收了两百块钱走了。钱是顺子付的，然后顺子俯下身，趴到担架旁悄声问："你身上有钱吗？"

曲东喜怔怔地。刚才躺在巷子里时，只要不动弹，他只觉得虚浮，还有麻，像有无数蚂蚁爬来爬去。上了车，进了医院，痛就彻底来了，弄不清具体哪里痛，其实到处都痛，仿佛一群小鬼拿着刀钻到体内，横竖乱捅。二十多年所有的痛都集中起来，都抵不上现在，他不时哼哼，哼哼。

顺子说："别叫，叫也没用。我没钱了。"

顺子又说："我身上哪敢多带钱？带多少都会喂给女人了

不是？刚才是骗他们的，不说有钱他们肯拉人？可我没钱了，你有吗？”

曲东喜往自己裤袋上指了指。钱这事，只有在太平的日子里才会较真惦记的。现在他指望着活命，再捂紧口袋就是害自己。顺子手一把伸去，先是掏出一团皱成乒乓球大小的卫生纸，这是每天都会备下应付内急用的，再掏，掏出一个小塑料包。

“才五十块？”顺子叫起，“肯定不够！还有吗？”

曲东喜不知道还有没有，他闭上眼，不动，动就更疼。他知道哼叫不好，可是声音是自己往上涌的，他咽不下去。

顺子很恼火，手径自又伸向裤兜。曲东喜尖叫一声睁大眼。顺子用力太大了，把他整个人都弄得颤几下。顺子已经把他手机抓在手里，胡乱按压。“妈的，没电！那怎么通知你妹妹？你记得她号码吗？要让她送钱呀！”

曲东喜这时才想起曲西米来。都是她，这个脑子缺根筋的二百五，让曲东喜一大早开始就憋屈，现在更惨，躺在医院担架上等医生，而医生看病要钱，他却没有钱。

曲东喜觉得痛一痛，脑子似乎比刚才好使起来了。曲西米手机号是多少？ 13……不对，那是 18……也不对。号码存在手机通讯录里，平时按几下就调出来了，根本不去记那组数字，哪知道这会儿手机却没电了。

不知道几点了，反正不早。大厅灯光倒是很亮，简直太亮了，曲东喜仰头躺着，光都往他眼里猛冲，他闭上眼，但光似乎早已跑进眼眶里了，东一个西一个地闪。曲西米这会儿在哪里？正干吗？她如果还赖在季成根家里，还蜷着身子睡在凳子上，有老鼠在身上爬来爬去，曲东喜想，只要自己不死，能走得出医院，就一定得去那里狠狠砸一场。季成根练过拳，好吧，那就选择他不在家的时候去，砸过了，他马上离开安南镇，随便去哪里，走得远远的。

担架旁已经围来两三个人，弄不清是病人还是病人家属，他们是被曲东喜的哼叫和顺子的吼叫招来的，也不说话，只是站着，看着。顺子问："你们也是来看病的？"

有人答："是。"

顺子问："医生呢？医生都去哪儿了？"

有人说："在急诊室抢救，有个男的好像是中毒，医生全去了。"

顺子说："中毒的是人命，他也是人命，怎么就没人管了？"

有人问："他怎么了？"

顺子说："谁知道！"

急诊室那边忽然有个女人高声哭喊起来，围在担架旁的几个人都跑开，连顺子也跟过去。剩下曲东喜，曲东喜觉得声音有一点熟，但他连转动头看一眼热闹的念头都没有。他抬手摸了摸前胸，那里有一块硬硬的东西。"顺子！"他喊了一声。"顺子！"他又喊了一声。但四周空荡荡的。

顺子好一阵才回来，竟然很高兴，说："有个男的差点死了。"

曲东喜说："我一直……喊你。"

顺子不理他，径自往下说："那个男的想甩掉老婆，他老婆就给他下了药……"

曲东喜指指自己的胸说："银行卡，在衬衣口袋里。你去外面找取款机，密码是11223344。里头有四万六千元钱，你先帮取一万块……"

"你有这么多钱刚才都不说？"顺子很不满，往衬衣里伸的手又急又冲。掏出来后，也没多看，转身就往外小跑去。

曲东喜重新闭上眼，松了口气。还是钱好啊，关键时刻只有钱才能解决问题。一万块，不知够不够？换平日，一百块钱他都犹豫再三才肯往外掏，现在就顾不得心疼了，救命要紧。但……凭什么不心疼？打这么多年工，他才攒下这点钱，娶妻生子全指望它们哩。是曲西米害了他，是季成根打了他，他得把自己先治好，然后找季成根算账。是赔医药费还是进派出所，二选一。

喧闹声由远及近，一群人正从走廊那头走来，中央是一辆推车，车上躺着人。女人哭泣着扶住推车，头发已经披散下来，把大部分的脸遮去。即使看不清脸上的五官，曲东喜还是一眼就认出这个女人。他支起胳膊，将身子微微抬起，喊道："米子……"

没有人停下来。

曲东喜仍支着胳膊，这时候他忽然很明确自己身上哪里疼了，是下肢。原本他打算下地，刚搬了搬腿，一下子就瘫下去了。

这时顺子回来了，手里捏着一叠钱。顺子说："取来了。"

"米子！"曲东喜又喊一声，转过头他对顺子喊道："你去，把米子叫来。”

顺子没理他，低着头开始点钱：“1、2、3、4、5……”

曲东喜手在担架上连拍几下，拍得很重，整个人都跟着晃动。“你给我快去！”他吼起来。顺子吓了一跳，数钱的手停下来，怔怔地看着他。

“快追上去，叫住米子，我妹妹米子……”

顺子很意外：“米子是你妹妹？你妹妹怎么了？”

曲东喜说：“去，快去，问问她怎么了？”

“啊，那个女的是你妹妹？”顺子这下子很起劲，小跑去，好一阵才回来，眉宇间堆着笑。“都打听明白了，你妹妹……哼哼你妹妹……哎呀你妹妹很色嘛，喜子。”

曲东喜看着他。

顺子咧咧嘴短促笑了一下：“你妹妹太神了！药是她在超市外的地摊上买的，哎呀你妹妹要买的是催情药哩喜子，她是要那男的搞她，嘻嘻，搞她！结果……那个男的就是你今天要打的人吧？”

曲东喜向大门外望了一眼，天还是黑的，他很想问问究竟几点了，但开了口，他却说：“死了？”

顺子说：“没有，救过来了。你妹妹把药拌在米粉里，催情药吃了能口吐白沫？肯定拿错药了。要是死了你妹妹就是杀人犯了嘻嘻。”

曲东喜说：“你去告诉米子，我在这。”

顺子说：“刚才已经跟她说了，她忙着照顾老公，没理我。”

曲东喜张了张嘴，马上又闭拢了，闭得非常紧，似乎浑身的力气都用到双唇上。

顺子说：“哎，怎么了？你怎么哭了？”

曲东喜不知道自己哭了，他把手往脸上重重一抹，手是湿的。他把手举到跟前，似乎不相信，要看个究竟，却水汪汪的什么都没看清。

后来曲东喜小腿被裹上厚厚的石膏。

后来，曲东喜再也没见到妹妹曲西米。

刊《作家》2017 年

芳邻

一

小娴没有想到自己也能成为早起的人。她以前从来不肯讴歌早晨，上学时逢有课，大清早惺忪着眼从床上被抠起来，满腔都是怒火，恨不得一巴掌把天打黑。毕业后解放了，不小心一睡，都要睡到中午才拖拖拉拉爬出被窝，所以她对早晨的太阳是没有感情的，再暖洋洋也与她无关。

现在有关了，每天都有关。

现在很准时，每天六点差一刻，小娴就醒了，是被水、木、铁以及其他诸多物件弄出的声音震醒的，声音来自楼上。楼上分明住的是毫不相干的人，只隔着一层薄薄的水泥板，发出千姿百态的声音，逼小娴横竖都得听进去。小娴的脾气本来就好，结了婚之后有大牛宠着，衣食无忧，吃香喝辣，无疑就更好了。大牛比她大一轮，若放在小时候，小娴看比自己哪怕仅大两三岁的人，都会觉得那已经是老家伙了，有一种相距数千里的遥远感。慢慢长大，慢慢磨淡对岁数间距的夸张排斥，终于有一天她纵身一嫁，就嫁给大自己十二岁的大牛。一切有大牛撑着，她没有比过去更有钱，也不比过去更有闲，但结婚前她是飘浮半空，一结婚双脚就踏实踩到地面，一种安逸感从天而降，这是多少钱都买不来的，才知道结婚原来是这么好的东西。她把好东西握在手中，很愉悦，像老话说的，幸福的人都更宽容，所以她没有生气，也没法生呀。

卧室的窗帘后面有一层镀膜遮光布，一拉上，就把外面的光线悉数遮挡掉了。醒过来的小娴仰躺在幽暗中，有一觉未睡透的疲倦，也只能嘅嘅嘴，眨眨眼，悄然叹口气，仅此而已。接下去她常常挺忙的，她得展开想象力，开始猜测。

水声最不难理解，是马桶在冲水。人家总不能不上卫生间呀，上了，拉了，冲了，天经地义。自己的家，自己的马桶，就是二十四小时不停地拉和冲，别人又哪里有权生出半丝的不满来？

啪哧啪哧是拖鞋声，不是一般的拖鞋吧？至少是厚木屐。选择木屐来穿，通常说明此人心中还有点古意，可为何每一步却要迈得如此烦躁而急切，有股上战场的激烈动荡？据脚步推断，不会是瘦子，也不矮——是女人就不矮，若是个男人便不好说了，似乎是矮的，似乎又是不矮的，声响很参差。

桌子或是椅子倒响得很稳定。桌椅的四脚应该都不是木头的，是沉重的铁制品，上面还压满巨物，不堪重负似的，一动，就尖利地叫起来，是硬碰硬时才会发出的那种扁扁的撕裂感充足的声音。小娴最讨厌它了，听一次，牙齿酸一次。为什么每天都要捣来捣去地搬动桌椅呢？小娴对这个倒是腹诽很多，但她还是帮人家想出了一个解释：大概天生勤快，手脚闲不住。这种人不在自己屋里折腾，就一定会去外面折腾别人。小娴也是别人，但小娴是自己要住到楼下来的，又没有人逼，也没有人拦着她搬走。不搬走，继续住着，那就活该了。

单单这几样声音其实是没关系的，它们往往持续时间都不长，马桶还能不停地冲？水是需要付费的。路还能不停地走？体力上谁也吃不消嘛。桌椅还能搬个没完？那个活毕竟单调无趣啊。接下去呢，接下去天花板上或者会有篮球击地的咚咚咚，眨眼间又可能换成其他什么，比如跳绳或者踩蹦蹦球，一下一下地，锤子般在头顶上撞着。那些有规律又节奏感强的，听起来倒很容易就适应了，吓人的是猛然间一声巨响，像是手上捧着的高压锅之类的器皿不小心撞上什么，然后撒手丢下，砸到地面。

小娴总是在这时候被惊得头皮一麻，心跳咚咚咚加快。

一个人，只有一人！得出上面只住一个人的结论是因为从来只听到一双脚在走动。不理解的是一个人生活，为什么需要发出这么多声响？

“为什么呢大牛？”小娴问。

大牛晃晃脑袋，晃得很轻，不以为然的样子。大牛说：“被偷工减料了呗。”大牛的意思是，响声很正常，不正常的是房子质量，水泥板太薄了，据说正常至少需十二厘米，可是这个小区肯定没达标，装修时湿漉漉的沙子摊在厅里一夜，竟然有水渗到楼下。有人大胆猜测过，层板最多七厘米，这么薄，当然隔音效果差。

可是小娴想自己也住在同样薄水泥板的房子里，还多出大牛一个人，两个人的房间却弄不出一个人房间小零头的声响来，这又是哪般道理？太好奇了，好奇令她生出过认识楼上那个人的念头，有一天她甚至邀请了大牛，问他要不要一起去？大牛先是愣着，呆呆看着她，明白过来后，脸一下子黑下来。大牛说："你吃饱了撑的！"这话如果是一般陈述句，当然没关系，在另一个语境里，似乎还有点戏谑的成分；但大牛却不是戏谑的，一点都没有，他牙齿都密实地扣在一起，让话扁扁地从牙缝中挤出，丝丝夹着寒风。从认识到结婚，大牛从来没有以这样的表情和语气跟她说话，小娴心里紧了一下，有一点怕。那个小念头因此也就息下了。

她怀疑自己可能真的无聊了，是她不对。

二

小娴是学动画出身的。以前这东西不登大雅之堂，父母都如临大敌地反对，只逼着她学书法学国画。小娴听话了一阵，后来听不下去了，都怪墨汁味太让她反胃了，还黑乎乎的连色调都不养眼。国画颜料倒五颜六色，这个色那个色随便一调，就能马上调出另一种不同的色彩，挺有成就感的，可是这些最终仍不能挽留住她，她对画竹子、芭蕉、花鸟鱼虫虾以及山山水水之类的实在太抵触，无数古人已经画几千年了，还要让她学着再画一遍又一遍，这不公平。而动画，她刚开始只是自己随手乱涂鸦，涂在课本或者作业纸的缝隙里，一休哥、铁臂阿童木，或者奥特曼、美少女战士。恰好碰到一个宽容的老师，没觉得这有什么不妥，只要缩在卡通人物丛中的答题正确即可。她在如此宽松的环境下渐渐就画上瘾了，欲罢不能。父母只好在她读到初二时做了妥协，让她报个美术培训班学素描，先考个美术高中，继而高考时再报考了动画专业。

这样一回望，她长吁一口气，还是觉得自己实在运气不错。如果小学时不是遇到一个心眼宽阔的老师，如果比赛般喋喋不休对她训导的父母在她读初二时不是及时柔软地后退一步，如果到她高考时不是动画恰好开始红火，总之无论哪一步踩空了，她都不可能把现在这一行当饭碗捧着。

关键是如果不做这一行，她也不可能遇到大牛。

大牛是省文艺出版社的社长，社里有一份刊物，是面向小学生的。现在书没人看，大家都忙着看电视电脑和手机，只有小学生还必须每天与书为伍，大人即使自己下半辈子一天都不打算翻开书，也仍然会道貌岸然地对子女说读书的重要性，并且不惜掏腰包，买书让子女读。子女读了，他们恍惚也就是自己读了，一下子就觉得自己仍然是个文化人。为什么学生读物一直是块肥肉？原因正是如此。大牛常常长吁短叹大骂市场难做，教材教辅被教育部门一限价，所有出版社的咽喉处就被掐死了，剩下其他书，现在哪还有几个看书的人，所以虽不断出版，一本本书却都烂在仓库或者不惜以三折甚至更低的折扣发出去，最后竟仍然常常垂头丧气地被退回来。传统纸媒快死了，迟早得死。只有说到那份刊物，大牛脸上才顿时有了光。刊物是大牛手中那块大包子的馅，没有它，一切黯淡失色。

虽说馅的香味诱人，但因为人人都知道它诱人，因此各地学生读物都变着法子往外涌，若想不被吞淹，就得想出新点子。小娴被人推荐给大牛，就是大牛新点子的结果，他要让刊物画报化，配大量卡通插图，不能光是文字的堆砌。以前刊物有美编，一个五十二岁的秃顶胖子，靠自学成才走上美术之路，虽也勤勉过，毕竟没有及时与时俱进，画风怎么都难以摆脱工农兵浓眉大眼的遗迹。大牛第一天见小娴，就甩过一篇童话让她到会议室去，一个小时后再来见他。小娴只半个多小时就推开他办公室的门，她画了两张四格插图，上了水彩。大牛愣了半晌，用手指头在桌上急速叩几下，短促地说："你下个星期来上班吧。"

他理解错了，以为小娴图个稳定职业。

小娴清晰地把头摇给他看。小娴说："不，我已经打听了，你们这里得每天坐班，还要签到打卡，跟人间地狱似的，这不是我要的生活。"

大牛双眼眯起，好像怀疑自己听错了。

小娴继续说："我只是稀罕你们刊物这块阵地，有个向孩子传播的渠道。小时候我就是它的读者，我妈给订的。对它有感情，我可以让它变得更好。"

大牛还是盯着她看，看了半晌才说："你来了就好了。"

小娴后来才明白大牛说的好，其实是她这个人。她后来没有进文艺社，但给文艺社下属的那家刊物画插图，画了一阵，小娴的笔法开始起变化。其实是心情先变化了。按市面上的说法，她是剩女，二十五岁了，甚至一次都不曾风花雪月过，勾动过她芳心的男人列数起来倒不少，樱木花道、黄金圣斗士、奥特曼、柯南，但他们都不过是漫画人物，不在现实中。母亲总骂她活在二次元里，小娴觉得二次元没什么不好，她自己挺喜欢，一点都不落寞孤单，直至大牛在她跟前频献殷勤。大牛没有直接说自己爱上她，大牛的做法很省时省力，只是给她活做，画过一期插图马上又画另一期，而每一期每一幅图都破天荒亲自审看。大意的人以为大牛敬业，小娴却知道他打算暗度陈仓了。没吃过猪肉也见过猪跑，风月场上的空白掩盖不了小娴的智商，她懂。

以前也有男人玩过大牛类似的把戏，但都未遂。这一次小娴本来以为也不过是一场没有新意的旧戏，不料她在某个瞬间却摇晃了，一阵脸红一阵心跳。这个感觉很陌生，她哎呀一声知道自己完了，然后果然就成了大牛的怀中物。

问题是大牛有妻室——那时有。

终于没有时，已经两年过去。

两年间小娴什么也没问没催，她姿态很低，一副没心没肺的无所谓状。比如她从不主动打电话找大牛，大牛找她了，她或者接起，或者干脆不接听；又比如她从不过问大牛家中的情形，大牛要说，她或者听着，或者干脆充耳不闻。大牛喜欢上她了，她也只喜欢大牛一个人，至于大牛身后的一堆屎，那是属于大牛的，她没必要主动惹上去。有空时她喜欢在网上看分析星座的帖子，她生日是六月初，双子座，网上说这个星座最怕麻烦，这一点说得很对。

大牛说：“你不是人，是神。”

小娴笑笑，她笑纳了这个表扬。吉人天相，她是相信的。天下万物那么错综复杂，她凭什么要去承担与接受？神难道就是这么慵懒的吗？该过的坑反正大牛自己去过，过不了，那也是天意啊。徐志摩早就说过了，得之我幸，不得我命。

后来大牛果然过了。大牛没说怎么过的，两年，七百多个日子都是大牛自己独自去面对，然后大牛捧着墨绿色塑料皮的离婚证书来求婚。小娴瞥了塑料皮一眼，有点讨厌那种阴暗的色调，但心里是高兴的，就点下了头。很简单，对她而言就是这么简单。她成了大牛的第二个新娘，随着大牛搬到锦绣小区。房子是新买的，到处弥漫着新油漆的焦辣味，大牛说没关系，他用的是美国进口漆，环保型，低污染，无伤害。而且，大牛非常兴奋地说，一切很快都过去了，你会喜欢这个家的。

其实即使油漆味不过去，小娴也已经喜欢上这个家了。栗色家具，雪白墙壁，欧式灯具，实木地板，并且宽敞，共一百六十平方米，两卧一书房一画室，真的很舒心，与原先在父母家被呵护也被管教相比，差不多就是天堂了——除了楼上。楼上每天连绵不绝的声响成为这个家唯一的败笔。

三

一般是这样的，给大牛的出版社画一个插图四百元，弄一期封面一千元。价格不算高也不算低，一开始就是这个标准，给小娴给别人一个样。有时小娴多画，一个月十来幅插图画下来，收入也不算低了；或者外接一些单位的宣传片，AE 和 MAYA 的课程小娴在大学里都是优等，所以制作起来也不太费事，连音乐都可以去素材库里找到，剪辑时小娴的节奏感一直很好，流畅而华丽。别人一分钟的片子收费一万三至二万不等，她五千八千也接，所以业务不断，挣的钱足以养好自己，根本无须仰仗大牛。画好的图和制好的片子，最多压缩一下，通过 QQ 就传过去了，也根本无须她出门。

麻烦就在这里。如果需要上班，小娴一早走，到晚上才回到家，两耳至少不会整天被楼上的各种响声所灌。每天早上六点还差一刻的那些声响只是序曲，接下去或者中午或者傍晚或者某个不经意的瞬间，总之随时可能响声惊人，震耳欲聋。

有时候小娴会仰起头久久看着天花板，恨不得那块水泥板可以像窗帘般轻易就拉开来。她真的好奇了，她想看看楼上住的人到底每天都在忙什么。

仔细回想，小娴住进来时，楼上还是沉寂的。那时新婚，世界很狭小，只剩两个人，但无论如何，耳朵还是清静的，早上总是在阳光中睁开眼，晚上也能在万籁俱寂中沉沉睡去。这样的安逸日子持续了大约五个月，第六个月响声陡起，楼上住进人了。

这个人小娴现在还是想见一见。她不用上班，那么楼上的那位呢？

她终于去敲了门，趁大牛去北京参加全国图书订货会期间。这是一月，天已经冷了，寒风有一股破釜沉舟般不管不顾的劲头。小娴趿着拖鞋，裹了件棉袄上楼。她太瘦了，个子又矮，一米六不到，皮之下就是骨头。身上缺脂肪，冷是她最大的敌人。

门紧闭，没有安装门铃，只能用指节叩门，先是轻叩，接着再叩，手上加了点劲，门却始终一动不动。

小娴不相信里头没人，那个猫眼，透着一道细细的微光，而有一瞬她分明看到它幽暗了一下。里头那个人看到她了，但不开门？

那天回到屋里，小娴一会儿坐画室一会儿坐客厅，总之是发着呆，什么事都不做。楼上本来她并不是非去不可，不是不去就会死，可是既然去了，却不明不白地未遂，她就不免有种一脚踩空的失落感。她把身子斜斜地靠住窗户，外面阳光很大，却很假，天地像铺着一层塑料薄膜。锦绣小区临河而建，楼前十几米外就是那条全城最宽的内河。说最宽，其实也只有二十多米，但已经很金贵。河对岸是金融区，玻璃幕墙高楼一幢接一幢。正对面是座宾馆，一入夜霓虹灯就殷勤闪出四个大字：锦绣宾馆。小娴有时会冷不防羡慕一下，从小到大，她都住家、住校，再住家，然后住到大牛的房子里，却从未住过宾馆。

一道尖厉的声响，小娴惊跳起来，转过头左右看半天，原来是电话铃。

是大牛从北京打回来的。大牛问："你在干吗？"

小娴说："没干吗。"

大牛问："这一期刊物封面弄好了吗？用 QQ 或微信传过来我看看。"

小娴说："还没弄。"确实没弄，按计划今天该动手了，去楼上看一看就动手。一期期刊物总是时间卡得很死，任何一个环节都不能放鸽子。但是到楼上她却什么也没看到，为什么呢？她觉得挺无趣的。这件事的无趣，忍不住就放大了，无休止地蔓延开。她没弄封面。

话筒里嗡嗡嗡响着，大牛静默了片刻，最终又开口："不高兴了？"

小娴说："还好。"

大牛："我还要在北京两天。"

小娴说："行。"

大牛说："要不你也飞来转转？眨眼就下雪了，南方哪看得到啊！机票我打个电话帮你订？就下午吧，我查了下航班，四点多有一趟，有票。"

小娴打断他："算啦，北京冷死了。"

大牛开始诲人不倦："不冷，屋里有暖气，一件衬衫就热乎乎的。哪像我们那里啊，到处阴冷阴冷的，骨头都冻裂了。"

小娴没有犹豫，仍然短促地答："不去，懒得动。"

大牛好像轻微叹口气，顿了片刻，呼吸声变粗起来："你……去楼上了？"

"楼上？"小娴一下子没回过神来，问完就傻傻地等着大牛回答。大牛不答，呼吸声越发粗了，还有吞咽口水的声音隐约传来。小娴自己往下想，想明白了，脱口答："是啊，我去了。"

"为什么要去！"大牛口气里有不满了。

"为什么不能去？"小娴从来不吃那一套，她不怕大牛不满，越不满她越追着拧。

大牛果然就没有往下发作。还是叹气，叹气都是蹑手蹑脚的，语调及时换成了讨好："来吧，来北京玩几天吧。以后我每次出差都带上你，你这年纪死宅在家有什么好？应该出来见见世面！来吧！"说到最后，语调都带着古怪的哆声了。

小娴想笑，猛地一怔，眉头又锁紧了。大牛在千里之外，他是怎么知道刚才她上楼找那个人了？怎么知道？啊，怎么知道？她觉得这个问题得问一问，于是她问了。大牛打起哈哈："我是什么人？神人啊，你什么都别想逃过我的法眼。来吧，我带你在北京好好逛逛，就当是补蜜月！"

小娴不理他这一套，但她也不再问了，问也白问，不如自己想。为什么刚刚她才上了楼，敲了门，门没敲开，没有见到楼上的那个人，而出差在外的大牛却知道了？大牛还在话筒里甜腻腻地鼓动她，并说马上打电话订下机票。她嘟囔一句："机票订了也不去。"就把话筒搁下了。然后她仰起头，盯着天花板出神。

楼上很安静，一点声音都没有。

四

要说小娴不在乎大牛那肯定是假话，不在乎干吗嫁给他呢？北京她也不是没兴趣，活了二十多年她还没去过首都哩，说出来都让人耻笑。问题是现在季节不对，她真的最怕冷了，皮下因为缺脂肪，一个个毛孔就像一个个天窗似的令冷风长驱直入，这一点大牛又不是不知道，知道了还要慌慌张张逼她去，那就更不对。是的，大牛真的有几分逼迫的意思。有心带她补度蜜月，前几天走时就该开口啊，走了三天，只剩两天了，突然来电话要她马上动身，这到底是演哪出戏啊？

她以前大凡对世间万物有不解，问大牛，大牛都会竭力回答，牛头不对马嘴也能滔滔不绝说上一通；但这次，明摆着大牛在闪烁其词。怎么知道刚才她去过楼上？大牛怎么可能答不上？可是大牛就是不肯老实说。小娴噘了噘嘴，这是她表示有困惑时常用的表情。她妈妈以前很不满地指出，这样不好，会引发皱纹。哪个女人欢迎皱纹呢？小娴也讨厌，但很多事哪里是想改就马上改得掉的？况且，小娴也没刻意改过，主要是嫌麻烦。人生已经有那么多麻烦，能少一样是一样。

小娴站起，她做了决定，再上楼一次。

楼上屋子里有人，就是那个每天清晨、中午、晚上不时弄出一片声响的人，刚才小娴去敲过门了，里头不开。明明有人却不开，然后，却直接或间接跟大牛通了消息——还有其他的可能吗？没有。至少现在小娴没有想出来。

她开始高兴，觉得脑子一片通透。平时她总是无所谓，脑子混混沌沌，不料这会儿却一下子就把事情捋顺了。这说明什么？说明只要愿意，她还是可以有一点思辨能力的。原先她母亲一直认为她没有，她自己也这么认同。

她向铁门走去时，听到门在响。刚开始以为听错了，她没在意，直到她打开鞋柜取出外穿的拖鞋，一抬头才看到深褐色的大铁门在晃动。打开门，是一个头发染成酒红色的女人。

女人轻声说：“你好。”

小娴连忙接口：“你好。”

女人说：“我叫陈用玲。”

小娴说：“噢。”

女人说：“我有个女儿，十六岁，被我送到英国读书了。”

小娴说：“噢。”

女人说：“我女儿很漂亮，眼睛特别美，细长的单眼皮，水汪汪的，眼梢还往上吊，像古装戏里的美少女。”

小娴说：“噢。”

对话的过程小娴一直脸上有笑，站在门外的女人也有，笑得很浅，但柔软温馨，像远处弹奏的小夜曲。女人个子很高，骨架却小，脸庞窄窄的，皮肤上闪出适度的油光，便顿时有了几分圆润之感。小脸是日系动画片女主角的不二形象，很合小娴的胃口。是个美人啊，小娴心里感叹一句。小娴自己浑身骨架也小，偏偏脸却无理由地偏大，以前心血来潮试图去整容时，母亲会气得骂起来：那些脸小得像根筷子的都是狐狸精相哩！小娴从不觉得狐狸精多不好，甚至会在某个瞬间向往过她们的生动、妩媚与大胆恣意。她最终没整成容倒与狐狸精无关，只是怕疼，她不想额外承受那一场苦。

“你……是物业的？”小娴这才想起该礼貌地问一问了。在她印象中，只有小区物业管理处的人才可能找上门来的，催缴物业费或者其他什么。这事一向由大牛去物业处缴，与她无关，所以物业管理员她一个都不认得。不过她也就是顺嘴一问而已，要是对方不说，也无所谓。

女人好像没听见，正专注打量着小娴搭在门上的那只手——手腕有只老坑翡翠镯子，水头真好，闪着晶莹的玻璃光。小娴心沉了一下，有点不自在，又有点戒备。正要缩回手，却见那人已经笑起，眼光重新移到小娴脸上，很温和地摇了摇头，说：“我也是小区业主。”

“噢。”小娴这会儿终于生出好奇了。这小区有五幢35层至28层不等的高楼，规模不大但也不算小，应该有近千户人家。小娴住进来后，还从来没有哪个业主找过她哩，她也不找人。大牛专门为她装修了一间画室，那就是小娴的大半个世界了。所谓画室，其实也只有一台双显的电脑，一个屏幕联上手写板画画做片子，一个屏幕打开bilibili之类的网站追看日剧美剧或者韩剧。大牛曾很诧异，说你到底有几双眼睛啊？小娴只有一双眼，但她真的可以一边看剧，看弹幕上众人的各种火热吐槽，一边完成一幅幅画的打稿、上色、抠底。QQ的弹窗一直开着，只是声音关掉，几个群聊的头像闪着土黄色的光，微博也没退下，仅仅最小化了，一会儿刷一下，该回复该参与话题，总之都不误。然后还有什么？就是上淘宝网。平时人家把稿费打进她卡里，她用卡支付购物，鼠标点一下，想要什么都能买到，下了单，几天之内货就送上门了。

她非常忙，太忙了，手机也永远联在网上，吃饭上厕所甚至洗脸刷牙都不妨碍拨拉拨拉。

大牛曾说："没有电脑和手机你会死。"小娴想话虽难听，倒也是事实。没有大牛无所谓，没有电脑没有手机她真会死。电脑是她身体的第五肢，而手机则像从她巴掌上长出的一个果实。大牛还说："原来孤家寡人指的就是你这样的人。"小娴不辩解，但也不同意。她每天都觉得周围朋友如云，QQ 群里小学、中学、大学同学不是人？弹幕上一个个吐槽神人不是人？代沟这东西在床上没有，不等于生活里都没有。大牛每天上班早出晚归，回家还电话一个接一个追来，说的无非印数、码洋、版税之类。那只是一种活法，小娴根本不稀罕也不需要，她缩在屋子里就能连通天下，日子每天都有滋有味。既然不出门，她所认识的业主自然就几乎为零了。现在突然有个叫陈用玲的人找上门，脸上笑吟吟的，一派和气。

她想人家一定是来打听什么的。

小娴说："进来坐坐吧。"这其实也就是句虚话，出于礼貌而已。能打听什么呢？同为业主，有交集的无非是物业费问题，房产证、土地证办理问题，可这些都是大牛的事，小娴一问肯定三不知。人家若是真问了，摇个头说个实话也就罢了，哪需要进屋？坐下来谈？

没料到对方竟像早就等着小娴的请，鞋一脱真进来了，一时小娴反倒愣在门旁。

当然很快小娴就回过神来了。来的都是客，这个家从入住后，还是第一次有外人踏入哩，大牛不喜欢呼朋唤友，小娴更没有什么友可唤。既是第一次，也就多少有点新鲜的意味。那女人看看厨房，又看书房、画室，最后在卧室门外停了会儿。小娴站在她侧面，想看看她的表情，却一直无法看到——她的脸总是往一边侧开，小娴趋前一步，她侧开一点。等到她终于把脸转过来对着小娴时，脸上依旧笑眯眯的。她真爱笑，笑得真好看，两个黄豆大的小酒窝摊在嘴角一跳一跳的。

“装修风格很特别啊，”她这样说着，还长辈似的顺手在小娴肩上拍了拍，又补充道，“这是你的风格。”

很少有陌生人对小娴这么亲切，小娴心里漫上一些喜悦。装修过程她不管，但装修风格确实是她定下的。她来现场看过一次毛坯房，然后回去画了大致的设计图，大牛再把图交给装修公司让他们按这种风格制出施工图。小娴不喜欢单一，单一在别人家也许是风格统一的保证，但也有呆滞单调之感。整天满世界跑的人对家中的单调无所谓，小娴却不得不计较一下，所以她理想的画室是色彩明丽的，弥漫着几分卡通的气味，书房则须以栗色家具铺陈出典雅，而卧室为了便于睡懒觉，被装饰得非常粉嫩，一股春天的缤纷与繁荣上下横溢，暗示她每天都可以放胆春眠不觉晓……这样，足不出户又如何呢？世界仍然完整地握在手中。

但是，为什么这个女人一眼就看出是她的风格呢？不是疑问，不是询问，而是直截了当地下了结论，口气那么不容置疑：“这是你的风格。”

你的……风格？

她心跳一下子加剧了，慌乱中猛地往门口瞥了一眼。刚才她并没关上门，但现在门却已经关上了，是被风刮的。足不出户其实并不等于对外面一无所知，看微博和微信就知道这世界多么险象环生，今天谁被抢了，谁被偷了，谁被杀了，谁被骗了，总之英特纳雄耐尔实现起来似乎越来越难了。之前小娴以为无论如何，只要家门一关，那些倒霉事就不会落到她头上，现在……呃，现在会不会呢？

也就是说，一直到此时，小娴都没有猜出来人的真实身份。以前母亲说她单纯，她虽相信自己与电视里那些参加相亲节目的同龄人相比，确实单纯了一些，但也仅承认一些，并不认为太多，现在倒是一下子就心虚了几分，腿下意识地收紧了，身子后缩。

这时候那个女人……哦，她叫陈用玲，陈用玲笑起，点点头。小娴以为她要说什么，她却不说了，转身开了门，径自走了。

门开起来时，厚厚的钢门古怪地吱了一声，以前似乎从未听到它发出过类似的声音。

五

大牛是当天晚上突然到家的。他本来在北京还有很多事，与发行商谈折扣，跟书商谈合作，一大堆欠款要催一催，好几个选题策划要议一议……

但是，他还是飞回来了。

他脸上密布着与那天赴京时完全不一样的表情，仍在笑，笑的缝隙里却分明有一股大敌压境的紧张感。

“回了？”

“哦，回了。”

“怎么样啊？”

“噢，挺好的。”

小娴却觉得大牛不够好。

两个人洗漱过刚躺上床，还什么都没做哩，楼上的响声就起落一片了。

没有人说话，都仰着脸，像在专注聆听某缕神秘的音符。哗哗哗，似乎十几个不锈钢锅碗都被掀翻落地；噼噼噼，瓷盘瓷碟也摔下了；叶叶叶，该是拖动沉甸甸的桌子了；哒哒哒，像是在打扫地面……

大牛翻个身，转过脸，胳膊肘支在枕头上，手掌托住脸颊。黑暗中看不到他脸上的内容，但小娴感觉到他打算说说话了。

果然，大牛开口了。

“知道楼上这个人是谁吗？”大牛问。

小娴不答。

“她说她告诉过你名字？”大牛再问。

小娴还是不答。

顿了一会儿，听到大牛咽喉处有吞口水的声音。大牛说：“陈用玲，我的前妻。”

小娴一点都不意外，或者说她没大牛想象的意外。前妻？这个名词原本多么隔山隔水，遥远得宛若外星球的一株树木，突然却被带到跟前来了，摇曳起舞，哗哗作响。她动了动身子，好像要说话，突然却笑了。

她说：“原来你们联手在这里买房子啊，楼上楼下的倒很步调一致哩。”

大牛马上坐起，侧着身子树桩般硬硬戳在那里。

“小娴！”大牛叫道，“我买的是期房，当时楼还未封顶，售楼处带我进工地，这一层和楼上我都看了。他们规定一层加一万，我离婚是净身出户，手头紧，一万块也是大钱，就选了这一套——也就是说买房时，楼上根本还未出售。不是联手的，你误解了。”

小娴说：“然后呢？”

大牛像只泄气的皮球，整个人一软，仰头躺下。躺了一阵，才幽幽地说：“然后她就住到楼上了——可她啥时买的我并不知道，住进来后她才打电话告诉我。”

小娴哧的一声又笑起。这时候她怎么能笑呢？一点笑的理由都没有啊，可是她真的笑了，挡也挡不住地笑了。然后她又觉得有几分抱歉，便伸过手拍拍大牛的脸。但手落空了，她以为自己手拍歪了，再一看，原来是大牛把头转开了。居然转开头，这个新鲜。这么说是生气了。可是小娴都还没开始生气哩，怎么反而先轮到大牛？

小娴觉得日子一下子也有点空了。之前她从没这种感觉。当然之前她也没遇到这种事。接下去怎么办呢？

接下去其实与小娴没什么关系了，但她再完全置身事外似乎也不对。第二天早上她写了一条微博，写时她脑子里忽然浮起淑贞的脸，淑贞就是大牛的母亲。她这么写：

我婆婆年轻时艳冠一村，后来隔壁住进一位更艳的女子，小名小娇。哎呀呀，小娇是我公公以前的相好啊。男人要有定力，千万不能随随便便就跟谁好，好过又岔道走开，小娇当然不答应，就一路追来，住到隔壁，每天摇曳生姿地寻衅滋事，以搅乱我公公婆婆的生活为己任。接下去这三个人会怎么相处呢？你们猜猜。

不多不少，恰好一百四十个字。这个小娴在行，她取一个“在下闲着”的网名写微博已经四年多，粉丝有五十六万多。按说她一个闲居在家者，不至于混成半大V，但她有绝招，就是三天两头抛出一个问题求解答，贡献最佳答案者先关注她，再私信照片，然后小娴为其画一漫画像上传，总是将其特点夸大，比如大嘴变更大，小眼弄更小，塌鼻成没鼻，无一不是故意极致丑化，居然都觉得好玩，看者和被画者都争着呈哈哈哈的图标点赞，每天应者鱼贯而来。世道真的变了。

祝贺你公公率先实现3P。

有竞争的日子多么波澜壮阔。

锤子剪刀布吧！也得大红灯笼高高挂？

哇操，还有一个连的二娇三娇四娇马上也跟来了……

前两年微信推出时，小娴就下载到手机上了，但仅替代短信少让移动联通赚去钱，却很少在朋友圈里发言。都是熟人，他们美食、购物、旅游、孩子各种津津有味地晒，她看看就好了，不羡慕不嫉妒，却怎么也勾不起参与进去的兴致。还是微博好啊，能见识天下无数奇葩，却可以老死不相往来，所以小娴是微博控，却不控微信。如果说以前在微博上多少有点逗大家玩，这一次却不一样了，这次小娴真的是想讨点主意。却没人给她主意，之前那些漫画早就替她确立了微博的风格，聚拢在旗下的粉丝全是嘻嘻哈哈耍贫嘴斗机智的货。也不是都没质量，有一个说："烦转告你公公，必须把这个优点遗传下去啊！"小娴心里动了一下，所谓遗传，当然传大牛。

一整天，她觉得整个人都不好了。大牛也不好，在家的时间明显增加了，早上起床后迟迟不出门，这里那里磨蹭，单位打来几个电话，他接起，骂这个训那个，脾气比国王还大。"不管了，随便！"这话他重复了好几次。以前大牛不是这样的，他一边骂集团领导为做业绩往脸上贴金，每年各种考核指标不断上浮，大牛说，除了管卡压，他们什么屁事都不管。但骂归骂，转身又忙不迭找利润去，社里大小事他都像地主似的瞪大眼盯着，怕哪一本书亏了，哪一单生意跑了，早出晚归，三餐不定时。男人反正都这样，小娴就不去奇怪了。突然间大牛一下子撒手了，两腿恨不得粘在家里，反倒不正常了。其实在家也没什么事，早上醒来两个人连话都不怎么说，不知说什么好。恰好是阴天，大牛的脸跟天气差不多，冷不防又笑起，皱纹比上吊的麻绳还生硬。

那天傍晚太阳还没下山，大牛又回来了，一返身关上门，就径自走到小娴旁边。

小娴坐在电脑前，头也不回。

大牛说："你在微博上乱说什么？"

小娴没理他。大牛没有微博，微信还是她强行替他开的，以方便二人联系。所以一向大牛都不过问她的微博，劝过她，说画那些陌生人的漫画一分钱挣不到，浪费才华。小娴不听，很多才华本来就是用来浪费的嘛，有才华可浪费是人生一大幸福。小娴说："我说是说了，没乱呀。"

大牛说："我爸哪里得罪你了，你居然这么造谣中伤他！你以为自己是写小说的？给我马上删了！"

这下子小娴把身子转过来了，大牛居然知道她写了什么，奇怪。她说："我不就是写着玩的吗？"

大牛吼起："你写着玩？我爸我妈都气死了，什么鬼小娇，你怎么能这样瞎说！那一代人跟你怎么能一样？刚才我爸打电话给我时，声音都哽咽了。”

小娴咳一声，她更奇怪了。她问：“你爸怎么看到我微博的？他又不懂上网。”

大牛犹豫了一下才说：“是陈用玲告诉他的。”

陈用玲？小娴脑子转了一圈，才把“前妻”这个词衔接上。这么看来，陈用玲居然知道“在下闲着”就是她，并且关注了她微博？肯定没用真名吧？匿名潜了半天，就为了这一条微博？

小娴笑起，她说：“你刚才说什么了？”

大牛怔怔地。

小娴说：“你刚才好像说我像写小说的？咦，你怎么跟我粉丝看法一样呢？他们也都说我有写小说的天才哩，这么说我还真该写哩，是不是啊大牛？”

大牛嘴唇抿了抿，很重，可见他体内的火很大。不过大牛没有发出来。不发出来那些火就跟小娴无关了。

六

淑贞和她老公宝根一起来了，说要住几天。他们来不太算意外，要住就奇怪了。

对于大牛的新婚姻，淑贞心情比较复杂，从女人的角度她仇恨大牛的喜新厌旧见异思迁，但从母亲的角度，她又觉得自己儿子快成老牛了还吃一回嫩草真是占了大便宜，这就是典型的屁股决定脑袋。没有人告诉小娴这些，小娴是自己感觉到的。小娴也没那么傻。其实结婚后淑贞极少来大牛家，据说以前那个家倒经常去，看来跟陈用玲关系还不错。也就是说，她见不得小娴的狐狸精样，但同意大牛躺在狐狸精怀里享受快活。事情都是相互的，你不来，小娴也极少去，去了都匆匆转一圈，然后就走。借口遍地都是，随便找到几个反正也不难。

所以严格说起来，小娴与淑贞夫妇还是陌生人。

既然陌生人来了，还要住下，这就不是平常的事。什么事呢？当然跟楼上有关。小娴想也好，每天一大早楼上的各种响声，都她和大牛听太不公平，扩大听众，让淑贞夫妻也领教楼上的演出，好歹算开个眼界吧。

小娴又写了一条微博：

我婆婆到现在仍艳冠小区，她和我公公款款住进我家，敝舍顿时蓬荜生辉。问题是小娇的女儿也来了，她代表自己母亲搬到楼上住，楼板上燃烧着熊熊烈火。真是沸腾的生活啊！

不到一分钟，下面评论就哗哗哗涌来了。一堆互不相关的人，活在世界各个角度，鸿儒与白丁混杂，平时如果在街头迎面碰上，哪怕稍有剐擦，都可能大打出手，在网上却相亲相爱得像几辈子亲人，积极介入对方的每一桩生活小事，这好玩极了，小娴喜欢。

真是后会绵绵无绝期啊，你们家的小宇宙太强大了。

去年我和一位叫大娇的女子上床，至今仍念念不忘她的热辣激情，她妈妈就叫小娇。

夜深人静时，你公公轻叩楼上的房门小声说：女儿，爹来了……

这世界已经分网上网下两种族类了，平日看着周围的人一个个都呆板木讷谨小慎微，上了网却立即摇身一变。包括小娴自己，在大牛眼里她既单纯又娴静，话都很少，大牛不看微博，要是看了，肯定也目瞪口呆。既可以这样，还可以那样，一辈子因此多活了一个空间，可以展现两种迥异的面目，这是现代比古代好的地方，大牛不懂这个。

小娴挑了一条评论转发出去，并且艾特了王令旗。王令旗是她从三十多万粉丝里找出来的，挺麻烦的，但也还行，等于把粉丝全部检阅了一次。真是五花八门，有加黄 V 的，也有加蓝 V 的，还有一堆叽叽喳喳的 90 后傻孩子和淘宝店主。从他们中，小娴发现了这个王令旗，头像不是人脸，而是英国大笨钟。王 + 令 = 玲，而且微博数零，粉丝零，从来不吭声，只关注她一个人，这些特征还不够明显吗？还令旗哩，还王的令旗哩。

王令旗是谁？果然就有人在评论里留言发问了。问归问，除了被选中画漫画者，小娴一般不跟陌生人互动，这是她有可能成长为大 V 的潜质之一。倒不是故作矜持，都是性格使然。看一眼照片，在手写板上划拉几下，一张漫画就出来了，在她是举手之劳，当成练手也不为过。画好了，在微博上贴出来，爱看不看。回复评论却是琐碎的事，这边说东那边却可能理解成西，然后骂声就起了。上一刻跟你再亲，下一刻就换出另一副嘴脸，怎么骂反正也见不着人，该放肆就放肆，想下流就下流。网这东西，真是诡异得很，也有趣得很。

王令旗是谁？她也不确定，要是她艾特错了，就当帮零粉丝的王令旗推送一下，免费做个广告吧。马上她又发了一条：

@王令旗 你下楼来坐坐。

为什么要发这一条她并没过脑。人脑远远比不得电脑，连古代的神算子如今都得靠边站，这个不服不行。凡事都有惯性，小娴坐到电脑前时，画画划动手写笔，打字敲击键盘，都属于技术性条件反射，她只管手动，脑呢？不是有电脑吗？

她盯着屏幕看，很多人仍追问谁是王令旗？他们对小娴的关注度，也许已经很大程度超过对自己的父母妻儿，小娴问什么，他们都必须抢着答，小娴有新变化，他们又理所当然看成自己的变化。细想很可笑，但都成了事实。小娴仍然不理他们，她在等被她艾特的王令旗。

楼上没有声音，挺安静的。她扭过头瞥一眼墙上的挂钟，下午三点零六分，午睡的话也该起来了。没上网？

算啦，还是我上楼找你吧。@王令旗

她握住鼠标重重点击发送，然后站起，走到门后的衣架前，正打算换下睡衣，就听到客厅里淑贞正在打电话。“你给我回来，马上回来，把这事给处理了。什么大娇小娇，是不是脑子出问题了……她又不是我女儿，我哪有本事教育她？告诉你，她要是我女儿，我非敲断她的腿不可！你马上回来！”

小娴愣愣地停下正拉柜门的手。电话的那头，一定是大牛吧？听起来，这次有人看过她微博，又马上通知淑贞同志了。那人是谁？当然又是陈用玲。小娴马上返身重新在电脑前坐下，双击鼠标，结束屏保。屏幕上仍挂着微博页面，她把光标移到王令旗名下，加了关注。现在她也成为王令旗的粉丝了，唯一的粉丝，互粉一下体现公平。页面右面有一串她所关注的人在线状态，在线小方块呈绿色，离线小方块呈灰色。不过也难说，如果设定隐身状态，小方块也会骗人。王用玲的大笨钟头像就是灰色的，但不等于她不在线——咦，王令旗怎么已经对她取关了？刚刚她点下关注时，明明呈现互相关注的双向箭号，那么就是说王令旗就坐在电脑前，发现她也关注自己，吓一跳，马上取关。这不像一场猫与老鼠的游戏吗？小娴把十指放到键盘上，正要再艾特过去，画室的门响了。有人在外用巴掌啪啪啪地拍打着。

小娴打开门，是淑贞和宝根。

淑贞说：“你来一下。”

小娴点点头，乖乖走出去，等老两口先在沙发上坐下，她才规矩地缓缓坐到他们对面，脸上挂着清淡的笑。“有事吗？”她柔软地问。

淑贞看了宝根一眼，似乎要让宝根开口。但宝根马上把眼移开了，嘴呵着，一副无辜状。一对男女几十年过下来，至少看上去还残存恩爱真不容易，但气场上母的强过公的很多。据说强势的母亲，一定会造就阴柔无主见的儿子，这样看来大牛还是侥幸的，柔是有点，主见却一点不少。

小娴有一双大眼，她眨巴几下，然后眼皮就像被焊住了，安静地撑着，看着婆婆。淑贞想说什么呢？说什么其实无关紧要。说吧，随便说。

“大牛要娶你，我们其实也没意见。”

这句话说完，淑贞侧过面看了宝根一眼。宝根笑着点点头，像是在鼓励她，眼神却仍处于飘忽中。小娴腹中小笑了一下。没意见？有没意见都是现在这种结果，反正大牛已经娶了她。

“我们得罪你了吗？你怎么一次次得寸进尺，有恃无恐，变本加厉？”淑贞的声音渐渐高起来。

这么说肯定不对，淑贞是前中学语文老师，宝根是前省文化厅办公室副主任，怎么说得像被小娴欺侮似的。就是可欺，小娴也懒得动手呀。不过小娴没有反驳，仍微微笑着，点点头。

淑贞渐入佳境，出现一种上课的亢奋状态，她说：“明明是晚辈，你怎么却弄得像我婆婆似的？生活里你不尊重我们，不照顾我们也就算，还在网上胡乱编排，诬陷我们，败坏我们的名声，我们到底欠了你什么？”

小娴终于笑出声，她说：“没欠。”

她说的是真话。大牛人不错，生下大牛的淑贞、宝根也挺好，不要说他们，小娴其实从没恨过任何人，恨人也需要力气的，小娴懒得花力气。网上写什么，是不需要考虑中心思想、段落大意之类的，淑贞可能不懂这些，把不懂的人扯进来也许的确有点不妥，可有几个人会把“在下闲着”的婆婆和淑贞画上等号？只有陈用玲。

小娴仰起脸看着天花板，正想着该说点什么，门锁响了，门开了，大牛回来了。

七

大牛对自己的近况，用了“心力交瘁”一词来形容。集团一位副总到龄了马上要退休，旗下几家出版社社长谁都可能顶上，可能性越多铆着劲盯着的人也越多。小娴脑袋转了几圈，突然明白过来，原来大牛说不定转身就不是社长，而是集团副总。有区别吗？小娴觉得没有，但大牛肯定有，否则他不会用这么沉重的语气来叙述。另外，就是陈用玲了。大牛以前没说，现在终于说了，他与陈用玲离婚，是净身出户的，之前的所有财产都留给陈用玲了，至于女儿留学费用，也一大半归他负责。“我无所谓钱，”大牛说，“人生太短了，我需要生存质量。”

小娴点点头，有点感动。她居然是大牛生存质量的一部分，之前她意识到了，但不够清晰。问题是这个质量如今不是又大打折扣了吗？大牛把钱留给陈用玲，陈用玲花钱买了楼上的房子，每天制造各种动静，不就是为了降低大牛的生存幸福指数吗？

大牛叹一口气说："我也没想到她会这样。一直以来她都是个特别识大体的人，很理性，离婚不愿意，但也不哭不吵不闹，只要求等女儿出国以后再说。净身出户也是我自己提出来的，她反而问要不要分点财产给我。你看，怎么想到她后来会这样？"

小娴忽然好奇起来，问："她是做什么的？"

"记者。"

"什么星座？"

"我不懂星座。"

小娴噢了一声，点点头。

大牛不解地看着她："为什么问这些？"

小娴想了想，她也不知道自己为什么会对这些感兴趣。除了每天太早被吵醒之外，她对住在楼上的这位前任并没有恶感，反而常常因为把大牛占下了而生出几许内疚。她说出了自己的内疚，她说："哪天我当面向她赔个不是吧。"

大牛马上把手掌一举说："跟你无关。"

"为什么无关呢？"

大牛说："也许你不相信，结婚第二年我就提出离婚了，她不肯，那时她刚生下女儿，我没坚持，就一年年拖下来了。门关起来，别人看不出来，但家早就形如空壳。你的出现，只是促使我下了决心罢了。也就是说，反正得离，你不知道在身边放一具没有感情的肉体是件多么可怕的事情……"

小娴头歪了歪，笑起。"大牛，"她说，"你说这话一点都不像男人哩。男人对肉体不是都不太讲究吗，所以妓女才能混口饭吃。有没感情是女人才在意的嘛。”

大牛叹口气说：“我比你大，一直宠着你，大小事都尽量不计较……”

小娴打断他说：“这样不对，该计较尽管计较，不必客气。”

这是小娴的真实感觉，大牛话不能那么说，好像他们不是一个级别的运动员，却站在同一跑道上比赛，让她占了小便宜。她不喜欢这样。

大牛眨着眼，仿佛在酝酿情绪，半晌才用手往楼上指了指说：“我跟你说这些，无非是让你相信，这一切不是我故意的，更与我父母无关。”

小娴说：“没说你故意，也没说与淑贞、宝根有关啊。”

大牛说：“那你为什么要报复呢？”

小娴笑起，问：“报复？为什么要报复？”

大牛一下子从椅子上站起，因为用力过猛，腿把椅子磕出几步，椅脚趔趔趄趄滑过地板，摇晃几下，吱吱吱响。按这架势，大牛似乎完全是要发火吼起的节奏，最后他没吼，扭头看了看紧闭的门。刚才他从出版社赶回时，小娴正端坐在客厅听淑贞、宝根训话。大牛说：“爸，妈，你们别急，我跟她谈谈。”然后就把小娴从客厅拉进画室，关上门。谈的不过这些，原来试图从社长变为集团副总让大牛很头疼，原来陈用玲结婚第二年就面临离婚的威胁，原来大牛对小娴也有很多不满只是忍着不计较。这三点小娴都没有想到。大牛当不上副总，也已经是社长，而大牛有再多的不满，也只能继续不满下去，所以比较起来，还是陈用玲最倒霉。她都这么倒霉了，小娴一下子就什么怨气都散了。不能和弱者争是非啊。

她掏出手机，完全是条件反射，又涌起发条微博的冲动。

结果手机到了大牛手里。大牛是一把夺去的，食指在屏幕上搔痒似的快速地划动。小娴笑起。小娴知道大牛想干吗。她的手机绑定微博，大牛想删掉与“我婆婆”有关的那几条。她站着不动，继续歪着头笑着看大牛。果然大牛划拉几下，就把手机塞回小娴手中，他不会操作。

“删掉！”他说。

“如果不删呢？”小娴轻声问。

大牛唇抿一下动几下，忽然吼起：“不删就离婚！”

小娴点点头，仍然说得很轻，她说：“那就不删吧。”

大牛盯着她看片刻，好像不知该做什么。接下去他忽然转身出去。画室的门原先是关上的，被他重重地打开又重重地关上，然后外面有一阵声响，类似于什么东西摔了，又有什么人走动，再然后就是入户门也被重重地扣上，屋里终于归于安静。

小娴愣了一下，打开门走出画室，看到客厅是空的，几间屋子都是空的，大牛走了，淑贞、宝根也走了。她趴到阳台栏杆往下看，一会儿大牛那辆黑色奥迪开出小区大门，看不到车里的人，但车里人的怒气分明剑一般穿透车顶，扑进她眼帘。是不是玩过火了？小娴忽然不安了一下，再一想，没有啊，她其实还没开始玩啊。

她走回电脑前，重新坐下，打开微博，点开王令旗的主页。不出所料，王令旗的粉丝不再仅她一个人，而是已经过千。退回她自己的主页，她看到一堆人在评论里问“你是谁？”之后，都艾特了王令旗。现在的人肯定比以前更有好奇心吧？他们本来生活过得好好的，突然间都被这个横空出世的王令旗弄得有点忐忑，唱着啊依啊依噢，着急地找答案。这样小娴就有责任满足他们，对，有责任！她猛地站起，换下睡衣，把钥匙装进裤袋，出了门，上楼去。

陈用玲家居然门微敞着，难道是在等她到来？

小娴进去，却不见陈用玲。正犹豫着要不要退出，后面门响了，回头看，是陈用玲，她正站在门外，一只手举起，用指节在门上轻轻叩着。

“你好。”小娴说。

陈用玲笑起，返身关上门，指着椅子说：“坐吧。”

椅子是铁艺制成的，又笨又重。再看屋里的其他地方，面积和楼下的一般大，结构却完全不同，没有墙，整间一百六十多平方米的屋子都打通了，除了角落里一张单人床是整洁的外，其余的横七竖八堆满了东西，铁的，铝合金的，不锈钢的，就是没有任何木制品，地面则肯定没装修过，保留最初工程水泥的粗糙简陋。

陈用玲拖过一张椅子也坐下，椅子滑过地面时重重吱了一声，像电钻施工。原来楼下听到的噪声，远不及楼上听到的钻心刺耳。陈用玲每天所制造的响声，显然最大的受害者是她自己。小娴忽然有些释然。她说："刚才门是开着的。"

陈用玲点点头说："我刚才急着去送我婆婆——噢，是你婆婆，她打电话来说要走，我连忙冲到地下车库送她，走得太急了，可能门没关好。你怎么没去送送她？她最喜欢这种小资的温情送别场面。"

小娴说："我不知道她走了。"

顿一下，又说："我也不知道她和宝根，还有大牛都去了哪里。"

"宝根？"陈用玲嘴角向下扯了扯问，"你平时都对他们直呼其名？"

小娴一怔，摇头。当面她也喊爸爸妈妈的，不当面时，说起他们才用名字，主要是方便。小时候她就习惯直接喊父母的名字，名字而已，不就是个符号吗？父母从来没有不高兴，他们挺高兴的，觉得很有意思，与众不同。

陈用玲说："我公公——噢，是你公公，他特别爱面子。"

小娴说："大牛也特别爱面子，看来这个有遗传……"

陈用玲打断她说："你既然知道大牛爱面子，为什么还老是不给他面子？"

小娴一下子愣住了，她没有想到陈用玲会这么说，完全像一个妻子在捍卫自己丈夫的尊严。可是大牛明明不是陈用玲的丈夫，大牛是小娴的老公。那个瞬间小娴不免鼻子酸了一下，她自己相信是感动。很少女人能做到这样，都已经被辜负了，还始终如此死心塌地。一往情深太害人了，所以才这么不甘心，非得把房子买到楼上，再想方设法每天弄出动静。就算是报复又怎么样呢？总之是情有可原的啊。

八

小娴回家时，看了看挂在墙上的钟。她刚才上楼前也看过钟，这会儿再看，原来这一趟访问，共耗时一个小时二十三分钟。没想到居然去了这么久。陈用玲说大牛有高血压，这个小娴不知道；陈用玲说大牛脂肪肝，这个小娴也不知道；陈用玲说大牛不能吃辣一吃就拉不出屎，这个小娴还是不知道。小娴坐在冷清的客厅里开始拨电话，这会儿她真的很内疚。

但是大牛没有接起电话。再拨，通了，那边马上又掐掉，变成忙音。

看来大牛真的生气了。之前大牛从没对她这么生过气，她也就没有任何应对的经验。再打也是没用，所以她就不打了，索性扔了手机，向后一仰，整个人躺在沙发里，两眼直勾勾看着天花板。楼上这么会儿很安静，一点声音都没有。其实自从淑贞和宝根来了后，楼上就安静下来了，早上也不吵不闹，整座楼像一下子被削去一层。原来大牛虽然休掉陈用玲，但淑贞、宝根并没休，双方一直保持密切联系。原来陈用玲虽然被休了，却仍惦记着他的身体和各种特点，而小娴却一无所知。自古婆媳关系能处得好，一般都功在媳。而陈用玲甚至只是前儿媳，这就不是一般的功了。至于为什么仍惦记着大牛，只能理解为还爱着。真不容易，换了小娴，小娴不会。大牛只是不接电话，她一下子就觉得内疚全部遁去，人形也模糊，得想一想，才能记起大牛的长相。大牛娶她这样的老婆真是倒八辈子的霉，算了，还是还给陈用玲吧。

她重新坐直，抓过手机，发了一条微博。

我妈说走吧，别赖着害人。我妈说你还没长大哩，快快回家。我妈说物（人）归原主，是优良美德。恭喜。@王令旗

点发送后小娴就站起收拾东西。房子是大牛买的，要走应该她走，大牛可以回家，陈用玲可以从楼上搬下来。如同整理房间，把这一件东西搬一下，那一件东西移一下，然后生活就一下子整洁有序了。各就各位，就是这么简单。

与其他女人不同，小娴衣服很少，拖出一个二十八寸的行李箱装上就够了。其实她真正宝贝的只有手写板和电脑。手写板好处理，不过一本大三十二开杂志大小，往背包里一塞就妥妥的了。麻烦的是电脑，三十四寸的两个大显示屏，加上主机，她怎么扛得动？那就不要了吧，回头可以重新买一台，但机子里存的东西她得拷走。才买多久？半年不到。房子装修好，稍稍透透气就搬进来了。那时大牛要给她买电脑，她说不啦，我需要的配置跟别人不一样，我自己来吧。她就先用大牛的旧电脑上了京东。也就是说电脑其实是她自己花钱买的，电脑是她的，但没有办法，她带不走。

她有两个 2T 的移动硬盘，存下电脑里头的东西应该够了。正

拷贝着，手机响了，是大牛。大牛说："你要走？走哪里？"

小娴头皮麻了一下，眼睛下意识地看了看天花板。又是陈用玲告诉他？

她说："大牛，既然你想离婚，那就离吧。真对不起，我太不称职了。我走了，位子就腾出来，你该填谁就随便填吧，别客气。"

大牛说："谁要离婚了？胡说八道！不许走，你等等，我马上回去！"

通话断了。断就断了吧，小娴叹了口气。她很少叹气，一叹就显得格外山高水长。就这么定了，没必要搞得跟梁祝似的还得十八相送。屏幕显示复制完成，她觉得应该格式化一下。既然把电脑留下了，新主人就理所当然可以用，而她储存在里头的东西人家未必感兴趣，对大牛的新生活却有干扰作用。另外，她的微博、QQ 都设置了自动登录，如果以后谁都可以登，那她可不愿意。这些事她处理起来都不难，弄好了，她长吁一口气，觉得整个人顿时都轻松了。重新抓过手机，她用微信滴滴叫了部车，车来可能还得有几分钟，她站起，走到阳台上等着，眼先看远处，其实也不远，就是河对岸的锦绣宾馆。一座楼离这么近，砖瓦窗都再熟悉不过，却不知究竟住着哪些人？那些人从哪里来，又忙什么事？这个世界她知道的事太少了，她叹了口气。

视线往回收时，恰好就看到大牛的黑奥迪像一只斗牛场上身上被扎了几刀的猛牛，跌跌撞撞地飞快拐入小区。大牛回来了，也没什么大不了的，那就友好握手道别。

小娴坐到沙发上，像等待约会般等着大牛。一会儿门上钥匙开始转动，门开了，大牛气喘吁吁地进来，头发杂乱粘在头皮上，发际线快退到头顶上了。大牛老了，是这几天气老的，还是本来就这么老？小娴不清楚，她好像一向也并不怎么认真打量大牛。很多男人腿都发育不好，上半身很正常，下半身鬼知道为什么往往都少长了一截，看上去整个人就像两截等距离的木头拼接起来的。但大牛不是这样，大牛个子也不高，腿却不短，看着就有修长感。当初也许正是这一点打动了她？另外大牛皮肤细嫩，五官清晰，气质偏文艺范，这些都算优点。给一个有诸多优点的人当老婆才几个月，就走到离婚的边缘，有没有伤感？也有，但不是太强烈。按理至少应该有点离愁别绪啊，可小娴确实没有。如果陈用玲不住楼上应该会有，但陈用玲不住，也不会离婚。事情似乎有些乱，但理一理都清楚了。一个前妻非得住到前夫的楼上，无论是报复解恨还是情丝难断，都说明前一段姻缘还千丝万缕地呈胶着状态，小娴从小就讨厌卷入是非，她不能因为是大牛老婆就不讨厌。

那就化繁为简，格式化，清空。离了是上策，同时造福三个人。

大牛急步过来，直接坐到小娴边上，一只手臂绕过来，勾住肩膀。小娴马上像电动玩具被人扭动了开关，整个人一颤，猛地往旁一跳。大牛问："怎么啦？"显然大牛很意外，小娴正奇怪大牛为什么会意外，转念一想，觉得确实是自己错了。说要离婚，终究还没离，婚内女人的每一寸肉体，做丈夫的男人都有自由爱怎么碰就怎么碰。好吧，碰吧，抓紧点，过期就作废了。这么一想，小娴就坐稳了，两眼定定地看前方，不看大牛。

大牛说："发生这些事不是我愿意的，我会尽快处理。"

小娴说："不急，慢慢来。"

大牛把手抽回，他可能也觉得这个动作与小娴的神情很不协调。小娴身子一松，似乎一个千斤担子从肩头卸下。大牛的手这么重？是心重。小娴又叹口气，她说："你看是现在就去办离婚还是另找时间？"自己的事情还得归机构管，这就是现代人的麻烦，古人自拟一纸休书就两清了，古人明显更自由。

大牛手重新搭到她肩上，这次是两只手一起搭，然后把她身子用力扭过来。"看着我，"大牛说，"为什么说离就离？她住上面跟我没关系，不是我授意的，我也是受害者，你不能这么绝情！"

小娴这下子真的就定定地看着大牛，眼睛、鼻子、嘴巴、脸的轮廓，她突然想做件事。她站起，去画室取出画板和素描纸，然后坐到大牛对面。她说："你坐好，别动。"认识到现在，她还从来没画过大牛。从初二起她就开始正式学画，素描、速写、水粉的手艺说千锤百炼真不为过，网上那么多不认识的人，她都妙趣横生地画了一张又一张漫画，可是近在咫尺的这个人，却从来都忽略了。真对不起大牛，好在老婆生涯终于要结束了，结束前抓紧为大牛画一幅，免得以后内疚。

但是笔刚在纸上落下，一根线条还没勾出，忽然眼前就杂乱地舞来舞去。是大牛扑过来，一把扯过画板狠狠摔地上，纸被他揪起，撕，又撕，再揉成一团扔掉。小娴从没见这样子的大牛，眼球外鼓，脸通红，额上浮起的青筋一跳一跳的。

大牛吼道：“别闹了，离个屁婚！我已经离过一次了，遍体鳞伤得像一只癞皮狗，刚过几天舒心的日子，你又来又来又来！”

小娴坐着不动，只是把手上那支6B铅笔快速打转着，看上去像握着一只小小的风车。

大牛发起火来，原来还挺性感的。

九

小娴后来就没走。她还没学会非这样或者必须那样，反而更习惯于别人让她这样就这样那样就那样。但她睡到画室的小折叠床上，不与大牛在同一张床上共眠。要是没爱或者爱不够，她觉得浑身每一个毛孔都长出了双勾刺，肢体触碰起来别人痛她自己更痛。从这个角度看，妓女真了不起，对多脏的手都能笑脸奉迎，张腿比鸟儿张翅膀还浑然天成，叽叽喳喳叫着，又爱岗又敬业。

大牛劝了几次，拉拉扯扯没用，哄好话也没用，最后只好耷拉着脑袋独自进卧室，好像并没睡着，至少没睡好，一连几天都眼皮浮肿，一脸萎靡。显然大牛很讨厌这种现状，他说：“你给我一星期时间。”

小娴笑了笑，她对时间没有概念，一个星期与一个月的区别无非是多睡还是少睡了几次。人躺到大床上当然舒服，不过小床也不难受，躺下，闭眼，睡着，程序无一例外。起来时大多已不见大牛，桌上留一张纸，告诉她一碗小米粥保温在电饭煲里是她的早餐，他出去办事，晚上可能回来得晚，冰箱里有某某与某某，都已洗好切好，她自己动手煮一煮果腹，千万别偷懒饿成芦柴棒，云云。这样的日子好像也还可以，开了电脑重新上网重新画画重新做片子，只是心里多出一种临时性的感觉，仿佛也住进对面的锦绣宾馆，随时说走就走。陈用玲呢，陈用玲哪儿去了？清晨不是在楼上稀里哗啦的声响中醒来，反而不习惯了，没有那些声音，小娴其实也都在那个钟点自动醒来，然后睁大眼盯着天花板出神。

所以她知道大牛什么时候起来，又什么时候出去，只是知道而已，躺着听得见外面的动静，躺累了，她才缓缓起来，潦草洗漱一下，吃了大牛搁桌上的早餐，然后坐到电脑前。日子就这样继续着，她有点想念陈用玲了。

@王令旗 你在哪里？

这条微博发出后，她身子向后靠，半躺在椅背上，眼一直盯着屏幕。据说长久这么盯着，辐射会令皮肤粗糙。糙就糙吧，小娴无所谓。平日里她连化妆品都不怎么用，实在干得太紧绷了，才从网上随便买盒润肤露抹抹。反正大牛年纪比她大，有他垫底，小娴老得起。十分钟二十分钟过去，王令旗都没有回应。没关系，小娴不着急，她继续坐着发呆。这是她最喜欢的状态，以前就是中考高考在即，她也动不动就出神。母亲很着急，骂她浪费时间。人生这么短，千辛万苦地拼不就图个舒服？既然干坐在那里就已经很舒服，为什么不及时宠一宠自己？

后来她终于又坐直了，双手搁到键盘上。陈用玲会不会出事了？这个念头一旦冒出来，就擅自开始膨胀。大牛提出一周的时间，他拿去干吗？当然是对付前妻。离了婚本来已经两清了，但事实上清不了。陈用玲来了，楼上的每一道声响都在抒发她的不满和怨恨。这种事一般女人做不到，陈用玲既然做了，就不会轻易罢休。

可是现在天花板却无声无息。

@王令旗 你可别走绝路！

对，小娴就是这么想的，她突然发现自己心跳很不正常。大牛每天早出晚归，归来也没说什么，一脸忧愁地试图与她说话，她没觉得有话可说，大牛只能悻悻而去。大牛太在意她了，没想到大牛这么在意她。这样不好，最不好当然是万一大牛失控伤人或者把陈用玲逼上绝路，那就不可收拾了。

人都会有忽然被自己吓着的时候，小娴以往没有，或者说很少，平时都悠哉攒在某处，并不徐徐释放，猛地爆发一次，就是地动山摇。小娴站起来，她低头看了看自己的双掌，十指白得像葱头，还微微有些抖。血从心脏出发，没走出多远，就颤颤地折回去了，无法抵达指尖。她把双掌合到一起对搓几下，就是在这个瞬间她做了个决定，她抓起羽绒衣披上，出了画室门，再出了家门。她上楼，走到陈用玲家门外，长吸一口气，重重吐掉，开始压门铃。里头安安静静的，小娴迟疑一下，再把门铃一下一下地压着。叮咚、叮咚，声音居然和她家的一样。也许全城乃至全国每个家庭的门铃都是一样的？是谁最初想出这个古怪的声响，然后为什么会疯草般古怪地重复模仿？

猫眼上有一线光亮，小娴把眼贴近去，却什么都看不见。能看见才见鬼啊。她悻悻地下楼，回屋后马上拿起手机，先看微博，王令旗仍然没有回复她，于是她拨了大牛的手机。很迫切，她必须立即证实陈用玲还好好活着。

她说："大牛，你在哪里？"

大牛说："医院。"

小娴脑子嗡了一下，连忙问："谁病了？"

大牛说："我妈。噢，没太大问题，你不用担心。"

小娴长吁一口气，她从没担心过淑贞啊。她说："那你告诉我陈用玲的电话。"

这个大牛显然没有想到，电话那头有粗粗的声音传来，大牛不是说话，是喘气，过了半晌他才开口，他说："她就在旁边。"

轮到小娴吃一惊了。生病的人明明是淑贞，为什么陈用玲就在旁边？就在旁边是什么意思？这么巧就在旁边？

陈用玲的声音从手机里传来了，很粗糙的一句："喂！"

小娴问："你是陈用玲？"

"嗯。"

小娴说："你没事吧？"

陈用玲反问："你希望我有什么事？"

小娴只见过陈用玲两面，她想起亲眼看见过的那个陈用玲，满脸笑意盈盈，眼眯成半月形，说话又香甜又酥软，哪曾想从电话里传来的声音每一气息都带着寒光。她一怔，唇齿有点磕碰，好一阵才回过神来说：“噢……你没事就好。”

话筒静了一下，然后再响起时又换成大牛的声音，大牛说：“小娴……”

小娴像被烫着似的，立即把手机从耳边拿开，摁下通话结束键。

接下来小娴没有放下手机，她几乎一口气接连发了十六条微博，但都点了“仅自己可见”。之前她一直排斥这个选项，人不能这么自私，偌大一张网，就是让那么多陌生人从各自蛰伏的角落，竞相发出微光，相互吐槽彼此取暖，天涯若比邻。人人都不往上面贡献才智，都仅自己可见，那网上不就死一般寂寥吗?

想到“寂寥”这个词时，她打个呵欠，居然又困了。当初到出版社应聘，社长大牛曾煞有介事地询问她是否有爱好？她毫不迟疑地点点头说：“有。”大牛问：“是什么？”小娴说：“睡觉。”不是开玩笑，是真话。人死了就是永远睡下不醒了，为了一点点减少对死的恐惧，我们需要用一生的时间反复练习睡，最终才能学会把小睡积成大睡的本事。

她扭头看了看屋角那张自己已经睡了几天的小床，只有一米宽、一米九长，严格说来不过是张儿童床，它本来放在画室里，是作为她平时小憩用的，不料却得整夜整夜承载着她，幸亏她瘦，身子蜷一蜷也过来了。但一个人怎么可能一辈子都蜷着睡?

她站起，先把手机装兜里，再从抽屉里取出身份证和银行卡，然后走出家门。

门合上前，她扭头瞥了一眼客厅墙上的挂钟，上午十点五十六分。

十

醒来时屋里黑乎乎的，小娴眨几下眼皮，不知是几时又身在何处。定神想了想，又抬起屁股颠了颠，终于扯动嘴角微微笑起。画室那张小床不可能这么柔软，仿佛被一堆棉花团团托住，就是她以前和大牛一起睡的大床也不是这样的。宾馆，锦绣宾馆，站在阳台上看了那么久，终于住进来了。

睡觉前她习惯把手机关掉。睡眠的重要性不仅仅之于女人，手机应该同样不可或缺吧？她由己及彼，觉得也该让它每天好好睡一觉，才能更好地运行。手机放在床头柜上，小娴伸过手抓过它，按下开机键，同时开了灯。也许是晚上了吧，她不知道。但手机屏幕亮起后，显示是十五点十三分。也就是说才下午三点多。瞥一眼窗户，上面拉着厚厚的遮光窗帘，她正想起来把窗帘拉开，手机就像被人点着了鞭炮，一长串提示音后脚赶着前脚噼噼啪啪涌来了。

有人找她？这么多人找她？

她点开来，其实只有一个人，就是大牛。

大牛中午打电话回家没人接，赶回家也不见她，再打电话去她娘家，说没回去，大牛就给她发短信、微信，一个接一个，越来越焦急。“在哪里？马上给我来电话！”

大牛肯定记得她睡觉要关手机，只是大牛不知道她去宾馆睡觉了。她不觉得有马上给他电话的必要，她很忙，得看会儿微博——哗，居然有六百多条@她的微博，这种事之前从未有过，她一下子翻身坐起。仅仅睡了一觉，她怎么忽然就被这么多人惦记了？“在下闲着”在微博上不过是个爱编些段子、画些漫画的闲人，却被深切关心，纷纷认为她有什么想不开，已经自尽或者即将自尽。网上的好人似乎比现实多很多啊。

但是她为什么要自尽？

意识到这个问题时，她猛地翻身下床，走到窗户前，把帘子拉开。外面的阳光像盆凉水一把扑来，她下意识地脑袋一闪眯起眼，眼皮再睁开时仍然觉得眼珠子热辣辣地胀疼。没料到阳光也会伤人，幸亏不至于伤心。到处明晃晃的，房子、道路、树木以及行人都笼罩在淡黄色的光晕里，这就是被反复歌颂过的冬日暖阳啊。上午在宾馆总台登记入住时，她特地挑了临河的房间，从窗户向外看，能看得见河对岸的锦绣小区。十二楼阳台上还晒着她的几件衣服，睡裙、文胸、短裤、袜子，熟悉中又弥漫着深不可测的陌生，像透过屏幕看电视里的自己。

活着这么好玩，为什么要自尽？

她在靠窗的沙发上坐下，现在她要好好捋一捋微博上忽然出现的这些是非了。

@在下闲着 你还欠我一幅画，等画好再死不行吗？

@在下闲着 你要是有种就拿一把刀刺向伤你的人而不是自己！

@在下闲着 你他妈到底怎么了？

@在下闲着 小娇的故事还没说完，你可不能死……

小娴食指触屏快速拨动，指尖的皮肤已经在日复一日的摩擦中长出薄茧，终日微微发热。她曾经想过，因为手机，人类的食指总有一天会膨胀茁壮，变异出木秀于林的奇观吧？

感谢食指，她很快找到了根源。是王令旗，一个小时前，王令旗反复转发那条“@王令旗 你可不能走绝路”的微博，并留下一长串的评论，每一条都用词紧促急切，劝她不要偏激，不要走极端。有人发现这些评论，转发出去，就发酵开了。

今天真的很特别啊，脑洞都开到天边去了，她得静静补一补。到底发生什么了？早上起来，上楼找陈用玲，陈用玲不在，她打电话给大牛，大牛在医院，陈用玲恰好在旁边……这也没什么大不了的啊，接下去她只是困了，想找张大床睡一睡而已。大牛那边就没这么简单，大牛可能心虚了，打电话没人接，家里没人，打手机又关机，便让陈用玲发微博找她。他们联手起来仍像一对默契的夫妻。他们当初就不应该离婚。

刷新一下，王令旗的评论又跳出来一条：

你到底去哪里了？你老公急得想报警了！

小娴皱皱眉头，报警就没意思了吧。她连忙写了一条微博：

怎么了你们？在下好好的，只是睡了一个好觉，吵着大家了？抱歉啊！@王令旗

胳膊有点酸了，她把手垂下，手机搁到膝盖上。如果没有猜错，不用五分钟时间，大牛就会打来电话。她起来上次厕所，回来再坐到沙发上时，手机果然响了，来电显示，正是大牛。大牛说：“小娴，小娴你怎么了？”

小娴说：“我没怎么了啊。”

大牛说：“你和谁睡觉了？”

小娴说：“和自己。”

话筒有点杂音，嘎嘎地响着。大牛可能有点无所适从，支吾了几声说：“小娴你告诉我你在哪里，或者你马上回家来好不好？”

小娴说：“我还有事哩，先这样吧。”

她说到做到，就把结束键按下了。确实还有事，什么事呢？她凝神想了想，点开王令旗的微博页面，发了一条私信：有空吗？我们见见面？

马上她追上一句：就我们两个人！

要是大牛也来了，就滑稽了，所以她必须强调一下。

大约一分钟过去，也许有两分钟，私信提示音响了，王令旗说可以，又问在哪里。

上午走进锦绣宾馆时，小娴记得自己曾瞥了大厅旁边一眼，那里有家咖啡屋，格调不错，很安静。她们需要安静的场所。她把地址发了过去，王令旗很快回了一个 OK 的表情。

也就是说，她们终于正式约会了，以前那两次见面姑且算是铺垫吧。似乎应该准备一下？算啦，她只是草草把马尾辫解开重新绑一下，就下楼了。有了手机后，打发时间这件事就好办了，她做好等一个小时左右的准备，但二十分钟不到，王令旗来了，果然就是陈用玲。

小娴忽然觉得哪里不对头了，噢，陈用玲与以前见到的不一样，化了妆，穿连衣裙，关键是还穿了高跟鞋。她本来个子就比小娴高，高至少十厘米吧，现在更高了，走近时，小娴必须仰起头跟她说话。其实她比自己更配得上大牛，小娴想，身材以外，脸部五官也精致，下巴尖尖的，眼睛细长妩媚，完全符合上下几千年中国美人的标准，大牛真是瞎了狗眼。

“我知道你在想什么。”陈用玲笑起。

小娴也笑笑。她再次猜测起陈用玲的星座，一定是天蝎的吧？心思这么缜密，复仇欲这么强大，与网上那些星座分析非常接近啊。这没什么，逻辑上可以成立，虽然换了她肯定不会，但换了别人别人也会这样的。长得这么漂亮，却被其貌平平的出版社社长甩掉，偏偏社长再找的老婆却是小娴这样瘦小虚弱的，要个子没个子，要相貌没相貌，简直是羞辱啊。小娴能理解，她没有恨过陈用玲，当然她也从来没恨过其他人。相反她现在要下决心帮助陈用玲，不能再犹豫了，别以为她都没当机立断的时候。作为前妻，却搬到前夫新家楼上每天弄出声响，只有仍爱着的女人才肯如此不顾一切，这种爱必须得到尊重。

小娴说："大牛其实对你还是有感情的，你们应该复婚……"她看到陈用玲嘴角轻轻向上扯了扯，似乎是笑，但又不太像，所以就有点恍惚，不知该不该往下讲。

当然，既然她已经把陈用玲约出来了，就必须往下讲，她说："我没有问题，大牛不太适合我，性格有冲突。我还不成熟，给谁当老婆都不合适。"

陈用玲打了个呵欠，刚要张嘴，就马上用手掌捂住了。她好像很抱歉，又笑了笑说："这几天都在医院里照顾病人，一直没睡好。"

那个"病人"应该就是淑贞吧？小娴有点不好意思，淑贞是她的现婆婆，却是前儿媳在医院里照顾着。不过也许淑贞正是被她气病的，要是她去照顾，人家首先不肯，看见她在跟前晃来晃去，会气得病更重。她离婚，陈用玲复婚，连淑贞和宝根都受益，算是多赢，何乐而不为？她说："如果我们两个达成共识了……"她不禁也笑了一下，主要是没料到自己居然会使用"达成共识"这样政治化的词组。"对，只要我们两个人同意，大牛应该也不会有意见。大牛这个人心地挺善良，你们不是还有个女儿吗？以后一家人重新生活在一起，多好。"

陈用玲靠在椅背上，双手搁在膝盖，脸上表情不多，但隐约透着笑意，像阳光躲在云朵后的温和晴天。她一直看着小娴，小娴却始终不敢与她对视。气场真大啊，小娴想，完全是个大腕的范，可惜被婚姻伤了元气。以后应该可以得到修复，成全了她，也算积点德吧？

小娴俯身向前，提起茶壶，往陈用玲杯子里加点水。是她约出陈用玲，所以她是主人。

陈用玲手指尖在桌子上叩叩，说：“谢谢。”

小娴说：“别客气。”

陈用玲端起杯子头一仰喝光，放下杯子时，自己又拿起茶壶倒满。她的动作有点急切，仿佛口渴难忍。然后她说了一句小娴完全没有想到的话，她说：“我女儿不是大牛亲生的。”

十一

陈用玲说：“谁没犯过错呢，是不是？”

这时她手机响了，接起，歪着头，眼皮垂着。她说：“噢，是是是，我一会儿就回医院。你别急，听医生的，对，乖一点，先把药吃了。别等我……唉，你看你又任性了，这样不好。吃了药，身体就能快一点康复，然后你也可以早点回家，听懂了吗？呃，听话啊，不听话我就不理你了。”

话筒里隐约传来淑贞的声音，拖腔拖调的，几乎在撒娇，而陈用玲的口气也完全像大人哄孩子。大约淑贞又提出几个要求，陈用玲连声说好好好，脸上真的布着母爱的光芒。然后她按掉通话键，把手机放桌上，摊了摊手，重新看着小娴，仍然笑着。她说：“你猜猜看我年轻时长什么样子？”

这个问题当然不是为了得到答案，只是顿了顿，陈用玲马上就又开口了，她说：“我曾是我们报社的社花，哈，你不是我们这行业的，那时也还小，根本想象不到年轻时我有多趾高气扬，真可笑，太幼稚了。但我却嫁给了大牛，他那时还不是社长，只是一名小编辑。为什么会嫁给他？我也不知道。呵呵，我总是迷迷糊糊就做下一件改变命运的大事。”

小娴的手机这时也响了，小娴低头看一眼，屏幕显示是大牛。她用食指划拉一下，拒绝接听。她的耳朵现在忙极了，必须全部留给陈用玲。

看上去陈用玲心情不错，脸颊绯红，眼珠子闪出蓝宝石的光。“结婚第二个月我跟我们报社的社长一起出差，然后晚上就和社长睡到一起了。哈，都是迷迷糊糊给害的，真的不知道为什么哩，反正是第二天早上才回过神来……匪夷所思吧？我们那时候和现在不一样，你们 80 后现在活得多现实，人太现实就无趣了。不过浪漫也是有代价的，很奇怪，和大牛结婚一个月都没怀上，跟社长就一夜却中枪了。刚开始连我自己都不知道呀，大牛当然也以为是他的，高兴坏了，真的像只牛整天不停地跑前跑后，悉心照顾孕妇与产妇。”

小娴手机又响，还是大牛。小娴仍然没接起，她不想接。

陈用玲指甲很长，修剪精致，涂着孔雀蓝的指甲油。她用手指尖轻叩几下桌面上的玻璃，说：“索性接了吧，要不他会一直打的。”

小娴拿起手机，按下关机键。

陈用玲笑起，耸一耸肩说：“你这样会把他逼疯。”她在自己手机上按几下，又说，“我前两天刚加了他微信，我告诉他正和你在一起喝茶。唉，他这个人啊，你没我了解他。当然我也不是全部了解他，那时我以为他不会介意。还是那句话，谁不会犯个错呢？错了就改嘛，我又不是故意的。”

手机又响了，是微信提示音。陈用玲拿起，似乎要看，又放下，顺手把声音关掉。“他就这样，有时挺烦的。不过，唉，你也知道他挺在乎你的。以前他也这么在乎过我，他追了我三年才追上的。我任性惯了，后来却怎么低三下四求他都没用。最奇葩的是，他听到我和社长的事居然憋着，连他父母都不说，自己偷偷做了亲子鉴定，然后才死活要离婚。如果不是我女儿，他可能早离家出走了。养着养着，他与我女儿也有感情了——感情很深，大牛对她比对我好。”

边说着，陈用玲边给小娴也添了茶，她说：“喝吧。”

小娴没喝，她也忘了说谢谢。生活这么复杂，她完全没有想到。她忽然站起到服务台要了笔和一张纸，然后重新坐下，看着陈用玲。她说：“我画 张你行吗？”

陈用玲似乎不自在了一下，还是点头。

没有花太久时间，一分钟不到，纸上已经出现一个漫画人物，尖下巴，高鼻梁，小酒窝，厚红唇，大胸，肥臀，细高跟，她不是女人，是女神。小娴把画递过去，陈用玲接过，低头看了很久。抬起头时，她眼神迷迷蒙蒙的，她说：“真厉害，把我的五官和神情抓得这么准这么传神。你能把我画得丑一点吗？像你在微博上画别人那样。”

小娴坐着不动。

陈用玲说：“我在你眼里真的有这么好看？”

小娴点点头。

陈用玲说：“这幅画可以送我吗？”

小娴又点点头。她想要是大牛能与陈用玲复婚的话，这画就当是送给他们的礼物吧。只是复婚还有可能吗？她觉得应该问一问比较好，所以她问了。

陈用玲把画小心放在桌上，盯着她看了半晌，又笑了笑。“你真好玩。”她说，“复还有什么意思？复婚是天底下最蠢的事。”

“那……”小娴想骂自己，她今天说的话太少了。明明主动约人家出来，结果却不知所云。

陈用玲说：“你想问为什么不打算复婚我又要搬到他们楼上，整天使坏吧？哈，一离婚我就谈了个男朋友，同居没几天又散了。我都散了大牛怎么能过安生日子？恰巧你们楼上那房子二手出售，闲着也是闲着，就买下了，过来闹闹。对不起，我不是冲着你的，你只是顺便被打搅。”

她放在桌子上的手机扑通扑通地蹦跳，是振动铃声了。她慢悠悠伸过头看了看，马上接起。“好好，我马上去医院。”说着就站起，提起包。

“哎……”小娴也站起，仍然有话要说，却还是找不到词。

陈用玲说：“先这样吧，医生的电话。这个前婆婆真神了，非得我在跟前才肯吃药打针。我可能上辈子欠她了，这辈子就是跟她有缘。离婚离不断婆媳情啊，哈哈，有趣吧？我们以后再聊，再见！”

小娴手掌举起，轻轻摇了摇。她有点恍惚，居然舍不得这场约会马上要曲终人散了。眼光像橡皮筋般拉长再拉长，她一直看着陈用玲走出茶室，走过大堂，走到宾馆大门口。

“等等！”她突然喊了一声，迈出腿，飞快跑过去。

一路上她并不知道自己要做什么，到了陈用玲跟前，她猛地张大双臂一把将陈用玲抱住，陈用玲很意外，整个身子僵硬着，扭动几下，试图挣脱。

小娴没有松手，她抱得很紧，整个脑袋埋进陈用玲肩膀。这一瞬间，她的时间仿佛停止了，只专注于缓缓地沉入那个绵柔的肩膀，如同沉入一片无边的海洋。

《芒种》2015 年第 5 期

《小说月报》2015 年 7 期转载

家住厕所

我在厕所上班，并且住里头。

龙禅寺的厕所。

整座城没有不知道龙禅寺的，即使一点佛都不信，若是有人问路，也大致能指出它的位置。因为寺大，大极了，要是把寺里的大殿、法堂以及大小塔一处不漏地走过，得花上大半天。高翘的飞檐与塔尖以及宽大的朱红色墙体，跟任何一幢现代化大厦一比，都比出不一般的气势来。为什么？寺里有钱。钱大都从海外来。谁今天投了一千万，谁明天又投了一千万，谁谁谁后天求签灵验发了大财又投了多少多少万。一个地方哪经得起这么投，投着投着，殿就越盖越多，寺就越扩越大。

连厕所都大。

我上班的厕所是寺里六个厕所之一，在西北角，近百平方米，贴瓷砖嵌玻璃，铝合金门窗斜坡屋顶。正门进去，左为男，右为女。中央位置罩着浅绿色的磨砂玻璃，玻璃上有个拱形小洞，洞后面坐着的圆脸高鼻梁的男人，就是我。有人进来，我注意看他或她手上的动作，男的去拉裤门，女的连看都不看小洞一眼，我就不管了。如果男的去揪皮带女的去包里掏钱，我就知道他们要大便了，这时候我就伸出拇指和食指夹起两张裁成小长方形的手纸递出去，说，两毛钱。

米伟仓走进来时，我也只盯着他的手看。

他提两个大包，似乎很沉，包分别贴住大腿左右侧，得借助腿部力量撑住包。我对此一点都不奇怪。寺里供的神一灵，五洲四海长城内外都有人赶来，拦都拦不住。远道的人，往往还来不及把大包小包的行李放进宾馆，从机场或火车站就直接过来了。我看着他的手，他从大门外一步步走进的过程中，手一直没变化。我想一时间他可能无法将两只包并到一起，然后腾出一只手来。或者他是个优雅的人，无论如何都不会在进入厕位之前，开始动自己的裤子。我很有耐心，所有进厕所的人没有一个耐得过我，肚子里那堆废物不容许他们耐。天下苍生三五九等区别很大，斗不过自己肚子里的废物却是一模一样的。谁能在这样的时候充英雄？

所以，他手不动，我也不动。直到他过来，走到小洞外，站住，我的手才伸出，按住纸，准备抓起两张。

我是厕所保洁员，这是好听的说法，难听点就是扫厕所的。寺里要求我把厕所当自己的脸一样善待，到处一尘都不容许染，每月却只给四百块钱。他们那么富，也不见得处处大方。我没意见，有意见就是我的不对。这个工作一开始就是这个价，愿者上钩，人家并没拿枪逼我。当初想来的人很多，在很多人之中我被挑中，已经走狗屎运了，我还能有不满？当然，不管怎么说，如果可能我还是想多挣点钱。

想归想，却一直只放在心里嘀咕。

我小瞧了那些嘀咕，我以为它们挺隐秘的，都隔着肚皮藏在五脏六腑里了还能不隐秘？其实错了，嘀咕们在不知不觉间竟偷偷顺着血管成群结队爬到我脸上，在各个毛孔驻扎下来，终于就让寺里的人看到了。寺里人看到本来也可以当作没看到，但他们仁慈，仁慈的人总是肯替别人着想。原先的规定不能破，他们就动了脑子，让我顺便卖纸，收入归我。

收入很有限。厕所的门是大开的，完全免费，也就是说，那些男女如果只是小便，拉痛快了，一走了之，与我什么关系都没有。或者自己带了纸，在里头爱蹲多久是多久，跟我也没关系。但有了这一项，每月多少我都能多些钱。多一点是一点。

这个人提着包走到小洞前，而不是左拐进男厕，看来准备买纸，看来我有收入了。

可是他站着一声不吭。

你干什么？最后还是我沉不住气了，先问他。

他还是不说话。

我就将脸贴近玻璃翻起眼珠子往上看。我看到一个瘦高的男人，头发微微卷曲，发型像小泉纯一郎，戴黑边眼镜，蓄着胡子，抿着嘴，好像很生气。你干吗？我又问。问完突然身子一缩，心跳加快。

这一阵世界到处爆炸，轰的一声血肉横飞，任何地方都不安全。你干吗？我一下子提高了声音。

这是正午时间，正午寺里往往人少，蝉在外面大树上声嘶力竭。

我手伸进裤袋，一把将小灵通掏出，然后快速压下三个数字：110。正要按 OK 键，那人说话了，他说，豆子，我是米伟仓。

小灵通差点从我手上跌落。我的天哪，米伟仓米伟仓，二十年过去我始终没忘记这个名字，他是我初中的同桌。整整二十年没见面了，他居然找得到我。

更没想到的是，他要住在我这。

我一听是米伟仓，就像只欢快的哈巴狗，猛地从椅子上跳起，拉开侧门，跑出去。我说米伟仓，你怎么怎么怎么……我都怎么不出一句像样的话来了。

大门与浅绿色磨砂玻璃之间，有一块大理石铺出的空间，被我用洗洁精和拖把擦得像面镜子。我嘴巴咧得大大的，决定站在镜子似的大理石上，跟米伟仓好好叙叙旧。他却不理我，身子一侧，从我刚才跑出来的那个门进去，把包放下。这样，他在小洞里头，我在小洞外面。我在这里干两三年了，这种情况第一次发生，所以都愣住了。

你进来。米伟仓说，快点，进来！

我一进去，米伟仓就把门关上了。他从小洞往外看，有个女的正好进大门，穿着长裙高跟鞋，一摇一摆向右拐去。过一会儿，有冲水声响起，那女的又一摇一摆地出来，走掉。

外面进来的人一下子是看不清我们里头的，因为里头暗，米伟仓当时还是往旁闪了一下。这个动作我是后来才想起的，当时没在意，两眼只管盯着他，上上下下地打量。我说，你怎么突然冒出来？米伟仓你怎么还像以前一样怪怪的啊！

米伟仓笑了笑，露出残缺不齐的牙。他居然连牙都开始掉了？我卖手纸的地方本来很大，后来被隔开了，后面隔出一间做我的卧室。米伟仓说，我得先睡睡。我很吃惊，指着堆得乱七八糟的床铺问，睡这？米伟仓说，对。衣服也不脱，他就躺下了。他说，我得睡一睡，不睡会死的。话音一落，上下眼皮立即粘到一起，接着细微的呼噜声就响了。一个人都困成这样，我就不该打扰他了。我退出来，又坐到小洞前，感到心里有各种声音掺杂在一起，比外面的蝉闹得还凶。当然，最主要是惊喜。每天天刚蒙蒙亮，那边和尚们做早课了，我就戴上橡胶手套开始清洗厕所，中间插空再小扫小洗，剩下的大部分时间，都干坐在小洞后，像钓鱼者一样等着有人买纸，好半天才会等来一个。有个和尚送一台旧电视给我，还大老远七拐八弯接来闭路，只是图像不清，还有杂音，吱吱吱响，看久了眼难受，所以我一般只在晚上才打开看新闻看电视剧。我平淡无奇的白天，突然有米伟仓闯进来，能不兴奋？

而且米伟仓，我得说说他了，他不仅是我的同桌，而且当年，我们的关系非同一般。

我父亲是搬运工人，而米伟仓父亲是部队的，四个口袋，专门带一群兵练武打拳，功夫不得了。部队的孩子有军鞋穿，还有军裤军衣，而且米伟仓的头发天生带卷，一长就卷，所以他爸总是把他带进部队理发室，理得短短的，跟那些当兵的一个样。这一切都让米伟仓有高人一等的感觉，在班上对别人爱理不理，连老师也不放眼里，唯独对我，真他妈的怪，竟一点架子都没有，不断偷偷从家里带《苦菜花》《小城春秋》《青春之歌》之类的小说给我看，有时还带几粒上海奶糖，吃得我真想给他爸做儿子。糖吃掉后，米伟仓总是把糖纸讨回，展开，夹进课本，夹得小心翼翼，一个皱褶都没。一边夹一边说，以后我爸可以让你参军，参了军也去练拳，练了拳就谁也欺侮不了你。这个话我基本不敢相信，但很感动。学工学农时，凡是重活脏活，我全包办，米伟仓一概不必沾手。我从小做惯了，不算什么，他虽然也跟他爸练拳，但练拳与干活不一样。让他这个爸是四个口袋的人去劳动，我心里过意不去。

有一阵局势紧张，夜里蒙着迷彩网的军车一辆接一辆往海边开，很多大人都当上民兵，连女人也不爱红妆爱武装，操练声到处都是。我们教室前的操场也用白灰画出纵横交错的线，像一块块小田。老师让我们按着线往下挖，挖防空洞，两个人一组，每组挖五米。太阳挺大，晒在白花花的操场上，我们眼很快也花了。我叫米伟仓戴草帽坐一旁歇着，自己举锄头，一下一下地挖土，动作频率很快，因为我一个人要挖出两个人的速度与质量。结果被老师发现。老师批评他表扬我，我马上说，米伟仓生病了，他带病来劳动，我帮他是应该的，同学间要团结友爱，老师这都是你教的。

老师一走米伟仓就说，豆子，你太好了，比我兄弟对我还好。

我只有一个姐姐一个妹妹，没有兄弟一直是我最大的遗憾。米伟仓提到兄弟，我一下子鼻子就酸了。米伟仓进一步说，那我们就做兄弟吧。

好啊好啊，兄弟啊！我怕泪落下被米伟仓小瞧，特地大声喊，浑身劲都用上了，所以声音跟打雷似的轰轰响。操场的地被挖开后，下面的土湿湿的，颜色特别深。地跟人的肉大概是一样的，肉剖开，血就流出，地的血，应该就是湿漉漉的水吧？按着白灰画出的线，我已经挖下半米左右了，两旁参差的土壁凉飕飕的，我站在其中一喊，细细的土震得滚落。盯着土落，我的注意力就转移了，眼泪就不落了。

要打仗了吧？我问。我的情绪还在波动中，所以说出话来也颤颤地，听起来好像很害怕。

没事，深挖洞广积粮不称霸。米伟仓边说，边将眼光落到脚旁的畚箕上，打不定主意要不要在被老师批评之后行动起来。

我马上说，我来我来，我先挖土再挑土。

然后我又说，洞都挖了，仗能不打吗？

米伟仓不看畚箕了，看我挖出的洞，好像在深思熟虑。他父亲是四个口袋的，部队的事我相信他知道点什么，我等着他说出来。但他没说，吁一口气后，还是安慰我。没事，人不犯我我不犯人，人若犯我我必犯人。

我有点失望，但我不能说出来。我不能对米伟仓说，我其实盼着仗快快打，一打仗，解放军就得上前线，包括米伟仓四个口袋的父亲。我按电影《南征北战》中的场面想象，米伟仓的父亲扛着枪匆匆离去，而米伟仓最多只能夹在路边欢送的群众队伍中，往他爸口袋里塞鸡蛋水果，合演拥军爱民的感人一幕。米伟仓还小，不能随部队走，那他就得留下，因此没人照看，我便可以说服父母把他收留，吃住穿全管。而且，我进一步往下想，想出他父亲牺牲了，像《英雄儿女》中的王成那样，整个阵地只剩下一个人了，他被包围，只能眼冒金光，握着爆破筒往一群敌人堆中跳去，同归于尽。风烟滚滚唱英雄，四面青山侧耳听侧耳听。米伟仓失去父亲，他母亲以及他哥哥姐姐舅舅伯伯等等最好也一起牺牲，然后他就可以永远不离开我家，我们一直睡同一张床。

可是仗最终没打，操场被挖开，后来又被填上，白辛苦一场。

因为能吃苦，《毛选》背得又多，成分也好，我第一批入团，当上团支书。老师说，你不但要自己进步，还要帮助更多的同学进步。我点头称是，第一个想帮忙的人就是米伟仓。米伟仓冷着脸说，第一批为什么没我？算了，不入了。我拿他没办法，却非帮他不可，就模仿他的字，替他写了申请书，又做他介绍人。老师说入团志愿书要进档案的，一个人的档案很重要，像影子似的，走到哪它就跟到哪。我很高兴，在志愿书上写米伟仓同学认真学习什么什么理论什么什么思想时，手都忍不住颤抖，因为这些字要跟随米伟仓一生啊！

五四青年节新一批团员公布时，上面有米伟仓的名字。却被人告发了，真相一查清就要处分。我跟老师说，不是米伟仓的错，是我，米伟仓入团动机是纯的，他热爱团组织，爱得要命，怎么也不该开除他。结果，米伟仓仍是团员，我却不是了。这个结果公布出来时，米伟仓说，豆子，我一辈子都忘不了你这样的兄弟！

我本来以为米伟仓早就忘记我了。我高中没上，父亲病退，让我去“补尾”，这个机会我姐姐豆黄哭着喊着想要，我爸不给，说传男不传女，你就休想！豆黄只好泪汪汪地去插队，高考恢复时竟考上厦门大学中文系，后来去上海一所大学教书，已经成教授了。我哩，在搬运公司挣了几年辛苦钱，流了一堆臭汗，最后公司解散，下岗了。

米伟仓也上了大学，他去北京。

别人上大学我只是浅浅地羡慕或者嫉妒，米伟仓上大学我却百感交集。当时以为他走之前会来跟我告别，我的家他又不是不知道，以前他天天下课都跟来，凑上我姐姐豆黄和我妹妹豆青，四个人打一阵四十分或争上游才回家。可是，成了大学生他没来。我就不再去打听他的消息，心里有痛，故意绕开，只知道大学毕业后他留北京，具体做什么就不知道了。突然之间，他却来了。他还是没忘记我。

我侧耳听里头传来的呼噜声，心里暖暖的，好久我都没这个感觉了。

米伟仓醒来后，我跟他说我父母都去世了。

米伟仓说我知道。

我说豆青几年前从纺织厂下岗了。

米伟仓说我知道。

我又说自从我母亲死后，豆黄再也没回来过。

米伟仓说我知道。

最后说的人是我前妻三梅和我儿子豆苗。三梅跟我离婚快两年了，离婚原因是我刚到厕所上班不久，一个女的在里头叫纸纸纸。她进去时没买纸，不料又需要了。我拿着纸在女厕外发愁。虽然女厕也是我清洗的，但都在里头没人时，现在里头有人，我怎么进去？那女的好像很生气，声音大起来，喊，纸纸纸！师傅，把纸给我！寺里要求我对每个客人都慈悲为怀，绝不能得罪，否则就换人。我需要这个工作，不能让他们换人。所以，当纸纸纸的喊声再起时，我眼一闭就进去，远远将纸伸进蹲位。那女的出来后，我向她讨两毛钱，她不给。她说，外面不是写着免费厕所吗？我说你拉是免费的，纸却要钱。她说，我管你那么多，免费就是免费！说着要走。我一急，跨一步把她拉住。她尖叫起来，流氓！抓流氓啊！这事被寺里知道了，不高兴了一阵。三梅更不高兴。她裤子还脱着，你居然进女厕所？我说我没看到她脱着裤子。三梅恶狠狠地说，那也一样！

其实不一样的，三梅非说一样不可，是为了达到离婚的目的。她早就嫌我没出息了，总算抓到一个把柄，就闹大了。我挡不住，挡也没意思。三梅就带着儿子豆苗走了，去了广州，据说在制衣厂工作，收入不错，正在谈男朋友。

偶尔豆苗会打我的小灵通，他怯怯地问爸爸你过得好吗？我朗声哈哈哈笑着说不错，挺好，越来越好。豆苗嗯嗯几声，就放下电话。

我叹口气，对米伟仓说，我儿子都十六岁了，可是他太弱，什么都依他妈。

米伟仓说，我知道。

我说，他妈又太强了，什么都得听她的。

米伟仓说，我知道。

我又长长叹口气。叹气的过程，堵在胸中的一股难受跟着吐掉，我觉得舒服多了。

住厕所是我自己提出来的。离婚后我每月得付三百元抚养费给豆苗，我哪有钱？就向寺里要求搬进厕所，然后把父母留给我的破房子出租给民工。寺里人仁慈，觉得厕所空气不好，想腾一间小屋给我，我急得脸都红了，连连说不要不要。我家那间房还是木头的，已经歪斜，这厕所却是钢筋水泥的，贴着瓷砖嵌着磨砂玻璃，档次不知高多少倍，我知足了。

在厕所上班是没人跟我说话的，来的人目的高度一致，他们只是为了卸掉肚子里的废物，谁也懒得理我。不说便不说，渐渐地我以为自己也不需要说了，可是面对米伟仓，突然舌头痒痒，在不知不觉间，那些话像自己长了腿，急不可耐地从我肚子里挤出去。挤光之后，我一激灵，怀疑自己说多了。二十年不见了，有必要对他滔滔不绝吗？

而且，二十年不见，我的家事，米伟仓居然都知道，这就奇怪了。

我说，你是怎么知道的？你为什么什么都知道？

米伟仓定定地看我，我觉得他镜片后面的眼光很遥远。米伟仓以前没戴眼镜，如今一戴，让人陌生。我说，你不是一直在北京吗？怎么都知道？

米伟仓并不打算直接回答，他顿了很久，才咂咂嘴，轻声说，豆子，很长一段时间，我再也去不了北京。我要在你这里住一阵，不太长，十天吧。行不行啊，豆子？

我说，你住吧住吧，这样的地方，你要是不嫌弃，爱住多久是多久。

米伟仓说，我们一起睡床上。

我一怔，挺意外的。挖防空洞那年，我都不惜心怀鬼胎地希望米伟仓的父母以及亲人都在前线死光光，好换得米伟仓留在我家跟我同睡，结果落空。如今，什么人都不要死，他却主动来了，世间的事真是变幻莫测啊。

我说，行啊行啊行啊，你都不嫌，我还嫌什么？就是夜里我爱放屁，嘀嘀，你别生气啊。

米伟仓说不生气。

我觉得他答得很勉强，想了想，就说，我的屁也不是都臭，有些还是香的。

米伟仓笑笑，他可能因此产生了联想，就从包里掏出一个罐子递给我。我问这是什么？他说，空气清新剂，你到厕所里喷一喷。我摇头说，不用了，厕所不臭，我洗得很干净，一丝臭味都没有，有臭味我就拿不到工资了。米伟仓吸了一口气，证实我说得不假，就收回罐子，然后站起，将包里的洗漱用具拿出，搁桌子上，做事还是跟夹糖纸似的，一点都不含糊。

久别重逢，我正想着晚上该请他到哪里吃一顿，他已经放好东西，回过身来说，豆子，我住在这里，住就住了，你不要让别人知道。这几天，我也一步不会出去，你去买些简单点但营养价值又高的东西回来。出寺大门往左拐一百零一米是惠中超市，熟食生食都很多。往右拐五十六米，有家肯德基，肯德基四十五度斜对角有家台湾人开的枝仔冰城，偶尔也可以到那里买一买。总之你去买，要买得不露痕迹，不要让人发现这里多出一个人。

我慢慢睁大眼。我问，为什么？

是啊，为什么？

离开二十年的米伟仓突然跑来找我，要跟我一起住厕所，问他为什么，他却不说，他越不说我越要问。我说，你为什么呀？跟家里人闹别扭了吗？米伟仓说，过两天告诉你。

可是过了三天，他还是不说。

这三天里，我按他的吩咐，去超市，去肯德基，去枝仔冰城，总是去得偷偷摸摸。寺大门有几个管理员，我每天出去，得瞅着这次是这几个人当班，下次是那几个人当班，这样才不会引起他们的注意。我以前几天都不会出一次寺，我又不是大款，又不是高官，没人请吃，也没有什么亲戚朋友需要应酬，出寺干吗？一星期出去一次，买点东西囤在那里，用电炉随便煮煮吃掉就算了，哪讲究过营养。现在有米伟仓，就不一样，蛋白质大大增加。当然钱也增加。

我头疼的事正是这个。买这买那，都是我从口袋里把钱掏出去，米伟仓一丁点都没给我。当然，就是他给我，我也不要，他是客人我怎么能要。可是这么下去我怎么办？工资就那么多。除非每天全寺甚至全街的人都拉稀，都往这厕所跑，都大把大把地买手纸，我才有可能多一点收入。但这是不可能的。寺里六个厕所，就数我这个最偏僻，西北角这里已经没有殿了，种着大片密密的花毛竹，一些香客烧完香，或在殿里塔上玩过，顺便到竹林走走，走得内急了，才会光顾这个厕所。总之，我这里的生意比其他五个都差，我没钱，我愁死了。

米伟仓看来不愁，吃了睡，睡了吃。到了第五天，我想如果他要在这里住十天，那时间也过半了，他钱不拿不说，连为什么到这里来也不说。我就有点不高兴，声音变得难听了，我说，喂，你总得说说究竟怎么回事了？

米伟仓头往小洞外探探，外面阳光灿烂，空无一人。他说，你一定要知道？

我说，也不是一定要，不过，也总该知道一点点吧？

米伟仓大概觉得我说得有理，就夸张地吁口气。豆子，我做生意做出问题了。

做什么生意？

国际贸易。

我嘴一下子就呵大了。国际贸易，听起来很吓人，跟我扫厕所离很远。生意做多大？

很大，非常大。

我心咚咚咚跳得极响，军火、毒品之类的词在脑子里咕咕冒出。电视上常有此类报道。这个世界不知怎么了，大家比赛着贪得无厌，所以，就乱套了。我讨厌那些人，活好活坏都是活嘛，干吗杀来杀去。我说，你做什么生意？不会是害人的生意吧？

米伟仓非常坚决地摇头，但他显然感到痛苦，眉头都皱成乱麻。他说，我做纺织品贸易。

我松一口气。贸易的事，我不懂，但我知道纺织品，不就是让人穿衣盖被吗？这是好事，挣这样的钱不脏。我觉得对不起米伟仓，他生意做出问题，已经痛苦成这样，我还偏要哪壶不开提哪壶。我就好好收留他吧，全国十几亿人，有问题时，他哪都不去，却来厕所找我，单这点，我就是剥层皮卖，也得好好伺候他。

我记起一个人，就是我妹妹豆青。

米伟仓以前每次来我家打四十分，对家都是豆青，而我则和我姐姐豆黄是对家。豆青牌技很臭，她两只吊起的眼睛像两片柳叶，轻风都会让它们不安分地摆动翻飞。窗外有人走过，豆青看窗外；楼上有脚步响起，豆青看天花板。豆青的眼睛这么忙，就对手上的牌顾不过来了，梅花看成草花，红心看成方块，动不动出错牌，错一次罚十分，罚着罚着就四十分不了。我和豆黄幸灾乐祸，胃都乐成四方形了。米伟仓却毫无怨言，心甘情愿被拖累，每次都主动提出：我和豆青吧。

我和豆青吧。他说的时候，脸突然一红。

我一点都不知道他为什么脸红，豆黄刚开始也不知道，不过豆黄毕竟年长三岁，有一天她好像暗中被高人点拨，突然悟了，掩着嘴偷笑。我问她为什么笑，有什么可笑的。她就说，你问豆青去。我问豆青，豆青也不知道，摇着头瞪着眼反问我为什么。死豆子，你说为什么？豆黄好像也挺不好意思的，捂着肚子咯咯咯笑得腰都弯了，她说，那就……那就……问米伟仓吧。

我没从米伟仓那里问出什么来，因为我越问，米伟仓脸越红，慢慢连脖子都红了，头也越勾越低，只顾专注地用拇指和食指把牌搓开，搓成标准的扇形。他手特别细长，长得像十支小竹笋，肉嫩皮白。他的手跟我不一样，我的每个指甲缝里差不多都堵着黑泥，洗不净，我也从没认真洗过。为什么呀？豆青大大咧咧地又问。豆黄说，你问我干什么？你自己问米伟仓去！

米伟仓猛地站起，转了身，打算往外跑。

这下子，我明白过来了。我目瞪口呆，气差点喘不上来。我大声说，豆黄，不要笑了！

豆黄也怕米伟仓一走，三缺一，这牌就打不成，所以她忍住笑，很吃力的样子，又有点不甘心，好像她独具慧眼发现了一个大金矿，却没人给她记功。她说，嘀，嘀嘀！然后拿眼瞪一下米伟仓，又瞪一下豆青。

豆青说，怎么啦？怎么啦？到底怎么啦？

我说，豆青，不要吵了！

豆青说，你们欺侮人，你们合起来欺侮人！

谁欺侮她了？真是气死人。豆青什么都不懂，等到她终于明白过来时，我已经进了搬运公司，米伟仓已经上了高中，接着又上大学到北京去。而豆青，唉，我的妹妹豆青她好不容易招工进纺织厂当挡车工，三班倒了几年人都不成样了，连眼梢都被厚厚的眼皮压得变形，再也吊不起来。十二年前结婚，十年前离婚，一个人靠卖豆腐供儿子读高中。我看到米伟仓，就记起他当年的脸红，就觉得有一点什么事也许可以再发生。如果米伟仓顺利在北京做大生意，一百个豆青加起来也不入他的眼了，但现在他像古装戏里的落难公子，正孤单脆弱需要安慰，任何一个小姐打开后花园给点小恩小惠，马上就能手到擒来。

米伟仓有老婆吗？管他有没有。

在清洁洗手池时，我对着镜子笑了笑。厕所里的镜子都是为别人准备的，我每天就是用布在上面擦洗，也对映在里头的那个人视而不见。现在一看，其实脸蛋还是很不错的，鼻子挺挺，眼眶大大，皮肤白白。三个姐弟兄妹虽是出自同一子宫，差距却极大，如果要划楚河汉界的话，豆黄被狠狠划到一边，她的五官和个头都让人看扁，而我和豆青却划在一起，因为所有人都说我和豆青长得像。我很高兴长得像豆青，因为豆青漂亮，即使现在眼梢不吊了，也仍然归得进漂亮的队伍里。女人漂不漂亮，在这年头比什么时候都重要。

我又笑了笑，心里有点激动。省区市甚至街道，所有重要的事都跟我无关。我真的什么事都做不了？试一试，试试看吧。

我在箱子里翻呀翻，翻出一张十年前的全家福。

十年前豆黄烫一头粗粗的大波浪从上海回来，嘴唇抹得很艳，眉毛文得很弯。她的丈夫也跟来，是上海市政府的一个官员，看上去干干净净特别清爽，说话不时瞥豆黄一眼，眼中都是柔情。豆黄在自己时髦幸福的巅峰时期回来，豆青却正处在最倒霉的时候，豆青刚离婚，整天两眼无神披头散发，豆黄站在她身边，两个人就颠倒过来，反而豆黄是美人了。我父亲对当初不让豆黄招工的事内疚，豆黄活得越好他越内疚，在豆黄面前，就矮了几分。我母亲脑子没那么复杂，但比我父亲还巴结讨好已经是上海人的豆黄。蝴蝶牌缝纫机、凤凰牌自行车，我母亲以前流着口水看别人用那些上海货，一转眼豆黄却已经到上海的大学当起老师，对着一教室的上海人口沫四溅指指点点，而且还不费吹灰之力就嫁个真正的上海男人。

我们都看到，豆黄有一股发自肺腑的扬眉吐气，这让我和豆青很不舒服。跟她一比，她丈夫倒一下子让我们喜欢上了。她丈夫带一架尼康相机对着我们东拍西拍，为了相片的质量，他一会儿蹲下一会儿踮起脚尖，一只眼对准取景框时，整张脸都毫不顾惜地贴住相机皱成一团。我和豆青对看几眼，眼中说着同样的话：只有豆黄这样半拉子才趾高气扬，真正的上海人其实谦逊和蔼，才不会端臭架子。

豆黄要求拍全家福，她对丈夫挥着手说，拍一张拍一张，下次还不知道啥时候再回来呢。

这句话立即就让我父母伤感了，红着眼圈说拍吧拍吧，有一张照片我们也有个想头。

那时三梅还是我老婆，她也乐意拍照。好啊拍啊，跟上海人拍照我们也能沾点洋气。说着她就一把拉过豆苗。豆苗老老实实地双手贴住裤脊，仰着头呵着嘴看豆黄丈夫手中的相机。

但豆青不同意，豆青黑着脸说，不拍！然后扭头就走。

场面立即就僵了。

我明白豆青的心思，她此时不但不像豆黄一样有丈夫，而且还不像豆黄有那么一张红白有致的脸，她不傻，不甘心把这样的反差定格下来。

那次豆黄在家一共待了五天半。全家人去公园去鼓山风景区游玩，豆黄丈夫的相机一直忙个不停。最后一天全家去龙禅寺玩，龙禅寺那时远没有现在大，香火也没现在旺，来的人大多还是游玩。站在那座弯弯的半月桥上时，豆青突然说，我们拍张全家福吧。我惊诧地看着她，发现她脸上跟豆黄一样也唇艳艳眉细细了。豆黄慷慨送了豆青口红和眉笔，据说这是豆黄丈夫劝导的结果。

豆黄的口红眉笔只多带一套，送到豆青为止就没了。三梅眼巴巴地望了半天，没望到，就很不高兴，夜里对我吹枕边风说，豆黄送豆青东西为什么就不送我？豆黄是不把我这个弟媳妇放在眼里，你们家的人太势利了！豆子我告诉你，你们家的人都太不是东西了！

我无话可说，我又不能开口向豆黄讨口红讨眉笔。

全家福本来应该包括豆黄的丈夫，尼康相机可以自动拍摄，设置好后跑过来就行了，或者请旁边的游人帮个忙也不难，但豆黄的丈夫嫌那样照片的质量没保证，坚持亲自端着相机完成全过程。这样一来，照片中只有我皱纹满面的父母、气呼呼的三梅、木然的我和望着姐夫妩媚微笑的豆青，当然还有两个呆头呆脑的小男孩，那是我儿子和豆青的儿子。

照片上豆青真是太夺目了，豆青嘴一抹眉一扫，马上卷土重来，以压倒性的优势胜过豆黄，尤其在快门按下的那个瞬间，豆青头微歪，嘴微启，简直活色生香。三班倒和离婚磨去的只是她薄薄的一层外壳，这个外壳经过口红眉笔一修复，顿时光彩再现。

你看，我指着照片对米伟仓说，这是我姐姐豆黄，这是我妹妹豆青。

我手指到豆青时停下来。豆青，你还记得吧？

米伟仓低头看照片，我则侧脸看他。这时候我像个探宝者，努力搜索他脸上的表情变化。旧情这东西在电视剧里老是特别神秘莫测，可能被岁月全部覆盖，也可能像种子一样不动声色地潜伏在那里，突然间说长也就长了。

米伟仓长叹一口气。这口气会不会是春风，把当年的种子弄出芽来？

豆青，你还记得豆青吗？

豆青每天都在杨桥路口卖豆腐。

我一愣。你怎么知道？你怎么知道她在杨桥路口卖豆腐？

米伟仓又叹一口气。豆青卖豆腐太可惜了。

你见过她？我更意外了。米伟仓进寺后根本没出去过，那么他在来寺里前就见过豆青了。他去见她干什么？

我拿着小灵通到厕所外，进入花毛竹林。喂，喂喂，喂喂喂！信号不好，电话那头都是杂音。我本打算走出竹林，到远处开阔的地方打，却觉得后脑勺寒气冰凉，似有一把剑逼在那里。扭头一看，浅绿色的磨砂玻璃后人影一闪。是米伟仓，米伟仓趴在小洞上看我。我脚就往前走不了了，自动向后，回到厕所。

跟谁打电话？米伟仓拧着眉问。

我笑笑，心里却有点不自在。一个人在这里吃我的住我的，却像领导一样居高临下，也只有米伟仓会这样。

说，跟谁打？！

我还是笑笑，不想把豆青的事说穿。豆青的事现在还是我的私事，我得先把豆青的意思探明，然后再探米伟仓的意思。豆青是我们那种家庭出来的，命贱，也韧，轻易掰不断，米伟仓就不一样了。

跟谁打？快说！米伟仓大跨一步逼近，头发都扫到我脸上。

我吓一跳，为什么这样？我不就打个电话吗，怎么惹他了？我说，我给我妹妹豆青打。

给你妹妹？给你妹妹干吗要躲着打？

我又笑了。我在哪里打电话这关米伟仓什么事？看来是国际贸易给做的，人心隔肚皮，而且隔的是各种颜色的肚皮，就更难防备了，风吹草动，都牵动神经，提高警惕在他已经成了习惯。我拍拍他的肩说，我问豆青个事。

什么事？

米伟仓你干吗呀？我哭笑不得。前几天有人给豆青介绍对象，我问她成了没。

噢。米伟仓脸还是黑的，估计不信。

我却对自己编出这个事很得意。其实鬼才敢给豆青介绍对象。豆青一门心思想着钱，人家给她一介绍，她什么都不问，只问有钱吗？穷并不可怕，可怕的是穷怕了。豆青小时候哪方面都比豆黄强，我父母也更疼豆青，大家都相信豆青长大后肯定比豆黄强，可是，豆青不强。豆青跟我一样，活着活着，不知怎么就越活越糟糕，不是自己故意的，也没别人陷害，可一路走下来，莫名其妙就走到这个地步。我从来不为自己难受，但我常常替豆青难受。我刚才真是给豆青打电话，我想也许现在机会来了，活该豆青这辈子能碰到有钱人，二十多年过去，两个人的缘还是没断。我很高兴，米伟仓要是真要了豆青，那就是我妹夫了，我们就真成一家人了。

又出寺去惠中超市买食物时，我拨通豆青家的电话，这次信号很好，她的声音在那一头非常清晰。

豆青，你和米伟仓见过之后怎么样啊？

米伟仓？谁是米伟仓？豆子你神经病啊！

我糊涂了。豆青不像在糊弄我，她没见过米伟仓？而且忘了米伟仓？

我说，就是那个米伟仓，我的好朋友，以前经常去我们家打四十分的那个米伟仓！

电话那头豆青沉默了很久，肯定在苦苦回忆。

记起来了吗？他爸是部队的，四个口袋，他的头发有点卷，总是理得短短的，像个当兵的，记起来了吗？

豆青想了一阵，说，那人叫米伟仓？对对，我想起来了，米伟仓！

前几天你没见过他？

没有啊。

真没见过？

没有，烦死了豆子，没有！

我镇定地想了想，判断出只是米伟仓单方面到杨桥路口偷看过豆青，豆青却不知道。这说明了什么？说明米伟仓对豆青爱意未消还是恨意未尽？事情看来比我想象的更复杂。不过，再复杂也不妨碍我的打算。我说，豆青，米伟仓回来了。

回来干吗？豆青口气淡淡的，没一点兴趣。

他一个人回来。

十个人、一百个一千个人回来又怎样？

他在北京做贸易哩，生意做得很大。

北京个屁！贸易个屁！

好像他没有老婆哩。

去你妈的老婆！

我叹口气，开始失望。豆青对米伟仓还是没意思。人与人就是这样，有些人毫无道理就气味相投了，千回百转绕了一大圈，最后还是能粘到一起，怎么扯也扯不断，比如我和米伟仓。而有些人再三再四地努力，却总是水火相隔，永远都不可能真正糅合到一块，比如我和三梅。至于米伟仓和豆青，肯定不是前者了，但我也不希望是后者。用力糅一糅，说不定还是能合到一起的。

可是不容我再说什么，豆青已经把电话放下了。

惠中超市外面贴一张纸，上面有照片有字。我瞥一眼，以为是广告，不想看。但从超市出来时，发现很多人围在那儿，还指指点点的很热闹。我不是爱热闹的人，爱热闹的人怎么住得惯寺里的厕所。我已经走了，手里除了一袋生食一袋熟食外，还有一副扑克牌。米伟仓还记得当年一起打牌的事吗？也许早忘记了，但他至少还记得怎么打四十分，我们两个人用半副牌也能打四十分。我走到路上了，已经离超市有十几米远了，然而鬼使神差，突然一转念，又回头，到那张纸前，仰起了头。

这一看，我腿都软了。

照片上是米伟仓。至于那些字，我看得两眼昏花，大意是米伟仓在北京杀了人，警方在全国通缉他，举报者有重赏。赏多少钱有个数字，但我没看清，即使看清也记不住。脑子完全木了，都不知道怎么走回寺里的。

寺里飘着浓浓的香气。我不是信徒，我这样的人狗屁不是，信了佛只会给佛添累，但我喜欢香味，一闻，就有股清凉的水在五脏流过，心就不躁了，慢慢静下，这也是吸引我在这里干下去的原因之一。现在我抽抽鼻子，很重地抽，心却没法静。这是夜晚，只有夜里我才会出寺，因为寺门口的管理人员这时大都下班了，夜色也会把我买回的大包东西遮一遮。

厕所那边亮着灯，但中间一截暗着，每次我一走米伟仓就把屋里的灯灭掉。

我在弯弯的半月桥的栏杆上坐下。十年前，我全家人就是在这个桥上拍过照，照片上有三梅有豆苗有我父母，现在他们死的死走的走，物是人非了。十年前米伟仓还在遥远的北京，音讯全无，而现在，他出现了，原来是杀了人。

我把他出现的前前后后串起来想，终于想明白了。弄了半天，我二十年不见的同桌不是为了友谊来看我，而是把我这里当鼠洞来躲藏啊。我脑袋轰的一声大了几圈，手猛地往裤袋伸去，迅速掏出小灵通。

这一次，我可真要打 110 了。

不是为钱，如果是为钱天打雷劈。他杀了人，我收留他就是间接杀人，包庇有罪。这不行，我一辈子没做过坏事。做坏事比没出息糟多了，我不能做坏事，做了坏事连地下的父母都对不起，豆苗以后也不好做人。

我压下那三个数字。压完后，听到巨响，一下一下地，地动山摇，桥都快塌陷了。难道地震？仔细一辨，发现声音不远，很近。我低下头寻找，左找右找，终于在前襟上找到了。声音原来是从我衣服下面、胸腔里面发出的，是我的心跳。

手指头悬在 OK 键上，不敢往下压了。

我从没打过 110，这是我第一个怕的。接下去，脑子像放电影似的出现一连串画面：110 来了，个个带枪，米伟仓被反剪起手上了手铐，推上警车，关进监狱，一颗子弹，毙了，他倒在地上，血从枪洞中往外涌，漫过胸，漫过脸，漫过小泉纯一郎似的发型……

我毛骨悚然，想不下去了。

“嘀——嘀——嘀——！”

小灵通突然响了，我吓得手一松，它落到地上，蹦跳几下，沿着弧形的桥面下滑，铃声仍然响着，屏幕上一闪一闪的绿光像硕大的鬼眼，响到最后，铃声息了，鬼眼也不闪了。

片刻，“嘀——嘀——嘀——！”它又响了。这时候谁会打电话给我？警察吗？我深呼深吸，深呼深吸，慢慢走下桥，捡起小灵通，看上面的来电显示。原来是豆青家的号码。

喂。

刚才干吗不接电话？豆青很不耐烦。

嗯。

你说米伟仓在北京贸易做得很大，那他是不是很有钱呢？

我脑中空白了几秒钟。我刚才那通电话的用意，豆青看来才明白。她现在明白有什么用呢？现在我哭都来不及。

豆子，怎么不说话？喂，喂！

我说，米伟仓没钱。

骗人！在北京做大生意会没钱？他住哪里？哪家宾馆？

能是哪家宾馆？哪家宾馆敢住？我眼望着桥下，桥下湖水丰满，却很安静，一点声息都没有。我的日子本来也安静，谁会想到，米伟仓来了，像一块大石头，咚地落下，水花四溅。

不住宾馆，他难道还能也住厕所？

是……不是不是！

豆青笑了。豆子，你怎么怪怪的？

那张通缉令像宽银幕电影一样出现在我眼前。可能全市都贴了吧？每个超市每个居民区每根电线杆都贴了，铺天盖地。

豆青，我结巴起来，米伟仓不住我这里，他怎么会住厕所？不可能啊不可能。但他住哪家宾馆我不知道，回头我问了，再告诉你好不好？

豆子，你一定要告诉我啊！

我说，好好好，一定告诉，一定。不过，豆青，你不要对别人说米伟仓回来了。

我跟谁说？傻豆子！

我一想，也是，豆青周围的人没有一个以前和米伟仓接触过，她难道见一个来买豆腐的就说一个？米伟仓又不是影视明星。但怎么说我还是后悔。家里住的不是一般人，是杀人犯啊，我怎么差点就漏出去了！好在豆青不信。但愿她不信，永远不信，不信就好。

不觉间进了山门殿。坐在正中央的弥勒佛笑嘻嘻地看我。我心里说，弥大爷，我现在笑不出来，我有麻烦了。又到韦驮前面，我说，韦叔，你是寺里的守护神，我虽然只是扫厕所的，但我扫的是寺里的厕所，好歹也算你部下，你得帮帮我呀。

案上的香炉没摆正，我双手把它捧住，恭恭敬敬地挪好。

明天，我得来烧烧香。

米伟仓问我为什么出去了这么久。我说路上碰到熟人了。米伟仓低声问，碰到谁了？我说以前搬运公司的同事。

米伟仓噢了一声，眯着眼狐疑地看我。又补充一句说，以后不要去这么久！

我把牌拿出，一张一张往床上摆。以前我们没钱买牌，每副总是打得烂唧唧的，抓在手上黏黏的、潮潮的。而现在牌这么新，新得像一把把薄薄的刀片。米伟仓走近，抓起牌，在于上慢慢展成标准的扇形。这个动作太熟悉了，米伟仓好像也被吸引，眼神越飘越远。我看着他的手，他的手比以前更细长白嫩了。

可是，这双手杀人了。

那天夜里我一点都没睡。第二天第三天还是没睡。扳着指头一算，快了，米伟仓预订在我这里住的日期快满了。他走掉，就跟我无关了。我看来还是得耐住性子。他杀了人得偿命这在理，杀人不偿命天下就更乱成一团。可是，如果是我打了110，是我揭发了他，这辈子剩下的日子我难道能过得安心？他走掉，在别的地方被抓被毙，那下场是他自找的，怪不得别人。这种人应该都毙掉，天下就太平了。

黑暗中我往旁瞄一眼。他妈的他杀了人，居然睡得比我理直气壮。

寺里每天有香味，早晚有念经声，在这样的洞天福地，我本来以为自己这一生虽然窝囊，但平安，至少可以干干净净了。想不到，有一天竟跟杀人犯睡在一起，窝藏包庇了他。事情一败露，我也得吃官司，豆苗再打电话来时，我还能再撒谎说越来越好吗？那时连他的电话我都接不到了。我觉得胸口被什么东西拧得发疼，疼得喘不过气来。也许坐起来可以缓缓吧？我就坐起来，身子刚一抬，米伟仓也猛地一挺，坐起。

你干吗？他的声音阴森森。

我吓得不轻，手脚都麻了。我说，做了个噩梦。

米伟仓吁口气，拍拍我背，柔声说，噢，没事，我也常做噩梦。睡吧睡吧。

我想你做噩梦活该，我平白无故却搭上失眠，我怎么就这么倒霉？米伟仓二十年都不找我，一杀人就来了。天下人那么多，他找谁不好？看来明天我非打110不可，我明明没杀人，被牵连出罪来，太冤了。

第二天一大早我照例洗男女厕所，然后做早饭。总之我挺忙的，早上总是我最忙的时候，小灵通一向不带在身上，这样，我就不能拨110了。

也许中午可以吧？

中午用我九节虾干和蛏干煮面。米伟仓在我们这座海边城市长大，仍然爱吃海鲜，去北京几年对面条又有了爱好，我绞尽脑汁将二者以不同方式花样繁多地结合起来，它们进入米伟仓的胃后，很快就发挥作用。刚来时米伟仓瘦得只剩一层皮，现在脸上油光都出来了。他吃得呼呼响，额头冒着汗。豆子，豆子，你怎么手艺这么好？好吃啊好吃！

他吃面的样子，有一股天真的贪婪，这跟豆苗非常像。我坐在桌子对面，一口口却难以下咽。杀人犯？我印象中的杀人犯都凶神恶煞满脸横肉，而米伟仓脸上有油光后，却显得柔和而且生动，虽然越来越长的卷发披下，络腮胡子也蓄起，将两颊遮去大半，但他的模样还是非常顺眼。

我突然想，如果豆苗杀了人，我会不会拨110？

这个想法让我心都缩紧了。

我已经有一年多没见到豆苗了，可心里天天上下翻腾的都是他的影子。离婚时我想留下豆苗，三梅恼火地说，你有钱养活他吗？我一下子就蔫了，我没钱，说不定豆苗也从心里瞧不起没钱的爸爸。那有什么办法呢，只好让豆苗走。我的豆苗，他在广州，我想见也见不到。如果真是豆苗出事，我舍得他进公安吗？把自己剁八块也不一定下得了这个手啊。

豆苗是我儿子，米伟仓是我兄弟，父子不见得就一定比兄弟更亲，那么我又怎么能对米伟仓下手？

明天吧，明天再说。

到了第二天我一算，发现米伟仓在这里已经住九天了。九天都过去了，我为什么不能再等一天呢？

我给韦驮上香时，又向他求情。释迦牟尼、观音、文殊、地藏、毗卢等佛每天求的人多，他们太忙了，也许顾不了我，而韦驮分管守护寺院，工作负担相对较轻，他只要肯把手中那根宝杵动一动，我就没事了。

我插上香，跪下，双手合十，拜了三拜。米伟仓杀了人，肯定恶有恶报，不是不报，时候未到。你只是帮我，再帮一天，一天后他走了，在寺外，至少在厕所外，那时该抓该杀都跟我没关系了。

这一天果然平安过去。

米伟仓开始收拾行李。我暗暗高兴，眼光从磨砂玻璃小洞中穿出，望向远处的山门殿，一声声暗谢韦驮。我狗屁不是的一个人，韦驮竟愿意帮我，他真够义气啊。

谁知米伟仓东西收拾了一半，突然停住了，低着头，低了很久，再抬起来时，眼睛湿漉漉的。他说，豆子，能不能再让我住几天？豆子，我没其他地方可去啊豆子！

我心尖颤个不停。

一个男人可怜巴巴成这样，如果他是陌生人也就算了，除了菩萨，谁有闲心管尽天下人？可是他偏偏是我的兄弟，我怎么办？我脑袋不禁动了，如果横着摆动，就是拒绝，竖着动，就是同意。我在一横一竖之间犹豫了片刻，还没来得及犹豫出明堂，就很快竖着一动，点头同意了。

米伟仓突然往前一扑，扑通，跪下了，还磕头，一下两下重重地磕，地上咚咚咚响。豆子豆子豆子你就是我再生父母啊豆子，下辈子我给你当牛当马当马桶当小便槽，呜呜呜呜……米伟仓哭声在喉管里拉锯似的拖得尖利细长，简直要别过气，脸上眼泪和鼻涕糊成一团。

我突然一怔。

他真的是米伟仓？老爸是四个口袋的米伟仓，在我印象里一直是那么傲，这个人却下跪、磕头、号啕大哭。而且，我们二十年不见，这二十年每个人的外表都有天翻地覆的变化，他也变，变得只依稀有当年的影子。

我走到他背后，抬起一只脚在他屁股上轻轻顶了顶。做这事我心里很虚，不过，不做不行。必须证实他是真米伟仓，如果是假的，妈的，不打110我就是王八蛋。我说，你把裤子往下脱。

米伟仓头从地上抬起，脖子扭过来，惊愕地张大嘴。

我不敢看他，看了也许就不敢往下做了。这时候不能松气，我咬着牙说，脱不脱？

米伟仓想站起来，我呵斥道，就这样脱！脱一点点就行。米伟仓被我弄得迷迷糊糊，解了皮带，将裤头往下拉。

我看到什么？看到一粒黄豆大的痣。真的是他，是米伟仓！以前我们学校的厕所蹲位是不遮挡的，有一次我跟米伟仓一起去大便，他蹲前，我蹲后，就看到他屁股中央接近股沟的地方有颗痣，绿豆大。米伟仓自己都未必知道这颗痣，却被我看见了，当时我捂着嘴偷笑得肚子差点抽筋。现在绿豆变黄豆了，总之有痣。有痣说明他是真的。

我将米伟仓拉起。我说，算了，那就住吧。

真的？他不敢相信，双手无措地揪住裤头。

我点点头，帮他把裤子扣上，扎紧皮带。就住吧！我说得很大声，好像在进一步说服自己。

米伟仓嘴一张，扑到我身上又哭出声。看样子他是想忍住的，所以脸憋得通红，可是哭声像一股汹涌的大洪，它们越过重重障碍，拼命往外涌，把我肩头都弄湿了。

我抚着他的背说，别哭，啊，别哭！谁知话还没说完，突然鼻一酸，一大坨泪也猛地从我眼眶倒出。

离婚时我没哭，豆苗被带走了我没哭，现在，哭了。

我在去超市的路上。

路上种着黄花槐，金灿灿的碎黄花已经开大半年了还没尽兴，白天时看去，黄黄绿绿堆积一起，让人想到巴西国旗。到了晚上，黄绿混成一团，黑乎乎像顶大帽子。

我站在大帽子下给豆青打电话。我说豆青你真的没对别人说米伟仓回来了吧？

豆青不高兴了，呸了一声。

豆青的这个反应让我心放下一些。我对豆青说过米伟仓回来了，说过我就后怕，越想越怕，豆青只要不知深浅地嘟噜一句，被耳尖的人听到了，就完了。我说，豆青，你反正不要说米伟仓，对谁都不说，我回头请你吃肯德基。

豆青又呸了一声。算了吧，豆子，等到你有钱请客，我他妈的都老成灰了。

我连忙说，这次我要请，一定一定请，你就放心吧豆青。

什么时候？

我顿了一下，用鞋尖往黄花槐旁的土里搓，心想至少得等到米伟仓走了以后。米伟仓究竟什么时候能走？我真不愿他再住了，如果有一阵风来把他刮走，我都肯对风下跪磕头。可是我对他点头了，我同意他再住了，一个人答应下来的事怎么能随便反悔？九百六十万平方公里土地，多么广袤，却都没有他立足的地方，只有我那里，我那里是寺，寺里的厕所，没人料到他会在这里。我侥幸地想，应该不会有事，十天都平安过去，再几天又怎么样？

我说，豆青，过几天，过几天我才有空。

几天？究竟几天？豆青咬住不放。

我答不上。米伟仓没说还要住几天。

豆青一下子转了话题，她突然想起另一件事。她说，豆子，我们菜市场外面贴一张通缉令，有个家伙杀了人，他的名字也叫什么仓哩。

我血猛地往脑上冲。你看了？

豆青说，听别人说的，我没看。有什么好看的？又不是杀我。

我说，是啊是啊，没什么好看，豆青你不要看……

豆子，你声音怎么变这样了？

我咳一声，马上又重重连咳几声，嗓子像有玻璃划过，撕裂地疼。我感冒了，我说，全市感冒大传染，豆青，你这几天别出去，豆腐也别卖了。

我不卖豆腐你养我啊？

我说，好，以后我给你钱，你不要对别人说米伟仓回来了好不好？

豆青半天不应，最后才勉强说，好。电话就断了。

路上车一天比一天多，人更多，所以路就越来越堵。沙子进鞋子里了，我靠到树上往下蹲，想脱下鞋倒沙，蹲到一半，已经忘掉要干什么了。我双掌抱腮，头仰起，脑里似乎堵满东西，其实是空的。我总是这样，我总是常常不知道自己要做什么要怎么做。搬运公司当年我不想去，我想读书，想让豆黄去，可是我父亲不同意，我父亲说，在城里，有工作，就等于有金有银了你懂不懂？我不懂，也没想懂，稀里糊涂还是成了工人。后来别人介绍了三梅，我看一眼，没觉得好也没觉得不好。我母亲说也不小了，就这样吧。她说这样我就这样。我好像老是闭着眼睛走路，不知不觉间走到一个岔路口，脚不用脑指挥，脚它自己随随便便就迈出去了。

我挪挪背，背靠在黄花槐上，树干还细，勒得我骨痛。我身子一动，树上就劈头丢下东西，有几个落到我脸上后停住了，雨一样冰凉。我拿起来对着远处的灯光看，黄黄的，蚕虫大，是花。居然有花落到我脸上。我又晃起背，大晃，树跟着大摇，花就跟着大落。车和人、路和楼被飘落的花隔成一截一截的。

干什么？声音一下子从地里冒出来。

我抬头一看，一个男人，穿着制服，戴着大盖帽。警察？警察找上我了。

你干什么？

我呆呆看着他。我从来没跟警察打过交道，我认识的警察都在电视剧里头，他们一个个神得很，谁做了坏事都逮得着。现在也来逮我了。我把手伸出去，两只手一起伸，手上还捏着一朵黄槐花。

他看着我的手好像不明白。你干什么？

我嘴喃喃着，话一串接一串出去，我以为我说了很多，什么都说了，我再也说不出其他的了，不要逼我。

你干什么？他把我往上一拉。

我趔趄几步，终于站稳，一站稳，我心也往实处落。他不是警察，警察的衣服我认得，保安的衣服我也认得。他制服是灰绿色的，不是灰蓝色的，穿灰蓝色才是警察。我手收回来，在额上一抹，抹得湿湿的。

你干什么？他老问同一句话。

我走起来，走了两步又跑，越跑越快，整齐站立的黄花槐从旁边一株株往后退。他大概要追来了，可后面却老没有脚步声。我往回望，那个人不但不追，他已经悠悠地进了一扇大门。门里的单位我知道，是省宗教局。原来他是那里的保安。

我叹口气，气从我小腹开始，经过肠经过胃经过嗓子，一直往上冲，响声很大，把我脑门都震动了。可惜不是警察，我突然这么想，可惜不是，是警察，索性把我抓走，一了百了，反倒轻松了。

我慢慢往寺里走，慢慢走到山门殿。

我言而无信，本来只求一天，韦驮已经给了我一天的平安，结果我又来劳驾人家。我说，真的，韦叔，我没办法，你再帮帮我，好不好？

韦驮手执宝杵不为所动。

出了山门殿，我又去大雄宝殿、观音殿、地藏殿，甚至连罗汉堂也不漏过。所有的大佛我都去求一遍。我说，我多嘴了，你们让豆青不要也多嘴好不好？你们法力无边，每个人出一点点小力，就能帮我平安度过这几天。只要米伟仓一走，你们再施法力，把他抓去，该怎么治就怎么治他，好不好？

他们什么都不说。

我回到厕所。米伟仓躲在门后，我拉亮灯后，好一会儿他才出来，脸是青的。

又出去这么久！他的火气看样子已经憋一阵子了。

我张张嘴，我本来想说豆青知道他回来了，豆青的菜市场外也贴着通缉令，可是痰噎在嗓子上，我说不出话。

米伟仓似乎感觉到了什么。什么事？啊，什么事？他把我胳膊抓住。

一股痛直往骨髓深处钻去，我眼前都飞金星了。

豆子，什么事？米伟仓慌张地推开我，闪身到门旁，又猫一般弯腰跳到磨砂玻璃小洞后往外看。

胳膊上的痛像蛇慢慢向体内爬，爬到心口上。

我一辈子只有一个朋友，只有米伟仓，他现在却可怜成这样。我喘着气，很难过，还有一点抱歉。我说，没事，什么事都没有，真的没事。

卧室与男厕所之间本来有个门，早被我堵掉了，现在我又把压在上面的东西搬走。我默默搬，米伟仓站在一旁默默地看。这么做是什么用意，米伟仓也许看得出来。门通了，路就活了，如果哪天，我是说万一，警察真来抓人，米伟仓或许可以从这扇门跑进男厕所，再从男厕所逃脱。搬完后，我又若无其事地说起寺里的地形地貌，说起西北角的围墙有多高，以及围墙外面是什么地方。

米伟仓静静地听，听完了，他提起二十年前的事。

我进搬运公司当工人时，他羡慕过，因为那时有工作不容易。他说，你是工人阶级了，肯定得意得眼珠子朝天翻，所以我就不去找你。他说着从包里取出大中华，他只抽自己带来的烟。递一根给我，我不要。他只是暂时住这，如果我的口味娇了，以后他走了，我怎么抽得起这种烟？米伟仓就径自抽着。他说，后来我考上大学，就更不好去找你了，我怕你伤感，因为如果不去搬运公司，继续读高中，你一定也能上大学的，你以前书读得那么好，看过那么多小说，写起文章一套一套的，我每次回头一想都觉得可惜。

我坐在床上抽着自己的富健烟，啪哒啪哒地一吸一吐，心里阵阵疼。毕竟是兄弟啊，米伟仓一直替我着想，是我误解了他。

屋里被烟雾重重罩住了，米伟仓的镜片也蒙上一层，他就摘了眼镜，搁床上。这是他第一次摘下眼镜。过一会儿，他从磨砂玻璃小洞往外看看，见没人，扭身小跑去男厕。

我迅速抓过眼镜，一摸，没有凹凸；戴上，墙是老样，床是老样。

原来是平光镜。

我坐车去杨桥路口找豆青，我得见见豆青，除我以外，她是唯一知道米伟仓回来的人。见了她我不知说什么，但见一见，看她有什么动静，心里才能踏实一点。

但豆青不在。她儿子说我妈出去了。我问去哪里了。答，谁知道。

我心跳开始异样。谁也不知道豆青去哪里了，那么豆青会去哪里？我拿出小灵通，豆青也有一部小灵通，我拨过去，嘟嘟嘟，占线。过一会再拨，没人接。

我心跳越来越快，我急匆匆往寺里走。

回到厕所，米伟仓不见了，包括他的两个包也不在。

我手脚冰凉。他走了？还是被抓了？跑出去在厕所、在花毛竹林里找来找去，甚至还到那几个大殿转一圈，却什么蛛丝马迹都没有。殿在长明灯下肃穆庄严，幽深得像山洞，我在门口一看，就断定里头不会有米伟仓。

我本来打算去寺大门问问那些人，已经走到跟前，又不敢了。

米伟仓没用手机，他有手机就好了，即使已经被抓了，我问一问，也好明白怎么回事。朋友一场，我没有告发他，不是我告发的。

可是如果是豆青告发的呢？豆青告发不也等于我告发？

我闷闷地回到厕所，进了卧室，拉亮灯，突然尖叫一声。

米伟仓坐在床沿，一只包搁腿上，双手抱住。

你，你去哪里了？

米伟仓没有应，又开始抽大中华。

我很恼火，觉得他不该这样，我冒着把后半辈子搭进去的危险，管吃管住窝藏了他十几天，他怎么说走就走，说回就回？我不理他，睡觉去。

他也躺下，胳膊横在额上，睁着眼望天花板。豆子，他叫。我不应。豆子，他又叫。豆子，我跟你说，我在北京有个名气很大的公司，我的钱可以盖几百家比这豪华得多的厕所。

我想，原来真有钱啊。

我又想，混蛋，都这么有钱了你还杀人？

豆子，我是个很成功的商人你信不信？你以前肯定看不出来我有经商的天才。

我抬抬屁股算是给他回答了。很成功?人生在世怎样才算成功?很多所谓非常成功的名人，害了人做下伤天害理的事，还不照样道貌岸然煞有介事?我宁可扫厕所也不羡慕他们。

豆子，你起来!米伟仓先爬起，又来拖我。

他把床垫掀起，那里有个包，是他的包，他刚才只带走一个包，另一个原来藏到我床底下了。你把它拿出来，他说。我拿了。他又说，你把里头的东西倒出来。我倒了。这一倒，我的床铺，整个床铺，就出现了一捆捆扎得紧紧的百元大钞。为什么?我惊恐地看他。十辈子我都看不到这么多钱啊。

他说，你坐下。

我们就一起坐在钱上。

我跟你说个故事。米伟仓的声音是平静的，只是节奏跟平时有些不同。有天晚上，我去一个客户家谈事，我们已经互惠互利八九年，老搭档了，他却突然背叛我，投靠另一家公司，让我拿在手上的订单一下子黄了不说，还把我的底全兜给人家。

我想这类故事不新鲜，电视剧中常有。

米伟仓说，这不仅是钱的问题。

我想，是啊，少挣点钱不算什么，但不能被朋友耍了卖了。连朋友都卖，活着还有什么意思?

谁碰到这事会痛快?

我想，是啊，换了我也不痛快。

米伟仓说，我怎么能痛快？不能啊。一不痛快，豆子，我就杀了人，杀了——人！

我猛地站起，马上又小心翼翼地扶着床沿坐下。他终于说出杀人的事了，经他自己一说，好像又重新杀过一回。我惊恐地看着他的手，他的手，是杀过人的手啊。

是他先动手的！米伟仓眼神比我还散乱，手在空中神经质地舞。真的是他先动手，他，他先动手！豆子，你信不信？是他先动手的你信不信？

我衣襟被米伟仓抓住，他手上的劲从小就比别人大，一提，我的屁股就被提离了床铺。你信不信？快说！

我拼命点头，头沉得像只大铁球。

米伟仓手一松，我又被丢在床上。他老婆也在场，他老婆想劝。他老婆太笨了！米伟仓双手从上往下使劲一抖，好像上面粘着赃物。他老婆为什么就没劝住呢？没有，没劝住！旁边偏偏还有把西瓜刀，这么长，这么利！米伟仓对我比画着。我抓过刀只是想威胁一下他，真的只想威胁他一下啊豆子豆子，可是，刀就进了心脏。这里！米伟仓食指戳向左胸。不知怎么进去的，豆子，刀子自己认路，连他老婆的心脏都认，所以，也进去了。

两个人？你杀了两个人？声音从我牙缝中战战兢兢地出来。

米伟仓眼里有金光射出。你早知道了，是不是？

我不敢看他，眼珠子转来转去。世界这么大，可我的眼光却一下子没了可停顿的地方。他已经杀了两个人，今晚会不会杀第三个？

我这里，没有西瓜刀，但有菜刀，菜刀就放在他身后的桌上，他抓起一捅，我也死了。我说，我我我，我真的没告发你啊。

米伟仓含义不明地笑笑，笑得我牙齿嘎嘎嘎颤动不止。我早该打 110 了，我不打，结果自己找死。

米伟仓围着床急促地走，两只脚不时互相绊一下。猛地又停在我面前，指着嘴。看看看看，牙，我的牙，牙啊！米伟仓声音变形，眼眶撑到最大，眼珠马上要滚下来。乡下小诊所钳子连酒精都不擦一下，就伸进我嘴里，一颗颗拔，拔得满地是牙是血。又怎么样？就没人认出我来了？啊，就没人认出我来了？我一说是米伟仓，你，你就认出来了！你干吗就认出来了？我拔了牙戴了眼镜留了胡子你还认了，认出来！

他在吼，脸都吼歪了，口水像是从高压水龙头中喷过来的。

我偷偷瞥一眼通往男厕的那道门，门闭着，没上锁，只要一拧把手就开了。我动了念头，我想逃。试了试腿，腿却一点劲都没有，我站不起来。死期真的到了。豆苗太弱，我死了，他一定会伤心，大哭几天几夜，哭伤了身子可怎么办？

你不该杀人！我突然大喊一声，你为什么要杀人？！喊完我就后怕，可是嘴一张，我用更大的声音又喊，为什么为什么你要杀人，你这个王八蛋！

米伟仓猛地呆住了，我的喊声像武林高手的定身法，一下子把他弄成木头人。过一会儿，他缓过来，点点头，一字一顿地说，我也不想杀，可是已经杀了。豆子，刚才一个和尚来找你。他走路一点声音都没有，门一下子就推进来了，而且拉亮灯，看到我。

噢？我很吃惊。

米伟仓说，我说你不在。他嘴里和气地说是吗是吗，眼睛却一直看我，那眼太利太可怕了啊豆子。

我想来想去想不出是哪个和尚，寺里和尚多得我认不全。平时没有和尚找到厕所的，现在为什么来了？

米伟仓说，我觉得不行了，我得走。

去哪里？

不知道。当初我在厕所外转了好多天，把你和你家人了解透了，才敢找上门。你是我兄弟，只有这里最安全。但现在也不安全了，我能去哪里？米伟仓手指向床铺，说，这钱留给你。

我屁股像被火烫一下，蓦地跳起。我说不行不行不行我不能要你的钱。

米伟仓摇了摇我肩膀说，我还能躲哪里？能躲多久？躲不了多久，钱又有什么用？我杀了人，手不干净了，但钱是干净的，你留着用。要是被寺里解雇了，以后的日子也不用愁了。米伟仓一边说，一边把钱装进包，塞进床底下。刚才我没告诉你这钱，所以不放心，走到半道又回来了。现在，我走了。

我一把拖住他胳膊，哭腔都出来了。我说，外面贴着你的照片，半城人说不定都认得你了，你不能出去！

那怎么办呢？米伟仓看着磨砂玻璃小洞，好像那是一张嘴，他在等着它说话。

我说，而且，这么晚了出去，你的模样太惹眼。或者明天吧，明天是农历七月十五日，地藏菩萨涅槃日，进香的人比平时多，你混在他们中出寺，就没人注意了。

米伟仓犹豫了一会儿，说，那好，就再睡一个好觉吧。出了北京，我只在你这里才睡得着啊豆子。

但是躺下后，米伟仓却睡不着，身子左翻右翻。豆子，他用肩顶顶我，睡了吗？

我说，没有。

米伟仓就坐起。我们打牌吧，他说。

牌还是那么新，一直放在那里。我要去拉灯，被米伟仓拦住了。就这样，他说，就这样打。

我顺从地在床上坐下，坐在他对面，盘着腿，靠着墙。

打争上游？

米伟仓说，还是四十分吧，用半副牌。

外面月光很好，透到里面就不好了。我们开始摸牌，你一张我一张，然后米伟仓还是仔细地搓开牌，搓成标准的扇形。

草花 8。

草花 K。

方块 5。

方块 10。

每一张牌下去时，我们各自报着，声音很小，轻轻地，淡淡的，水一样流动。报出来的牌并不是我们看到的，我们看不清牌，花花的一堆抓在手上，随便往下丢一张，随便把牌报出。手中牌都抽光了，洗牌，又来一遍，再来一遍。

不知道一共打了多少遍，也不知道最后什么时候，我们睡着了，就靠着墙，手中还抓着牌。

就是这一睡，米伟仓再也逃不脱了。

半夜外面有动静，是米伟仓先发现动静的，他猛地翻身下床。有人！他低声吼一句。我睁开眼，发蒙片刻，回过神来，第一件事就是撒掉手中牌，冲过去打开男厕的门。快，我招呼米伟仓，快跑！

米伟仓却反而坐下。他说，跑不了了，包围了。豆子，豆子，我的事你就当全不知道，你不知道他们就不会治你。记住！

可是我明明知道。

米伟仓眼在黑暗中左右闪动，突然一跃，将菜刀拿在手。就在这瞬间，门被人猛地踢开，灯同时拉亮，一群人端着枪冲进，枪口像乌黑的眼珠子整齐对过来。警察，不许动！声音比打雷还响。

米伟仓动了，他比那些人抢先一步动向我，用手臂箍住我脖子，菜刀也架上来。

我整个人都瘫了，舌头伸出老长。不要……不要……

米伟仓拖着我向通往男厕的那道门走。放了他！那群人吼着。

你们过来我就杀了他！米伟仓声音比他们更凶，铁锤似的在我头顶砸下。

我拼命摆手，我说不要……不要杀人，都好好讲道理。

住嘴！米伟仓对我喊，你自认倒霉吧！米伟仓把我一步步往后拖，那群人一步一步往这边逼。我夹在他们中间，后面是杀人犯，前面是便衣警察，爸啊妈啊豆苗啊，我真的没想到会有这一天啊。

突然，米伟仓猛地把我往那群人身上一推，转身跑进厕所。我听到厕所那边砰砰响，人声四起。屋里这几个人拨开我，丢下不管，也往男厕冲去。

男厕里噼噼啪啪动静更大了，伴着高声的呵斥和怒骂。突然米伟仓叫起来，豆子，对不起了豆子！声音扭来扭去的。然后猛地静下，没有一点声响，好像什么事都没发生。过了一会儿，米伟仓被反剪着手，戴着手铐，被推推搡搡出来，经过磨砂玻璃小洞时，他扭过脸，看一眼，就出了大门。外面有汽车发动声，机器轰鸣，血红色的警灯一闪一闪。

米伟仓会被关进哪里？得过多久才会被枪毙？毙了，他的档案也肯定要毁掉，包括我写在他入团志愿书里的那些字。

我坐在浅绿色磨砂玻璃小洞后，外面的花毛竹林被月光一照，叶尖的轮廓清晰无比，像悬着一把把锐利的匕首。唰！唰！竹枝不时动了，水纹状的悸动，似有隐形人一闪而过，蓦地又消失了。如果是以往，我也许会出去，踏进竹林看个究竟，但现在我累了。挂在厕所外的路灯比我更累，光昏黄散淡，一群飞虫围着它，扇着翅膀，舞着，闹着。我有点恍惚，像浮在水上，隐约觉得缺少了点什么，我坐在那里等着，等着它发生。

天慢慢就亮了，诵经声整齐平缓地传来，夹着磬和木鱼声。和尚们又聚在大殿开始做早课了。每天都是这时候，每天都一样，香的气味也如往常一样飘来。我站起，戴上橡皮手套，拿起拖把、长柄刷和洗洁精进了女厕所，接着又洗男厕所。

有人来了，是个警察，跟昨晚不一样，他穿着警服，神情松散，打着呵欠，看样子很疲倦。跟我去趟派出所，他说。我正刷着小便槽，好像有趣极了，舍不得停下。他走过来，鞋后跟噼噼啪啪拖在地上，在我旁边的小便槽前站住，拉下裤门，掏出家伙。可能已经憋一阵了，所以水柱粗大，哗哗响。喂，他说，去派出所做个笔录吧。

我缓缓转过身。他肯定没想到我会做什么。其实连我自己也没想到。

我将刷子举起，横到胸前。他警觉地一扭头，就在此时，刷子变成一把剑，嗖地往前戳去，对准他的脸。

大概眼睛受伤，他惨叫起来，右手捂着脸，人却豹一样跳起，一扑。我只觉得眼前黑了一下，脖子就已经被他左手铁钳似的箍住。我记起来了，昨晚米伟仓也对我做过这动作。只是米伟仓没有气冲冲地又将我两手一扭一别反剪着吊起，接着啪哒一声，铐上了。

两条手臂在背后热烘烘的，只有手腕处两圈冰凉。我两手对搓一下，听到手铐叮叮叮的响声从腰部脆脆地传来。

啊——！我心里叫起，声音瓮瓮的，却很欢快。我真的高兴，非常高兴，一下子松口气。等了半天，原来我等的是它，就是它！

找死啊你！警察恼火地吼，颈上青筋一根根竖着，篱笆般箍住脖子。

我点点头。是啊是啊，我就是自找的。米伟仓是以这副样子从我这里被带走的，现在好了，现在我跟他一样，就不欠他了。

这时，放在床铺上的小灵通响了。“嘀——嘀——嘀——！”

电话会不会是豆青打的？如果米伟仓是她告的，她把我也害了，我恨她三辈子都不消气。

当然，也有可能是我儿子豆苗打来的。豆苗啊，我有钱了，有好多钱，一大包钱啊，都在床底下，可惜来不及给你。你以后在心里记着爸爸就行，不要再打电话了。

“嘀——嘀——嘀——！”

在铃中我被重重一推，推出厕所大门，上了停在外面的警车。

（刊《上海文学》2005 年第 3 期）

张飞老师

一

杜奇看到于大童的微博，是一张照片：一个穿黑衣黑裤黑鞋，头上绑条皂巾，脸上涂成黑色的大块头男人正低头看手机。照片是手机拍的，像素不太高，并且因头低着，看不出他的长相和年纪，不过杜奇还是一眼就认了出来，照片中的人就是自己。

图片配文这样写着："碰到张飞老师，他卖猪肉脯中。"

一点不假，当时杜奇确实正坐在店门口的石鼓上，店名就叫张飞猪肉脯。他猛地抬起头，把脸从与手机屏幕面对面中拉开，头左右转动，眼睁大，却没看出什么端倪。翡翠街是镇上重点打造的仿古一条街，两旁夹道建着密集店铺，中间是一条青石铺出的路，有十五六米宽，看着却窄得像根笔直的肠子。每天上午这里是冷清的，"肠子"像刚被药灌洗过一样，一般过了中午游客才渐渐多起来，最热闹的是入夜天黑下来后，黑乎乎塞满人头，整条街就便秘般淤滞，流动缓慢。而现在刚刚下午三点多，踩在青石板上的脚还非常有限。杜奇盯着每个经过的人脸上看，不知哪个是于大童。

按微博认证的资料，于大童是写官场小说的作家，开了微店，卖些茶叶、茶罐之类的清雅货，生意不大，他好像做得也不太认真，隔三岔五地才会在微博上推送一次，也没用上什么煽动性的广告语，一副爱买不买请便的劲头。对于那些微博加 V 的人在淘宝、微店上卖东西，杜奇并不反感，有时候甚至希望他们生意做大，财源广进，这样他们有利可图，才不至于离开微博。有他们在很好啊，国际国内大事可以随时批阅，即使是一些小事，比如明星吸毒或公开恋情，再就是哪里强拆死人，哪里雾霾笼罩或大雪封路，等等，都可以从各个角落及时发布出来，反正就是足不出户天下尽览了。

读中学时杜奇打过一阵篮球，还进过校田径队练跳高跳远。一开始老师都很激动，盯着他的个子两眼放光，但最终都不了了之，连县运动会都没参加过。他是平足，移动慢，缺弹跳力和爆发力，跑动起来整个脚板笨重地啪嗒啪嗒拍打地面，老师连连摇着头说可惜了这个身高啊。一米九四，算镇上个子最高的一个，但既然派不上用场，个子再高都不过是一堆废柴。离开学校后他再没有过任何运动，尤其是来卖猪肉脯后，每天从家里骑电动车匆匆来去，连走路都不多，但他对国际国内各种体育比赛反而了如指掌，很多体育明星和与体育有关的微博他都关注了。不花力气，不流汗，不用吃半点苦，却爽爽地啥比赛都没落下，这还是挺有意思的。只要手指点一下，那些完全不认识的名人，就一下子收入囊中，每天看他们发各种消息，吃什么，去哪里玩，做什么事，为什么高兴或者愤怒，慢慢地就觉得都成了熟人，他们的事也都跟自己多少有点关系了。

他开微博已经两年多，是到这家肉脯店上班后老板常天兵逼他开的。今天上了一批猪肉脯，今天又上了一批猪肉脯。猪肉脯又不是他的，他无非当个小伙计而已，但常天兵逼他发，至少得转发，发一条给一元钱，不过设了上限，每个月五十元封顶。苍蝇肉也是肉，五十元当然是钱，他的微博就被猪肉脯所充填。至于其他，就很少发了，没什么可发。从早上十点到晚上十点，他都在店里，周末休息一天。所谓的休息，在他就是睡觉，可以从前一晚到第二天中午一口气睡上十几个小时，起来后吃个饭再打打游戏，然后就又到了可以睡觉的时候了，所以真没什么可发的。

看一下主页面，他关注的人有三千六百五十一人，但关注他的却只有六十三人，其中大部分还是做淘宝、卖假名牌包或者海淘代购之类的人。这一点杜奇倒不着急，着急的人是常天兵。靠发或者转发猪肉脯微博，杜奇每月多收入五十元，却未必能多卖五十元猪肉脯，常天兵恼火的就在这里。上个月常天兵拿来一套黑衣黑裤，又带来一盒黑泥状的什么膏，说不能再这样下去了，要出奇制胜。杜奇半晌才明白过来，常天兵说的出奇制胜是让他打扮成张飞。张飞黑脸吗？杜奇在手机上搜了一下："燕颔虎须，豹头环眼，声若巨雷，势如烈马，手提丈八点蛇矛，好不威风。"并不是黑脸，黑脸的是包公。

常天兵瞪了他一眼说："这店注册时就叫张飞猪肉脯，改包公猪肉脯？重新注册你帮我做推广炒名气啊？"

杜奇说："我不是这意思……"

常天兵打断他："意思个屁，从今天起你就必须这么来着。他妈的你就是张飞了。让你当正面人物啊，别给脸不要脸。就这么定了，废话少说！”

杜奇那一刻动了辞职的念头，老子不干了还不行？他真辞了，第二天就不来，但第三天却重新出现在店里，一身的黑衣黑裤，脸也老老实实抹上黑。

在家闲待的一天时间里，他像过了一整年，坐也不是站也不是，哪儿哪儿都转不过身来。家里其实一点都不小，六年前父亲把木构祖屋拆了，原址上建起三层楼，每层一百二十平方米左右，这无论放在北京还是南京，应该都可以算豪宅了，可他走来走去，还是心堵，快喘不上气来了。

猪肉脯店在翡翠街，翡翠街是全镇最热闹的地方，关键是热闹。原来热闹这么吸引人。

常天兵很高兴他重回店里上班，见他进门，马上哈哈笑着走过来，连拍几下他肩臂。“你看你看，还是这里好是吧？你是我小舅子哩，怎么能不来？”

杜奇当然不是常天兵的小舅子，但常天兵一直这么喊他。爱喊就喊呗，反正无所谓。店里之前全是女店员，女店员就是抹黑脸也当不成张飞，所以杜奇回来，常天兵很高兴，常天兵说：“我是为你好哩小舅子，哪天要是红了，得感谢我十八代祖宗！”常天兵的意思是，一个卖猪肉脯的张飞是很有意思的事，要利用这种有意思炒作一下。这年头网红都是从天而降的，说降就降，怎么保证哪天不会轮到杜奇？

果然，他的照片突然就出现在于大童的微博上了。

二

有一次南京出了场车祸，红灯亮时，一个女孩沿斑马线过马路，被一辆急速驶来的皮卡车撞飞了，血肉模糊。于大童是南京人，他当时刚好在现场，便拍下伤者照片发微博，被很多人转发。杜奇从来没去过南京，但他姐姐杜薇在那边。被撞的人从身高到发型都很像杜薇，他捏一把汗，马上打电话给杜薇。杜薇在那头接起，说什么事呀我正忙着哩。杜奇喘一口气结束通话，顺便就把于大童微博关注了。

因为不看小说，镇上又到处是又便宜又地道的好茶，于大童的微博本来吸引不了杜奇太久。很多大V关注一阵，没意思了他就会删掉。这感觉挺奇怪的，就好像提着一个篮筐去超市，任意挑挑拣拣，有些东西已经放进筐了，回头再看，不顺眼，又一把弃掉，既不留恋，也不惋惜，缘分不够而已，转身丢到脑后去。不过于大童并不是坐在家里当作家，他经常出去开会、采风，今天到这里明天去那里，个人照片、一群人合影以及各地风光轮番晒到微博上。正是后面这一点吸引了杜奇。以前进田径和篮球队时，平足归平足，他练得还是非常卖力的。倒不是为了得名次，有比得冠军更吸引他的，就是出远门。到县里比赛可以去县城一趟，到市里比赛可以进城一次，但进篮球队没多久，刚学会运球、传球、三步上篮，还根本来不及练到可以出去比赛，他就被清出去了。田径队也一样，连高抬腿这么基本的动作都练得吃力，钉鞋根本没法穿，没脚弓原来前掌就废了，不能像别人那样身子前倾发力。老师对他失望地摇头时，他心里对自己有胜过老师一千万倍的失望。退出篮球队或田径队，意味着他失去外出的机会。他不想退，但这事由不得他。老师说，没办法，你跑不快啊，没有速度练也白练，还是趁早。

脱下队衣后，杜奇抱着自己的脚板看了很久，恨不得拿个刀子，像挖西瓜瓤似的在脚腰那里挖出一个深深的凹陷。

桃花镇其实是个岛，四面环水，十几年前才修起一条钢筋水泥桥，不宽，但可以通车。桥没出现前，出行只能靠船，都是窄窄的小木船，反正多少代都没有急着往外跑的人，种点田，捕点鱼，织点布，天灾没有，兵患也少，日子就安安稳稳地过下来了，连婚嫁也习惯东家西家就近解决。变化是这些年才有的，大多是出去打工，个别则是考上大学。杜薇是后者。

杜薇比杜奇大十岁，也是在镇里读的小学和中学。包括体育老师在内，这里从来没出现过像样的老师，大家都习惯认几个字混张毕业证书了事，杜薇却倏地考上了南京大学中文系，毕业后就留在那里，在一家私企当文秘，然后出嫁，丈夫是市直机关的公务员。同一个爹妈生的，但杜薇走路一蹦一跳地很轻盈，杜薇不是平足。

小时候有可能离开桃花镇到远方的人明明是杜奇而不是杜薇，但杜奇不仅运动能力不行，书读得更不行，上到初二那年就辍了学。倒不是家里多需要他帮个手，是他对自己成绩单上各科红色分数很烦躁，背英语单词和数学运算确实比跟在父母身后去市场卖鱼干更让他不顺心。杜薇曾反对，说了一些很难听的话羞辱他。他无所谓，反正各科老师给他的羞耻早就比河水还多了，而且每次都当着那么多同学的面，他的脸皮已经练得又厚又韧。杜薇最后说：“那随你便，一辈子都只能待在这个破地方，以后别后悔啊！”

他当时硬硬地顶一句：“狗才后悔哩。”报应就是，已经有好几年了，他都是狗。

以前鱼干是父母一起卖，既然杜奇不想上学，家里多出一个人可以帮忙，恰好有熟人在厦门开家贸易公司，把父亲喊去看仓库。父亲当时才五十岁，家里因为盖房子欠下亲戚一些钱，能出去多挣点当然好，就去了。结果人还没到厦门，离五缘湾大桥还有四五公里，客车就跟一辆货车迎面撞上，全车死了两个，父亲是其中之一。本来说好父亲先去，过几年母亲再去，如果能挣到钱，就在厦门买房子，然后杜奇也去那里找份工作，好歹能改变身份成为城里人。但人算不如天算，父亲死在去厦门的路上，母亲一番哭天抢地，恨死了那地方，自然就不会再前往，更不会让杜奇也去。杜奇干脆哪里都不去，就守在镇上，守着她，或者是她天天把他在放在眼皮底下守着，每天一起去市场，卖了一天鱼干，再一起回家。

母亲哭了几年后，泪干了，身上的肉也哭没了，消瘦得像根竹子。她越瘦越担心杜奇会离开家，比防贼还警觉——贼是不许进门，他则是不许出远门，方向不一，但用力是一样的。理论上如果杜奇不辍学，没有人帮忙卖鱼干，父亲就不会离家去厦门，不去厦门父亲就不会死。所以杜奇怎么办？他真的哪里都不能去。母亲说：“除非也考上大学，你才能走。”这话把他一口气堵死了，别说大学，连高中他都考不上好吗。

杜薇大学四年只回来两次，工作后也只在结婚时带着丈夫回来过一次。桃花镇这些年其实跟从前大不一样了，主要是镇领导被高人点拨，说旅游是无烟工业，客源一开，财源就广进。有了钱做什么不好？修路建学校都是有目共睹的政绩。

宋末元初，很多从临安南迁的赵氏皇族和一些不愿归降的旧臣曾在此汇聚，修起结实的壕沟，建起冶炼刀剑的大炉；明朝嘉靖年间，为防倭寇来袭，镇上又建起绵延两三公里的一人多高的青石墙；到了明末清初，郑成功也曾率部驻扎这里，兵营的青石础柱和几个长条形的战马饮水石槽犹存……遗迹就是宝啊，针尖大的一点遗迹都可以扩展成山那么大的概念，把远近城市里的有钱人钓过来，至少来吸吸好空气、吃一口无污染的青菜也值得啊，镇子于是就热闹了。

三年前杜薇回来结婚时，杜奇跟她说自己想出去打工，意思是让她帮忙劝劝母亲，杜薇却马上翻了几个白眼给他。杜薇说："前几年镇上静得像个死人，你都那么受用，现在又何必？"杜奇不想承认以前自己傻，他说："以前我小，对外面没兴趣，现在不一样了嘛。"杜薇不耐烦地说："现在哪里都一样，没什么好兴趣的！"

正是这次回家，杜薇见到了常天兵，他们是中学同学。镇中学一直拿杜薇贴金，把她照片挂在杰出校友栏上。杜薇对中学却没有同等喜欢，连带着对中学同学也提不起劲。以前她回来总是悄无声息，这次是结婚，动静好歹有。婚礼后她出去参加了一次同学会，回家就让杜奇去张飞猪肉脯店上班。常天兵的店开在翡翠街，是游客去明城墙的必经之路，晚上游客如果住下，新修起来的所谓特色农家酒店都聚集在那条街上，霓虹灯一路亮到底，夸张的红光刺得人眼都睁不大。常天兵这几年挣了不少钱，这是杜薇听到的，至少同学会几十号人吃喝就是他做的东，好酒好肉，散去时还每人两盒猪肉脯当礼物。

镇上人的姓据说宋朝以前一直很单一，每家户主都姓杜，族谱上说是西晋时中原一个叫杜源的人，为避战乱带着一家大小南渡到这里，发现岛上土地肥沃，四季安详，就歇下不走了，然后分枝散叶繁衍下来，女可以外嫁，男可以外娶，只要生在岛上的子女姓杜就行。后来战乱频繁，避过来的人多了，才渐渐出现杂姓。常家应该是民国中后期逃难到这里的，种点地，没波没浪地老实谋生，总之几十年都无声无息。如果不是前几年常天兵开了张飞猪肉脯店，反复宣传说自己祖父当年是避日本兵患从南洋逃回来，带回新加坡的秘制肉脯配方，三代秘不外传云云，岛上早就没人想起他们的来处了。也许真是从南洋来的，谁在乎呢？至于所有的肉脯是不是像他家广告上说的，是用农家土猪后腿精肉做的，配上特级白糖和鱼露，以及新鲜土鸡蛋等十多种作料特殊调理，并且放在特制的筛匾上烘烤出来的，镇上之前也没人相信，反正都是用来骗旅游的人，吹吧吹吧，牛皮别吹破就行。

常天兵的店是高中毕业第二年开起来的，已经风光了十来年，但母亲之前从来没吃过他家的猪肉脯。杜薇从同学会上带回两盒，她这才尝了尝，咸中带甜，越嚼越香。哎呀，确实不错啊。母亲就夸起常天兵，说没想到转眼间人家就那么有钱了。杜薇鼻孔哼了一声，眼皮又一耷拉。“土包子！”她说。

接着她又说：“我跟他说了，让阿奇到他店里上班。一辈子在那个小摊上卖鱼干能有什么出息？不如去学做生意吧。”

母亲很意外：“啊？人家那么大的老板会同意？”

杜薇嘴一抿，淡淡地说：“当然，他还能不同意？”

杜奇说：“那不行，鱼干也是生意，进货出货需要人手。”

母亲马上说：“算了，鱼干跟猪肉脯怎么比？挣的钱只够付摊位租金哩。下个月就把摊位退了。”

这样，杜奇就离开鱼干摊卖起了猪肉脯。一开始只是普通店员，后来才成了张飞。

三

原先店里雇有三个女孩，加上杜奇，四个人八只手，还常常忙得厕所都没空上。那时生意非常好，来买东西都像白抢不用钱似的。常天兵平时在加工厂那边忙着，片肉、拌料、摊筛、脱水、烘烤、压平、修剪，做肉脯的每一道工序都瞪大眼守着，料的配置更是自己动手调，调时别人都得回避，连在旁边看着都不行。秘方嘛，无论是不是真的，反正就要弄得玄乎一些，做得跟真的一样。有时店里实在太忙了，常天兵也赶过来帮忙。翡翠街被政府设为步行街，常天兵虽然很多年前就买了汽车，但开不进来，只能跟杜奇一样骑着电动车，在店里也跟杜奇一样忙进忙出，累得一边额上溢出汗，一边笑得嘴咧到耳根。但从去年起游客开始少了，店就慢慢冷清下来，来的人少了，买的人更少。生意不好，营业额下降，常天兵嘴上虽然还是很牛逼的样子，心里大约却未必。老板嘛，每天开门店租、税收、人头工资就摆在眼前，入即使仍然比出的多，但跟以前一比，还是差一大截。常天兵先是把店员辞掉一个，接着又有人跳槽走了，店里最后就剩下杜奇和店长雅玲了。

雅玲说："我们要把网店开起来。"

常天兵说："开吧。"

雅玲就开了淘宝和微店。

雅玲说："我们宣传不够。"

常天兵说："宣吧。"

雅玲就给店里弄个公众号，叫"张飞哥哥"，整天东拼西凑些软文，夸猪肉脯的营养价值或者吹常家祖上在新加坡的传奇轶事。接着自己又开了抖音，用美颜相机拍小视频上传，视频里她永远又白又嫩又娇媚地在吃猪肉脯，嘴里叼着一块，头歪左边，又歪右边，唱着歌，扭着屁股，又美又仙。

雅玲家也在镇上，但杜奇原先并不认识她。店长这个职位，在店里是一人之下，但常天兵并没有给她多开工资。底薪每个人每个月都是一千三，其余的就看各自的销售提成了。以前雅玲卖的总是最多，拿最多提成是理所应当的，但她自己好像有点不好意思。店的后面附有一个卫生间和一个六平方米左右的小办公室，除了电脑，还放着一台烤箱，那是雅玲的用武之地，今天烤牛排，明天烘焙饼干，总之就是给大家分福利。店员越来越少，只剩下杜奇了，雅玲仍然手不停，直至她进医院生儿子。

儿子是常天兵的。常天兵是老板，雅玲是店长；常天兵是单身，雅玲也是单身。两个人的故事不知什么时候开始的，她二十二岁，比常天兵小八岁，个子不高，骨架很小，看上去像还没发育的中学生，总之两个人根本不搭，简直难以置信。平时到店里，常天兵并没给雅玲好脸色，当着大家的面也常呵斥雅玲。雅玲鼻子一皱弄个鬼脸就过去了，或者笑嘻嘻地把身子往常天兵身上贴，细白的脸上连红晕都不会泛起。暧昧信息都是她自己透出来的：她和常天兵睡了，她和常天兵又睡了。睡了之后，怀孕就是迟早的事，再接下去，婚礼还没办，十几天就分娩了。

常天兵家很大，三层楼高的自建别墅，面积不下四百平方米，但常天兵嫌婴儿吵，雅玲就在自己娘家坐月子。店里这些天因此只剩下杜奇了。常天兵一直说再去雇个人，却又一天天拖着没去雇。其实也无所谓，雅玲坐着月子，似乎什么都没耽误，公众号继续推，淘宝和微店的客服也在手机上做着，杜奇只要按地址叫快递发个货就行，反正量不大。只要不碰到长假，来旅游的人都很少，越来越少，最冷清时，整整一天进店的客人都不会超过二十个，肯花钱买猪肉脯的还只有一半多点。所以杜奇一个人现在也应付得过来，钱来货去，微信和支付宝收款都直接关联到常天兵的银行卡上，不用费什么周折。等闲下来了，他就坐到门口的石鼓上，微博微信轮番刷。店里没装电视，书他也没有看的习惯，至于办公室里的那台电脑，上着锁哩，密码雅玲管着，他从来没有碰过。如果能玩玩 PSV，也就是掌上游戏机，时间倒是好过些，他家里就有一台，但上班是铁定不允许玩的，就是带在身上也不敢拿出来玩。幸亏有手机，手机这东西真是好东西啊。

结果他就在手机里看到于大童的“张飞老师”了。

他马上把这条微博截屏转发给常天兵，邀功得赏钱还在其次，关键是此时他挺兴奋的，需要跟人分享一下。所谓分享无非就是想让更多的人看到，还不等常天兵回复，杜奇又转发到“张飞猪肉”群里了。

“张飞猪肉”微信群的群主就是常天兵。除了新旧店员外，群里还有加工厂的十几号人。杜奇去加工厂取过几次货，但厂里人上班时都白围裙、白帽子、白口罩，他匆匆转一圈，装了货转身就走，所以真正认识的并不多，却也不陌生，平时在群里抢抢红包斗斗嘴，或评一评转发的段子，彼此早就是熟人了，他们每个人都与“张飞猪肉”有关，杜奇上了网，也等于他们上网。果然群里很快就热闹起来，第一个冒出来的人是雅玲，她艾特了群里所有人，然后说：“大家马上转发这条微博！”几乎同时，常天兵也冒泡了，常天兵艾特了杜奇，说：“快让于大童到店里坐坐！”

杜奇这才想起，刚才自己只匆匆留下一句评论，就立即转到微信里瞎掰这么久，却忘了转发微博。他重新回到微博页面时，眼眶一下子瞪大了。手机屏幕下方信封状的“消息”那里，小红圈现着“680”的字样。点开了，回复一百二十条，点赞三百二十个，新增关注两百四十人。

他当时的评论是这样写的：“我就是张飞啊。”

没有人会怀疑这句话，他的头像就是涂成黑脸后常天兵让他自拍上传的，虽抿着嘴，皱着眉，但五官摆在那里，还有醒目的黑头巾。如果再点开他微博，肉脯、肉脯、肉脯，还是肉脯。卖猪肉脯的张飞老师毫无疑问就是他。

于大童的那条微博已经有八百六十七次转发。杜奇仰起头长吸一口气，这事太突如其来了，他活到二十岁才第一次碰到。他先再留个评论：“欢迎于老师来店里坐坐。”然后点了转发键。如有神助，他写下一句至关重要的话：“我家猪肉脯吃过就知道好。”

在店里卖了三年猪肉脯，三年，一千多个日子了，转了那么多微博，跟自己密切相关的却是第一条。他也是第一次跟陌生人在网上互动，而且，这个人还是桃花镇以外的大V。

他举起巴掌想在脸上抹一下，马上又收住了。装张飞的第一天起，常天兵就吩咐过他，上妆后不能碰，一碰妆就花了。抹到脸上的到底是什么东西啊？膏状的，装在一个口有巴掌大的塑料罐里，隐约飘着股花生油的香味。是常天兵拿来的，常天兵说：“它叫张飞霜。”第一天也是常天兵帮他抹上的，之后他每天上班第一件事就是先到卫生间换上黑衣黑裤黑鞋，再对着镜子把自己的脸抹黑，一直到夜里下班前，才能用洗面奶清洗掉。

心跳非常快。紧张？不知道。激动？也不知道。在店里他一直脸部平板。常天兵嫌他太晦气了，常天兵说："笑啊，小舅子你他妈整天吊着一张臭脸干吗？老子欠你了吗？"没有，谁也没欠他，他是自己越来越笑不起来。没什么好笑的，涂黑脸变成张飞后，更没有笑的必要了吧？

他重重吁一口气，抬头往街上打量着。于大童会不会真的来店里？开店来陌生人是常事，越陌生越好，熟人来往往只是因为嘴痒想试吃肉脯，试一百遍也不见得能买一回。但于大童不是一般的陌生人，杜奇每天看他在微博上晒到这里去那里，吃什么菜睡哪家宾馆，甚至开什么车，加哪号汽油，等等，熟悉得像一家人，却隔着一块屏幕，他在明处，杜奇在暗处。杜奇知道他，他却不知道杜奇。

终于一张照片，一条微博，两个人竟撞到一起。像一场奇怪的梦。

杜奇拿起手机。这时候于大童该看到评论，然后回复了吧？

转发、点赞、评论又增加了几百条，却没有哪条出自于大童。于大童还没看到他的评论？

于大童这时候在哪里？

四

上午十点上班，晚上十点下班，每天一般这样，偶尔碰到客人多，打烊的时间会往后拖一拖，但那是以前生意好的时候，如今早就没有了，如今吃过晚饭后店里就一点点冷清下来，挨到十点，杜奇往往开始换掉衣服，清洗脸上的油彩，然后独自悻悻地关门走人。

但今天不一样，天色灰下来后，杜奇正打算叫外卖，外面一辆电动车驶来，停下，是常天兵。常天兵来杜奇不意外，没料到电动车后竟载着仍在坐月子的雅玲。常天兵还在停车，雅玲就先走进来了。她胖了一圈，素颜，脸泛着一层油光，胸口那里鼓鼓囊囊的，走一步晃几下，身上的味道也变了，都是奶香。

雅玲不是空手的，她手里提着两个白色塑料袋，走到杜奇跟前，把袋子往前一递，说："奇奇，给，吃吧。"杜奇看了看，袋子里有三样东西，一盒炒白粿，一只卤鸭腿，一袋雪花酥。

很奇怪，来店里第一天起，雅玲就对杜奇特别好，做了烘焙也拼命让他吃下。"人家奇奇最小嘛"，她总是这么说。没有其他人叫他"奇奇"，这个称呼是雅玲自作主张取的，他一开始听着别扭，久了也习惯了。作为店长，雅玲以前想着他，给他弄吃的似还情有可原，但现在她是一个坐月子的女人，居然还动手下厨房，这让他多少还是有点不好意思。他说："哎呀，这……"

常天兵停好电动车也进来了，扬着手说："吃吧吃吧，小舅子今天辛苦了！"

常天兵个子也不矮，接近一米八，后背格外阔大，肚子也往前拱，都横七竖八堆着肉，但两条腿却是纤细的，也就是说他其实未必是个胖子，只是没把身上的肉匀称铺好，肉不听使唤地都往上挤，使他看上去头重脚轻，上下脱节，腿像两根小螺丝，被不明不白地安在一个硕大的机器上。主要是按比例螺丝还偏短了，这没办法，人种问题，大部分亚洲人腿都不长，包括杜奇，杜奇个子再高也没高在两条腿上。站在常天兵面前，杜奇每次都下意识紧起肚子，把身子往下压一压。他比常天兵高，但腰包没常天兵鼓。常天兵有钱雅玲才会死乞白赖地往上赶，但如果真有个女人也像雅玲一样开足马力扑过来，杜奇第一个反应肯定是逃。常天兵似乎也逃了，只是没逃成，连儿子都生下来了，杜奇认为这就是钱惹的祸。猪肉脯店刚开时，开店办厂的钱据说是银行贷的款，那时常天兵还穷，但没几年就很快牛逼起来了，被夸成年轻有为的企业家，买了宝马，建了别墅，动不动就上镇里的报纸。一个又有钱又不老的男人，上下身再不匀衡，有雅玲这样的女孩死命往上粘又算得了什么？

杜奇从雅玲手里接过袋子，返身就搁到柜台上。不饿，吃不吃无所谓。常天兵突然来店里，把坐月子中的雅玲一起带来，绝不单单为了给他送点吃的。他不能接过就吃。

常天兵肯定也没觉得吃饭多重要，他探过身子，头抵向杜奇的胸前。

杜奇一怔，很快又明白了过来。常天兵不是要用脑袋蹭他胸，而是手已经伸向他的巴掌，他的手机正握在巴掌里。常天兵说："那个什么童的微博让我看看。"话音未落，手机已经到常天兵手中。手机没有加密，常天兵食指在屏幕上快速地划动着，又侧过头看着杜奇。杜奇就把手机取回，往下拉，找到于大童的微博，递给常天兵。

常天兵视力不太好，初中时他跟杜薇就是同班，高中还是，所以杜奇看到，杜薇初中和高中全班毕业合影里，常天兵都戴着厚厚的黑框眼镜。那一届全校只有杜薇一个考上正规大学，另有三五个考上花钱读的民办大学，而常天兵离最低录取线还有一大截的距离。这不算什么，一届共有两个班，两个班有九十六人，常天兵不过是绝大部分与大学无缘的人之一，大家都觉得正常，他却呆滞着眼，嘴里囔囔着走来走去，接着就失踪了几天，再出现时脸上突然变得光秃秃的，两眼和鼻梁都从镜片后面走出来，眼皮不免显得苍白浮肿，像在水里长时间浸泡过的。有人觉得这样的常天兵不像以前的常天兵，就好奇地问起。常天兵应该很不乐意被人问，嘴一撇，重重地说："戴眼镜装逼？装逼被雷劈。"

他不戴眼镜，看东西却不受影响，大家猜可能是戴了隐形眼镜。

这会儿他捧着手机，低着头，边看手指头边划动屏幕。雅玲也凑近了，想一起看，被常天兵胳膊一推挡开了。几分钟后，常天兵又把手机递给雅玲，可见刚才他不是不愿意雅玲看，只是不想雅玲与他一起看。雅玲个子太矮了，为了她能看清，手机得往下放，那常天兵也许就没法看清了。常天兵要看的其实不是于大童的微博，于大童与猪肉脯店有关的仅仅只有一条，匆匆几个字，但这条微博下面不是还有几百条评论吗？嬉闹也罢，讽刺也罢，反正所有的评论都围绕着张飞和猪肉脯。涂个黑脸竟这么多人觉得有意思吗？真是难以置信。

常天兵脸朝向店门外的大街，抿紧嘴，很久不开口。他脸圆圆的，腮帮鼓起，细眼，塌鼻梁，眉是微微八字形的。是因为胖，脸颊上的肉向下坠，把眉梢也一并带下去了？看着反正有几分喜感。终于等着雅玲把那些评论都浏览过了，常天兵才收回眼光，扭头看着雅玲。雅玲也仰起脸看他，两个人都不说话，就这样沉默地看来看去。杜奇吸吸鼻子，发出哧的一声轻响。他不是鄙视这两个人，只是对他们突然恩爱得仿佛情深入骨不习惯。他往旁走两步，食欲突然有了，既然雅玲拿来吃的，他就不必客气了。

但常天兵叫住他。常天兵说："你给他微博发个私信。"

杜奇站住，回头看他。

常天兵说："或者你也发一条微博，然后艾特（提醒）他。"

"发什么？"杜奇不得不问，他确实没弄明白。

常天兵看了雅玲一眼，雅玲马上走过来。她手里还抓着杜奇的手机，用这手机她先冲着杜奇拍几张照，然后把白粿、卤鸭腿和饼干逐一放到靠近门口的玻璃柜台上，摆好，左右动一动挪一挪，后退两步看了看，又挪动几下，仿佛那都是艺术品。然后她冲着杜奇两眼一眯，妩媚笑起。她说："吃呀。"

杜奇不敢吃了。这是要干什么？

常天兵巴掌按在他背上推一下，说："有好吃的还装骚啊，快吃！"

杜奇冷不防被推得前冲几步，就站到柜台前了。常天兵说：“吃。”他想，吃就吃吧，先抓起筷子，把白粿往嘴里扒，然后拎起鸭腿咬，咬得啪嗞啪嗞响。镇上的女人都有把食物弄得又香又美的能力，这可能是姓杜的家族从西晋开始一直流传下来的。一家大小带着细软从中原一路逃到这里，再没什么功名利禄可期待，闲着也闲着，功夫就下在吃的方面了。男人想吃好的，女人就生着法子喂养。杜薇可能是镇上唯一讨厌厨房的女人，她考上大学，有了讨厌的资格，雅玲却没有，她甚至乐在其中。她去生儿子，烤牛排停了，烘焙停了，杜奇的胃都有点适应不了。突然还在坐月子中的雅玲又提来东西给他吃，他其实心里还是有点小波澜的。吞下白粿和鸭腿，他把雪花酥也很快吃光。真的好吃，他不能否认这个。

这个过程，雅玲一直拿着他手机一会儿左边一会儿右边反复拍照，拍的都是他。然后雅玲低着头在手机屏幕上写着什么。把手机还过来时，雅玲还是笑眯眯盯着他，柔声说：“我帮你发了一条微博。”

他打了一个嗝，突然回过神来，连忙点开微博。

“张飞老师是个吃货。”这一行文字后面艾特了于大童，下面则是九宫格，全是他的照片：他的正面照、侧面照；他吃惊的表情、发呆的表情；他在吃白粿，吃鸭腿，吃雪花酥。小小的白粿和雪花酥把一张黑脸反衬得格外硕大醒目。

他的脸原来这么难看，比卤鸭腿还油腻不堪。

五

母亲还没睡。镇上兴起广场舞已经好几年，杜薇前两年逼母亲参加，好歹活动一下筋骨嘛。母亲拖拖拉拉一阵，去现场看过几回，觉得不行，音乐不懂，手脚也不听使唤。后来杜薇说："你没个好身体，到时候怎么帮我带孩子？"这句话终于把母亲推了一下。她音乐仍然不懂，手脚仍然不听使唤，但每天晚上都会去蹦跶几下，不是为了跳舞，是准备下一副好身体，等着给杜薇带孩子。

其实结婚这么久，杜薇一直没有怀过孕。一年年不怀孕，母亲却一年年老去，母亲因此觉得更有锻炼的必要，由每周去三次上升到每天晚上都去，一般十九点到二十一点半，然后到家洗漱一下，这时候杜奇差不多也从店里回来了。

今天与往常不一样的是，母亲站在门外等着。四月，闽南的天气还处于潮气四溢中，雨说来就来，转眼又晴。母亲穿一件碎花衬衫，外面套一件灰色马甲，都是杜薇从淘宝上买了，写上家里地址直接寄来的。类似的事杜薇这几年逢双十一、双十二都会做一次，除了衣服还会买些吃的，糯玉米、干山楂之类，也花不了几个钱。快递一次次上门，就代表杜薇一次次回家，母亲不嫌东西贱，她只是心疼杜薇的钱。在南京那个大城市多不容易啊，连个房子都没有。一直攒钱，房价一直涨，攒得不如涨得快。几年前汽车公司付的父亲死亡赔偿只有八万块，与建房子的欠款恰好相当，一还，没了。鱼干摊收了后，母亲最多打点零工，手头始终紧着，就是想帮杜薇，也帮不上。

杜奇远远看到母亲正倚在门柱上。母亲五十六岁，女明星在这个年纪还穿着露出很多肉的晚礼服，动过刀打过针的脸上泛着闪闪发亮的人工油光，一点皱纹都没有，唇红齿白，妖风阵阵，如果站在母亲旁边，估计都跟母女似的。虽然到广场上跳了两年，已经把《革命者永远是年轻》《相逢是首歌》这样简单的舞手忙脚乱学下来，但母亲身子仍然松松垮垮的，要腰没腰，要脸没脸，连头发都是自己随随便便拿剪刀绞的。其实论眉眼她不算差，鼻子尤其好，凌空高举。一个人的鼻子很像一座房子的梁柱，硬朗地往那一戳，整个架子就打起来了。杜薇长得像父亲，父亲整张脸都是扁平的，杜奇却像母亲，也有一副挺直的鼻子。单论长相，杜奇比杜薇好，但脑子却差十万八千里。母亲为什么年纪还不太大，就已经早早老去？单单把杜薇买的衣服穿起，显然还不够。究竟哪里不够，杜奇没弄明白。如果父亲还活着，这事应该归父亲管，母亲是他老婆，不是杜奇的老婆。

杜奇到家门口刹住车，脚再一点地，人就立住了，别过腿，从车上下来。“妈。”他叫了一句。

母亲马上抓住他电动车的把手。母亲说：“今天怎么这么迟才回来？”

杜奇想了想，是迟了点，但也没迟太多，无非是常天兵和雅玲来了，聊了会儿，再看了会儿微博，因此耽误了一小会儿。他发现母亲脸上并没有责怪的表情，反而在屋里透出来的微弱灯光中少见地泛着光泽，唇齿开裂，嘴角向上。有什么喜事？

母亲说：“你姐姐刚才发微信来说，她怀孕了，怀上了啊。”

杜奇脑子转一圈，终于回过神来。果然是喜事。

杜薇一结婚就打算当妈，这事杜奇亲耳听她对母亲说过，说得还挺迫切的。杜薇的意思是，反正得生，不如趁早，有一胎是一胎，有两胎是两胎，拖下去年纪越来越大，不利于优生优育。杜薇的丈夫站在一旁也微微点头，表示很同意尽快当爹，但杜薇的肚子却始终没动静。杜薇这几年很少回来，似乎跟这有点关系，一有假期她就去这家医院检查，或者找那个中医调理，查来查去双方都没什么问题，但就是怀不上。母亲有次自言自语说：“我当年打个喷嚏就怀孕了，怎么这本事不能往下传呢？”她从手机上看到一些新闻后，就骂起转基因。年轻人现在普遍怀孕难，所以不孕不育的医院开得到处都是，她觉得都是转基因食品给害的。镇上种的东西也不见得都实打实安全，但一定比南京那边可靠。考上大学很给家里长脸，要是在南京工作，却能吃着自己家里种的菜，那该多好。母亲甚至把这事扩大化，反复弹击到杜奇身上，意思是桃花镇多好，吃得放心，不会危及生孩子。

生孩子对杜奇来说和去月球一样远。雅玲怀孕时，常天兵对他说：“小舅子啊，你要升级当舅舅了。”那是假舅舅，他仍然没有任何感觉。杜薇毕竟不一样，母亲一说，杜奇心里马上有一股热热的东西涌动一下。他果真要当上正儿八经的舅舅了。本来他每天回来，都会跟母亲聊几句店里的事，东拉西扯，谁怎么了，谁又怎么了。但今天杜薇的肚子一下子占据了全部话题，主要是母亲说。看来母亲刚跟杜薇通过电话，问出不少情况，这些情况都让她在捏一把汗的同时，又兴奋得比自己怀孕还欣喜。

杜奇正琢磨着自己是不是应该给杜薇发一条微信祝贺下，手机就响了，是常天兵打来的。“小舅子，快，快看微博。于作家转发你微博了！你赶紧留个言，让他明天到店里坐坐。”

挂断电话，杜奇真的点开微博。倒不是他多听话，他只是好奇。

严格地说，于大童转发的并不是他发的微博，而是雅玲替他发的那条。于大童什么也没说，只是转了一下，连带着他的正面照、侧面照，他吃白粿、吃鸭腿、吃雪花酥的样子也被放大了。下面评论仍然很多，还是混杂着夸他萌和骂他贱。他不知说什么好，他还什么都没说，就看到于大童在一条说他为了钱无下限的评论下面回复了一条：“人生不易啊。”

不易吗？他才二十岁，好像还行。和杜薇比，他每个月有工资，吃不需要几个钱，住的又是家里的房子，安安稳稳，真没什么缺的。杜薇却不一样，嫁个拿死工资的丈夫，虽饿不死但也富不起，婆家又在农村，父母得养，上大学的妹妹得供，还能剩下多少钱？买不起房、生不出孩子，杜薇才真正不易。终于两个不易总算解决了一个，至于买房，还遥遥无期哩。

其实家里三层楼的房子，母亲住一楼，杜奇住第三楼，第二楼是留给杜薇的。无论如何还是南京好，否则房子明明空着，杜薇为什么死活赖在南京不肯回来？不易有不易的好，他太易了，每天都是前一天的重复，有什么意思？肉脯、肉脯、肉脯，店里到处摞着一包包从猪尸体上切割下来的东西，到处都弥散着甜腻和油脂味。算一算因此有多少猪被杀，肉被剁碎，然后拌入多少白糖、鱼露、生抽、白胡椒粉、盐、鸡精、花雕酒，摊到锡纸上，烘烤过，切出方方正正的一片又一片，再装入包装袋，卖给那些吃饱撑的跑到这里看所谓古迹和吃农家有机菜的城市人。他们走马灯似的从各处来，然后又风一般走掉，杜奇却走不了，一直在镇上，在翡翠街，在张飞猪肉店。就是说连猪的生活都有变化，他却没有，唯一变的是脸，脸从微黄到被抹黑，面目全非。

他忽然一怔。这些日子他的笑越来越少，是不是因为这些啊？

晚上于大童一共发了三条微博，除了转发杜奇的这一条，另外还发了一条关于桃花镇明朝青石墙的照片，照片共九张，前四张墙被霞光不同角度火辣辣地笼罩，每一块石头都闪闪发光；后四张是暮色降临后的各种剪影，墙上的青石像一只只幽深神秘的眼睛，而第五张居正中央，是张文字图片，蓝底白字写着“最美乡村等着你”一行字，这样就组成完整的九宫格，色彩五花八门。

墙从明朝起就立在桃花镇了，但在别人眼里和在于大童眼里却如此不一样，至少和杜奇不一样。墙离他家不远，从小这些墙就在他眼前晃来晃去，进进出出总能打几个照面，可是他根本就没多看几眼，即使看了也没看出它们有什么特别之处，哪想到居然这么美。

墙的照片证明于大童并未离开，他还在镇上。

杜奇点开私信，他写道："于老师您好，我是张飞，我有急事想见一见您，明天您方便来店里一趟吗？"

几秒钟后，于大童的私信回复出现了，只有一个字："好。"

六

杜奇从来不知道"失眠"是什么滋味，身子一横下去，只要他愿意，不用两三秒钟，整个人就直接丢到梦里去了。这是天生的，小时候上课睡过去，看书睡过去，做作业又睡过去，眼皮上仿佛安装着拉链，嗖地一下拉上，所有的一切马上都退远了。不能说是遗传，母亲对睡没太大兴趣，以前父亲也一样，每天都早早起来。另外，不是还有杜薇吗？杜薇当学生时，读书到半夜从来不困，工作后又天天熬到半夜也睡不着，五味子、脑白金、褪黑素、艾司唑仑之类都没少吃，直到结婚后为了备孕才戒掉。药戒了，失眠却戒不掉。母亲发微信问：昨晚睡得怎么样？杜薇不是说"不好"，就是回个大哭的表情。所以母亲三天两头叹着气，大概对自己一个肚子居然生出两个完全不同的怪物非常不解和气恼。有一次母亲拍着杜奇的脑袋说："整天就知道睡，你就是这样睡成傻大个的。"

杜奇没有反驳。也许是真的哩。他从网上还看到一个数据，说小孩入睡时，生长速度是醒时的四倍，他就是睡着睡着，睡成一米九四的？

于大童回复说好。于大童明天要到店里来。居然能见到于大童了。这能影响杜奇的入睡吗？杜奇有一瞬脑中也闪过这样的疑问，觉得肯定会吧？但事实上不会，一点都没有。洗了洗，他躺下，还特地给手机上了明晨七点的闹钟，放在床头柜上，让它早早把自己喊起。结果第二天手机准点响起来时，他并没有回过神来，迷迷糊糊伸手摁掉手机，翻个身又睡过去了。这一睡，睡到九点零六分。

昨晚收到于大童回复时，杜奇原本打算告诉常天兵，恰好尿急，去了趟卫生间，然后就忘了。想着于大童并不知道猪肉脯店开门的时间，若是一大早就去，吃了闭门羹，必然会气得掉头就走，从此绝迹，他差点抽自己的嘴巴。母亲照例会在锅里给他温着一碗小米粥和一粒鸡蛋，哪来得及吃？滚下床，趿上球鞋，牵出电动车就飞奔。

翡翠街各家店门这会儿大都还关着，远远望去，张飞猪肉脯店面前也是空的。杜奇放好电动车，打开门，掏出手机看了看。九点三十一分，离平时开门时间还有半小时，但于大童会不会在这之前来过了呢？他戳开微信，又打开常天兵的对话框，刚要发语音，按在上面的拇指又松开了。他突然不想把于大童要来店里的事告诉常天兵了，不清楚为什么，至少这时候他还不清楚。他退出微信，换到微博页面。常天兵已经也关注了于大童微博，微博下面的评论常天兵都看得到，但私信却看不到。杜奇给于大童又发了条私信：“于老师，我是张飞，您什么时候能来我店里？”

没有回话，也没看到于大童发新微博。

微信倒是响了，是常天兵发来的："你让他到店里来，对，到我们店里。"杜奇回他一个微笑的表情，不说好，也不说不好。常天兵大概有点急了，马上打来语音电话："小舅子，怎么样了？"

杜奇说："没怎么样啊。"

常天兵说："你让他来呀，快点！"

杜奇说："来干吗？"

常天兵声音一下子大起来："小舅子你是不是傻呀？他刚被镇里聘为旅游形象大使，你不知道？"

杜奇一怔，老老实实答道："不知道。"

常天兵说："镇里出钱，让他组织一个全国著名作家到桃花镇采风，就是写文章，吹捧吹捧，你不知道？"

杜奇顿了两三秒，才说："不知道。"

常天兵嚷起来："你他妈什么都不知道，你不是一直看他微博吗？"

杜奇说："他微博上没说这个……"

常天兵打断他："微博上没说就等于没有吗？告诉你，我是听镇政府里的人说的，千真万确。快点，你让他来我们店里，先喝喝茶，吃吃猪肉脯……你到底听明白了没有？"

杜奇说："明白了。"

常天兵声音提得更高了："明白还不快点？"

杜奇说了句"好"，就把手机收起了。原来于大童是形象大使，不仅他一个人拍古城墙，还要招一大帮作家来拍来写。一大帮啊！问题是这跟常天兵又有什么关系呢？他没有再往下想，转个身跨进门。店里摆有一张茶台，台面是整块的巴西花梨木，近十厘米厚，上了一层亮晶晶的土红色漆，一米八长，宽也有九十几厘米。这是前几年置下的，前几年生意好，摆在那里充气派，客人来了烧水、泡茶，倒出一盏盏让人喝，显得比其他店有档次。换了现在，常天兵未必舍得花这个额外的钱。杜奇在茶台前坐下，按下开关，放水入壶，电源吱吱地响起来。平时无论有没有客人，杜奇都少不了泡茶。镇上的人反正都一样，从小就养成宁可不吃饭也不能不喝茶的习惯，何况这么像样的茶台闲着也是闲着，不利用起来说不过去。

今天这个茶，他心里隐约觉得不仅仅为自己泡，或者说他希望不光为自己，眨眼间于大童说不定就来了哩，得先备着。

水烧得很慢，突然就慢了，吱吱吱没完没了地响着，老是开不了。是电出故障了吗？杜奇定神想了想，问题不在电，在自己心里。于大童来过了吗？于大童到底会不会来？这两个问题跟锤子似的，在他胸口那里左右擂着。

还没有一个客人来，但门外一有人走过，他都会瞥去一眼。

手机就摆放在茶台上，屏保特地关闭掉，屏幕一直亮着。点开的是微博界面，亮度调得很高，比电磁炉还耀眼，但一直非常安静。昨天突然那么多人留言评论或者点赞，今天一下子就翻过去了，好像什么都没发生过。网络真是一个奇怪的东西。

眼角暗了一下，他下意识抬起头，看到有个人正走进店，是常天兵。

常天兵边走边把包从肩上取下，走近茶台时放下包，拿起杜奇手机，手指头在屏幕上戳着，划拉着，然后眼一斜，看着他。“他昨晚就同意来店里了？”

杜奇没有答。

常天兵又说：“他说今天来，来了吗？”

杜奇摇了摇头。

常天兵盯着屏幕手指头快速地动几下，然后盯着手机看一会儿，又把手机往杜奇胸口一伸，说：“盯着，看他怎么回复！”

杜奇没有接过手机，他本来低下去的头这会儿已经抬起，既不看手机也不看常天兵，而是直直地看着张飞猪肉脯敞开的大门。门外正站着一个人，这个人五十岁出头，个子不高，哪怕跟常天兵比都算矮，而且消瘦，颧骨凸起，已经有点稀疏的头发凌乱地刺起，穿着也普通，里头一件蓝色厚T恤，外面一件土黄色夹克衫。这是个晴天，太阳已经很大，翡翠街上强烈的光线聚集在这个人的身后，使他脸部幽暗模糊。杜奇第一个反应是此人不是来买猪肉脯的客人，这是他在店里训练出来的职业性眼光，第二个反应是很眼熟，非常眼熟……不是在电影电视上见过的人，是在手机上，在微博上，去哪里开会了，又去哪里采风了……

“于大童老师……”他唇微启，不敢肯定，小声嘟噜一句。

站在旁边仍拿着手机的常天兵猛地身子一转，也看向门外。“于老师？于大童老师？”

门外那人点点头：“我是于大童。”

常天兵一下子像被通了电，向门外急跑几步，走近于大童，一脸都是笑，他说：“哎呀于老师您来了，太好了，快进来坐坐。来！来！”

于大童似乎迟疑了一下才缓缓向前走。门把外面的阳光框出一块长方形的白色，光亮刺眼，宛若一个硕大的手机屏幕，于大童像从手机里走了出来。

杜奇站着不动，他还没回过神来。他没想到于大童这么瘦小普通，微博照片上不是这样的，明明大一圈、高一截，有一层光。

七

正是在于大童走进店里的那一刻，杜奇的手机响了。往屏幕上瞥一眼，是母亲打来的，他没接起。水开了，他先用茶则从茶罐里取出茶叶，放入紫砂壶，然后提起水壶，洗茶，泡茶，置上过滤网，把茶水倒入公道杯。盛茶杯消毒的锅也烧开了，用竹夹镊起杯子，放茶托上，倒入茶，分别用双手递到于大童和常天兵面前。

这一切他做得又快又麻利。

手机又响了，还是母亲。他再次摁掉。

常天兵突然记起来，说：“换个好茶！我带着哩。”他从背包里取出两包茶递给杜奇，又手一挥说，“去，拿点猪肉脯来。”

杜奇先去取来一叠猪肉脯，放到盘子上，又重新泡了茶。隔着一张茶桌，他坐这边，于大童和常天兵并排坐对面。常天兵一直在说话，从镇的历史，到猪肉脯的历史，再到自己创业的过程，东拉西扯，混乱无序。一个很熟悉的人竟会在突然之间变得古怪和陌生，这是杜奇当时的感觉。到店里上班这么久，听常天兵说的话全合起来，应该都没有这么多。但他真的对常天兵很熟悉吗？也不见得。如果不是面对面听着，杜奇根本不会想到常天兵这么能吹和敢吹。比如他居然告诉于大童，自己祖上是如何冒死在日本人的刺刀下，九死一生把猪肉脯秘方从新加坡带到中国，一家人差点被灭门；又说自己在一岁不到时第一次吃到猪肉脯，就立志长大要当猪肉脯大王，为此放弃上大学和参军，一直坚守在镇上，怕家庭会拖累精力，所以牺牲很多，至今保持单身，不近女色，多少诱惑都正眼不看。

于大童边听边不时点个头，或者含义不明地小声“嗯”一句。

杜奇没插嘴，轮不到他说话。一泡茶淡了，他再换一泡；一壶水凉了，他再烧一壶。中间进来过几个顾客，有的转一圈就走，有的倒是买了猪肉脯，但量都不多，一包两包而已。客人一走，杜奇又坐到茶台旁。

到底常天兵为什么要这么吹牛呢？他觉得于大童对茶的兴趣，远远超过对常天兵所说的那些话。走南闯北的作家，什么人没见过？什么事瞒得过？他弄不懂常天兵为什么要花这么大力气给自己贴金。

后来于大童站起要走。他站起时杜奇也马上站起，于大童似乎直到这时才突然发现他的存在。“你……就是张飞？”

杜奇还没答，常天兵就抢着说：“是啊，他就是张飞。您看这人高马大的，威武得一点都不输张飞。我们店一直注重传统文化的弘扬……”

于大童打断他，还是盯着杜奇，说：“今天脸不黑了？”

杜奇手在脸上抹了一下，巴掌是干净的。

于大童又说：“也不穿古装了？”

杜奇低头瞄了自己一眼，球鞋、牛仔裤、长袖T恤。以前来店后，第一件事就是抹涂换装，今天竟忘了。

常天兵说：“我们是镇上最有特色的一家店了，张飞卖猪肉脯，多有创意！”

于大童没有理他，头夸张地仰起，上下打量一遍杜奇，笑了笑，就往外走。

常天兵说：“于老师再坐一会儿吧。”

于大童说：“还有事哩。”

常天兵跟在他旁边说：“晚上想请于老师吃饭，能不能赏个光？”

于大童说：“不啦，不用客气，每天你们镇领导都把饭局排得满满的了。”

两个人这时已经走出店门外了，杜奇也跟着，落在两三步之外。于大童停住，扭过头看着杜奇说：“张飞，你不是说有事找我吗？什么事？”

杜奇支吾一下，摇头。

常天兵急起来，说：“于老师等等，让他抹个脸，换上张飞的衣服，您跟他合个影发微博好不好？”

不等于大童回答，常天兵又冲杜奇说：“快去！”

杜奇还没转身走，于大童就摆了摆手说：“算了，我已经跟人约了时间，有事，走了。”

常天兵还要再说话，于大童却没给他机会，冲杜奇笑笑，大步走了。常天兵追了几步大声喊：“于老师您住哪里啊？”

于大童头也没回。

常天兵在原地立了一会儿，才回到店里。杜奇已经在收拾茶杯了，动手之前他先看了看手机。刚才母亲打过两个电话他没接，后来母亲发来微信，他也没顾上看，这会儿看了，原来是一条关于杜薇的消息：你姐明天回家。

杜薇三年前结婚后就没有回过家，怀孕了却突然回来。女人做事的方式他不了解，即使是姐姐，他也不了解。他看到常天兵黑着脸走到茶台前，皱起眉头盯着他看。他心里紧了一下，知道常天兵要骂人了，但他不知道自己哪里有错。

常天兵说：“你为什么要摇头？”

杜奇手里还抓着茶杯，腰慢慢直起来，看着常天兵。摇头是什么意思？

常天兵说：“刚才于老师问你找他什么事，你为什么摇头？”

杜奇想了想，回过神来了。他在微博里私信于大童，说有急事，请于大童到店里来。于大童真来了，问他什么事，他当时确实摇了摇头。没什么意思呀，或者说他根本来不及想是什么意思。常天兵让他喊于大童来，他也愿意于大童来。网上名人那么多，多得像满天星空又繁华又遥不可及，终于其中一个叫于大童的作家，可以到店里，活生生站在面前，让他亲眼见到了。他觉得世界一下子变小了一点，不再那么茫然无边，要说意思，就是这个意思。这算事吗？即使是，他也没法三言两语说出来，只好摇头。他记得自己摇头时笑了笑，那是他真实的表情。无论如何见到于大童，他是高兴的，非常高兴。

常天兵瞪大眼说："笨死了，你不会问一问他猪肉脯好不好吃？——哎呀对了，怎么忘了送他两盒我们的猪肉脯？我忘了你也不会提醒我！回头再给他发私信，让他把作家带到我们店里采风。"

"采风？"杜奇这个弯没转过来。

常天兵嘴一歪，说："就是让他把那些作家喊到店里，写一写我们。"

杜奇看着常天兵，他还是没明白。

常天兵声音一下子大起来："我们店不值得写吗？我不值得写吗？我就问一问你，让他们写一写有什么不好？那是最好的软广告啊懂不懂？知道我们的人越多，猪肉脯不就卖得越多吗？来镇上的人到我们店里，不来的也可以上淘宝上微店买呀。唉，你还是真是笨啊小舅子，比你姐差一百个太平洋都不止。"

杜奇头钩下来。杜薇比他强，这早就是明明白白的事实，他从未打算不服。意外的是常天兵竟然想借于大童的笔，帮店里做广告。说得确实也没错，开店谁不想多卖货？但常天兵好像以前不是这样，至少杜奇刚来时他不是这样。后来变了，越来越急，都不择手段了，让杜奇抹黑充张飞也是一个例子。

这时常天兵手在大腿上一拍，恼怒地喊起："你为什么今天一来不把脸抹黑了？你看看这么好的合影机会，丢了！而且，你他妈在一旁闲着，也不会拿手机拍几张于作家？他到我们店，好不容易来一趟了，跟我坐在一起喝茶聊天，却居然没留下照片。有照片我们可以放大了贴在店里，也可以放到淘宝和微店上啊……气死了！"

他是真气，呼呼喘着，左右快速走几步，一扭身，提起包就往外迈出大步。

杜奇多少感到抱歉，他本来确实可以边泡茶边拿手机拍几张照片啊。这辈子他不见得还有第二个机会见到作家，可他居然傻傻的一张都没拍。是他不对，他觉得无论如何得安慰一下常天兵。想起母亲刚才发的微信，他说："老板，我姐明天回来。"

杜薇是常天兵中学同学，当年就传说常天兵曾给杜薇写过信，杜薇根本不埋。常天兵从来没生过气，仍左一口右一口喊杜奇小舅子。杜奇想，把杜薇回家来的消息告诉常天兵，至少会让常天兵高兴一下。

但常天兵头也不回，硬硬地说："我知道。"然后在门外，推过电动车，径自离去。

他知道？杜奇思维停在这句话上。常天兵进店后，把背在肩上的包往旁一放，就拿起杜奇的手机，然后于大童就来了。自始至终他都没往自己的手机瞥上一眼，居然已经知道杜薇要回来了？

杜奇把茶杯拿到卫生间里冲洗好，收起。手是湿的，他抽出一张纸巾擦干，丢掉，手在脸上抹了一下。顿了顿，他又重重抹了一下，然后盯着手掌怔怔看着。刚被水冲过的巴掌粉嫩洁净，像刚洗过的两节新藕。他索性两个巴掌都捂到脸颊，上上下下使劲搓揉。

已经很久，他的手都没有这么痛快地在自己脸上动来动去了。

八

常天兵身影刚消失，雅玲就来了，穿一件湖蓝色衬衫，领口敞得很大，露出粗了一大圈的脖子，细白水润。多肥胖的鸭子，脖子啃起来仍然没肉，人原来跟鸭子还是有区别的。坐月子的女人老穿这么单薄往外跑是不好的，风吹会头痛，太累会腰酸，杜奇虽然不懂，多少也听人说过一些。但雅玲看上去一点事都没有，她也是骑电动车来，停好车取下一个红色塑料袋蹦跳着进来，虽然全身是肉，胸口那里颠得厉害，整个人却还是少女状。走到杜奇面前，把塑料袋递过来，她说：“蔓越梅饼干，刚做的，快吃。”

确实刚做的，塑料袋还是微热的，一股奶油香往外涌。

杜奇没有马上吃，他不想吃。刚好有四个外地人模样的老年妇女进来，穿得花花绿绿，挂着很艳的围巾，妆也化得浓，看上去家境不错，腰包很鼓。杜奇连忙过去，把柜子里和架子上各种口味的猪肉脯拿出来向她们介绍，无非是土猪肉多地道，工艺多纯正，制作多环保，口味多美妙之类的套话，已经说得很职业化了，所有的句子早就背好，烂熟于心，像一碗配好调料的快速面，只要浇上一壶开水即可食用，而杜奇的开水，就是他脸上似是而非的笑。

柜面上一个塑料盘子里还放着一块块切成指甲大小的碎猪肉脯，上面插着一根根牙签。雅玲走过来，利索地端起盘子递到客人面前。四个妇女拿起牙签，戳一块猪肉脯放进嘴，还想再戳另一块时，雅玲笑嘻嘻地把盘子闪到一旁。让你试吃不是让你不要脸地狂吃，怎么掌握分寸，既吊起来人的胃口，又不至于被他们占去太多便宜，这个技巧以前都是雅玲教大家的，她自己当然做得最好。

那四个妇女咂着嘴，不太尽兴的样子，每一刻都在打算买和不想买之间摇摆。最终她们扭着腰走了，一包猪肉脯都没带走。这其实没什么，跟浪一波波沸腾扑上岸，又呼啦一下全退走一样，杜奇已经无所谓了。雅玲小声骂了一句什么，杜奇没听清，反正不会是好话。生意越来越不好做，她在现场领教下，至少能明白这些日子收入少不是因为杜奇偷懒。

雅玲把盘子放好，双肘支在柜台上，扭过头看着杜奇。“奇奇，”她喊道，“把这些天的账给我看看。”

杜奇一怔。雅玲以前每天片子快进般忙忙碌碌当着店长时，店里的钱来货往当然她可以管，连常天兵估计都相信她会管得比自己好，但雅玲生儿子坐月子去了，店长工作至少暂时翻篇，天也没塌，该做的杜奇不是都做了吗？其实很简单，从加工厂那边进货多少，售出多少，账对齐就行，一笔笔记到本子上。至于收回来的钱，每晚下班前现金拢到保险柜，微信、支付宝关联的是常天兵银行卡，把每笔列个清单，拍照发常天兵，让他核对确认下就行。女人生孩子是多大的事啊，都说是去鬼门关走一遭，可这也才十几天过去，雅玲却还是放心不下，把儿子丢一边，又回来管账了。

杜奇犹豫了一下，但还是把账本递过去。常天兵儿子的亲妈，即使没办结婚证，人家也是老板娘。

雅玲趴在柜台上翻开账本，一页页很快瞄过，对她来说这个熟门熟路。怎么记账是她教杜奇的，所以也可以理解为她想查一查，到底杜奇有没有按她定的规矩把账记好。看她脸色，没什么异样。她直起身子，木着脸在柜台上靠了一会儿，然后嘴一咧，轻笑起来。“奇奇，”她说，“今天怎么不化妆？”

杜奇手又在脸上抹了抹，知道雅玲指的是他还没把脸弄黑。他转开头不看她，也不想答。

雅玲走过来，在他腰上拍了拍。“张飞老师啊，呵呵！”她笑得有点奇怪，尾音拖得很长，而且向上陡峭扬起，像一只松鼠从屋里窜过。算起来，雅玲不过比他大两岁，但杜奇经常觉得两个人至少有二十年的代沟。女人早熟，是不是这个原因？他不知道。一想到天下女人可能都是这么高深莫测一眼看不到底，他就脑壳疼。

杜奇的手机还放在茶台上，雅玲拿起，转到杜奇对面拍几张，退后又拍几张，然后低头盯着屏幕快速戳着手指头。

“你又干吗？”杜奇伸手去抢手机。其实他是猜到了，雅玲肯定又帮他发了一条微博。以前无所谓，现在突然有点烦。他不想有个代言人。

雅玲身子往旁侧一下。她做什么事都快，反应也快，但避过杜奇的手后，她又主动把手机递还给了他。“哎，”她说，“那个作家刚才来过？”

“是。”杜奇低头点开微博，他想知道雅玲又在上面发了什么。

雅玲说：“我一个上午打电话给兵哥，他到现在都没回。”

杜奇头猛地抬起。刚才常天兵是到店里才意外碰到于大童，而雅玲一上午没打通常天兵电话，那她是怎么知道于大童来过店里？他看雅玲的眼神可能有太多诧异了，雅玲笑起，说：“不是什么事都要他告诉我，我才能知道。”

杜奇问：“你怎么知道？”

雅玲转身拿起扫帚，俯身扫地。“跟你说过多少次了，店里一定要干干净净的。这是卖猪肉脯的地方，不是猪栏。”

杜奇急走几步，跟到了她身子后面。雅玲俯下去时，领口被胸口那两坨又肥又大的乳房坠得张大，要想看的话，什么都看得很清楚。但杜奇不想看，也不敢看，他必须闪到雅玲后面，整个人像她尾巴似的向左向右摆来摆去。雅玲的屁股也大了一圈，像两块粘在一起的大面包，肥厚地摊在杜奇眼皮底下，杜奇把眼往上抬，他还是放不下刚才的疑问。他说：“你怎么知道于大童老师来过店里了？”

雅玲没理他，头都不抬，边扫边说：“去，给我泡杯茶，口渴。”

杜奇说：“你先说，怎么知道于大童来过店里？”

雅玲直起身子，转过头，撇了一下嘴。“你是不是有点傻啊，奇奇？”

杜奇定定地站着，勾着下巴盯住她。每个人都认为他脑子不好使，不好使的脑袋难道就不能有好奇？另外，以后找女朋友，个子这么矮的绝对不可以，落差太大了，连对个眼神都这么吃力。

雅玲说：“你呀，我在店里装了一个监控你不知道？”

监控？杜奇脑袋转了转，他确实不知道店里有监控。

“那！”雅玲手往上一指，柜台后面的屋角上，悬空挂着一个白色的圆球状东西，只有拳头大小——不是他的拳头，他的拳头大，是雅玲那样的小拳头——中央一块眼珠子似的黑色玻璃，上面隐约有个米粒大小的蓝色光点。

杜奇半晌回不过神来。“什么时候装的？”他问得很小声。

雅玲说：“就前些天啊。”

杜奇视线从监视器上收回，看着她，问：“前些天？到底前多少天？”

雅玲说：“没多久，就是我生宝宝的前几天嘛。怎么了？”

杜奇晃了晃头，意思是没什么。其实是有什么的，心里像有很多器皿被风刮倒，乒乒乓乓响。墙是白色的，监控器也是白色的，它们融为一体不易觉察，这只是摆不上台面的推脱理由。监控器挂得高，可他个子也高，抬个眼皮就该看到，可他竟一无所知。

雅玲应该感觉到他的不舒服，从裤袋里掏出手机，点了几下，把手机横着递过来。“看，”她说，“你看看，现在科技有多牛。1080P，超高清的，我每天躺在床上，都看得清店里的一举一动。”

杜奇垂下眼，看到茶台、柜台、猪肉脯……他左右动了动，手机屏幕里的人马上也动了。雅玲把拇指和食指在屏幕上推了推，画面变了，场面退去，剩下两个人，一个高的一个矮的，一个男人一个女人。还有声音，虽有点失真，但每一句都清清楚楚。

这是杜奇第一次在手机里看到自己，居然这么清晰，连色彩都没怎么走样。十七八天前的傍晚，还上着班，雅玲突然肚子疼了，然后从店里直接送去医院。在这之前，雅玲在他眼皮底下，买了监控器，安装了监控器，可他一点都不知道。然后，雅玲在医院和家里喝着鸡汤，奶着儿子，都不妨碍她动一动手指头，就可以把店里的每一个角落放大了，一览无余。“你是监控我？”这个他必须问。

雅玲手一挥，大声笑起。“想哪里去了？监控你值得花几百块钱去买它？又傻了吧！本来早就要安装了，现在开个店谁不弄个安防系统啊？这个就是最基本款了，功能不多，但万一有什么事，回看一下，调个录像都很方便。是不是安全了很多？有意思吧？”

杜奇抿了抿嘴，他心里仍然是别扭的。他说：“装了就装了，可你怎么不跟我说一下？”

“咦？”这下轮到雅玲有点意外了，“我去生孩子，店里就剩你一个人，我怕你顾不过来，就在网上买了。本来是让你安装的，我个这么矮嘛。可那天早上快递送货来时，你还没到店里，我就自己拿个梯子上去了，电锤打两个洞，安上螺丝，连上 Wi-Fi，很简单啊。这有什么？连常天兵后来我都忘了说。”

这似乎也说得过去。杜奇又看了监控器一眼，他其实更恼火的是自己，这么多天居然没发现，他确实太笨了，难怪老是让人嘲笑。想起刚才雅玲曾动过他手机，他低头点开微博。果然，又发了一条，是杜奇站在茶台边的近景和远景照，并写了一句话：“卸了妆，张飞老师多么小鲜肉啊。”居然仍不忘艾特于大童。

照片用了美颜，所以不丑，甚至比本人强。但杜奇不会因为好看就高兴起来，他皱着眉吸一口气，正常的情况下他只好忍，这会儿却不想忍了，把脖子一甩，他说：“你以后能不能别这么玩我了？”

“怎么了？”雅玲笑眯眯地仰起脸。这是她的长项，以前常天兵无论怎么恶言恶语，她都是以笑来应对，笑是她的万能武器。笑过，她身子又靠过来，用胳膊在杜奇腰上顶了顶。“奇奇以后红了，可别忘了我啊。”

话音一落，她马上又话题一转，她说：“哎，你姐姐要回来了——噢对了，你已经知道。我在监控里听到你刚才告诉兵哥了。这其实是多余的，你兵哥还能不知道她要回来？”

杜奇一怔，他觉得雅玲话里有话。

九

雅玲离开店后，杜奇给杜薇发了微信："明天回？"

杜薇好半天才给他回了一个坏笑的表情包。没有反驳，那就是确切无误了。还是觉得有点奇怪，不上不下的，杜薇为什么突然回？

杜奇又问："坐飞机还是动车？"

杜薇回了他一个字："飞。"

无论飞机还是动车，其实都没直达镇上，机场离这里一百三十六公里，动车站近点，也有三十八公里，不过路不错，火车站有大巴通镇上。"飞"就是指坐飞机。

"两个人吗？"杜奇继续问。

杜薇答："1。"

"余良生呢？"余良生就是杜薇的丈夫。其实杜奇只是在上次办婚礼时跟这个姐夫见过一面，根本没说上几句话，至今连微信都没加，完全谈不上熟悉。他关心的并不是余良生来不来镇上，而是觉得一个人下了飞机，还要独自坐那么久的大巴，作为孕妇不知是不是合适。

杜薇没有再回复他，或者她正忙，或者她根本不忙，只是像以前一样懒得理他。

杜奇就不再说什么。他哪里是个细心周到的人？但因为这个人是杜薇，他忽然就有些放心不下。活了二十年，他还只对一个女人不放心，这个人就是杜薇。同一个子宫出来的，他却比杜薇差这么多，顿时拉低了杜家子女的平均质量，他觉得挺给杜薇抹黑的。至于杜薇怎么看他，他无所谓。对调一下，如果他是杜薇，应该也一样，根本不会把智商不在线的弟弟放在眼里。让聪明人对一个愚钝的人充满耐心，肯定是困难的。

从微信退出来，他转到微博。被雅玲拍照发上网，不喜欢的其实只是不经他同意，就强行做了这件事上，至于照片，没什么大不了的，他又不是明星，还讲个肖像权什么的。

雅玲上传时特地艾特了于大童，但于大童没有再转这条微博，甚至也没有评论。看一下右上角的阅读量，很少，只有“25”。他又点开于大童的微博，昨晚发过城墙九宫格之后，并没有再更新。刚才坐在茶台边，于大童说他会一直在镇上住到其他作家们来了，采过风再走，前后加起来会有十来天，那这会儿他在忙什么？

晚上回家，进门走到二楼，看见母亲正蹲着擦地板，床也新铺了床单枕套。杜奇靠在门框上站了一会儿，母亲扭过头一见他，嘴就咧开笑了。“你姐明天中午的飞机。”

杜奇伸出舌尖舔舔唇，还是觉得从机场到家的路程不是太让人放心。他说：“要不我明天请个假去机场接她？”

母亲声音一下子高起来：“哎呀不用啊，你店里老板常天兵会开车去接她哩。”

杜奇小声噢了一句，没再往下问。他转过身慢慢上楼，开了灯，洗漱过，然后躺下，抓过 PSV，玩会儿掌上王者荣耀。这个过程那个隐约的疑惑一直在心里上下浮动着：为什么常天兵会去接她？上次杜薇回来，是常天兵去接的吗？上次是回来结婚，余良生也一起回，两个人在车场打个车，被黑的士宰了，到家后杜薇诅咒了好一阵，可见常天兵没去。那再上一次？再再上一次呢？杜奇想不起来，那时他还没到店里，跟常天兵不熟，不清楚那时常天兵是否已买车。

既然想不明白，他也就不想了。杜薇肚子里带着一粒小胚胎回家，母亲高兴，杜奇也高兴。他在高兴中很快睡去，什么梦都没有，睁开眼时，天已经亮了。不待下床，他抓过放在床头柜上的手机，先给常天兵发了条微信："你会去接我姐？"

常天兵答："是，怎么了？"

杜奇又发了一条："那就好。你要是没去，我就去。"

常天兵说："我去。"

杜奇就没什么可担忧的了。人家好歹是中学同学，一个怀孕了，一个恰好有车，接一接很正常。

这一天上班时间就过得特别慢。

"登机了吗？"

"到达了吗？"

"接到了吗？"

"快到了吗？"

这是他分别给杜薇和常天兵发的微信。发和没发其实没多大区别，两个人都没回复。杜薇一向不怎么回复，他习惯了；常天兵可能正开车中，不回本来也正常。没客人来，杜奇给自己泡了一壶茶喝掉，然后坐到门外石鼓上。今天仍然抹了黑脸，穿上一身黑衣。今天他依旧是张飞。

他拿出手机刷微博。于大童还是没更新，很奇怪，之前不是每天都更得很勤吗？一天通常至少三五条。

他手指头点开私信。“于老师您好，有空再来店里坐坐啊。”

其实有点犹豫。来店里干什么？人家不是已经来过坐过了吗？明明坐了那么久，可他却只顾着埋头泡茶。若是真的再来，他有什么话可说？应该说什么？他想了想，不知道，可就是觉得心里乱七八糟堵着很多话。

于大童没回复他。全世界仿佛都约好了不理他。

他直起背靠到门板上，这样他整张脸都对着翡翠街。街上人不多，似乎一天比一天稀少。经过时，抬眼打量一下他，似乎都不怎么惊讶。这么大的个子，抹了这么黑的脸，却已经越来越没用了。没用他为什么还要每天跟自己的脸这么过不去？

手机终于响了起来，是母亲发来的微信：“你姐到家了。”

很快微信又响了，母亲发来一段语音：“你不用急着回来。晚上你姐不在家吃饭，你老板请她去酒楼吃。”

杜奇探过身子往店内上方监控器看了一眼。雅玲也会去吧？

就在这一瞬，手机又响了，这会儿是电话。他往屏幕瞥一眼，显示的正是雅玲。接起，雅玲说：“奇奇，你姐回来，今天要不要早点下班？”

杜奇说：“不用。”

雅玲说："要不你还是先回吧，店我过去看着。"

杜奇嘴呵起来，话到舌尖了又咽住。常天兵请杜薇到酒楼吃饭，雅玲没有陪同。雅玲跟杜薇不是同学，甚至不认识，并且正在坐月子，要哺乳，不去也就不去吧，却要来店里替换他，不是更不合理？他说："不要了，我下了班再走。"

雅玲没再说话，杜奇以为这事过去了。不料十几分钟后，一部电动车驶来，停到店外，雅玲还是来了。"你把脸洗了，回吧。"雅玲说，脸上都是笑。

杜奇坐着也不比雅玲站着矮，他懒得从石鼓上站起。他说："算了，回家我也没事。"

雅玲说："去凤凰酒楼呀，你姐在那边。"

凤凰酒楼就在翡翠街上，是镇上最豪华的。杜奇每天回家都经过，但从未进去过，他自己没钱进去，也没人请过他，现在突然雅玲让他去，他不能去呀，常天兵又没请他。

雅玲推了推他，说："大鱼大肉哩，全是好吃的。你这馋鬼，还不快去？去，快去！"

话还没说完，雅玲已经从随身带的包里取出一包餐巾纸。杜奇以为她自己要擦嘴，不料她却一把伸过来，伸到杜奇脸上。杜奇头下意识地往旁一侧，雅玲的手还是先抵达了，左一下右一下，她没有任何犹豫，非常决断，仿佛已经做了几十年的准备，就是要把杜奇脸上的黑色油彩擦掉。

白色的纸在眼皮底下晃来晃去，纸后面，雅玲脸仍是蜜一样笑着。杜奇猛地站起，脚再稍稍一踮，这样雅玲的手终于够不着他脸了。但雅玲并没有到此为止，双手都按到他背上，用力把他往店里推，一直推到卫生间门口。

“把衣服换了！”雅玲说。

“把脸洗了！”雅玲又说。

杜奇心里有股说不出来的古怪滋味。雅玲一向对他好，但也不至于好成这样。换下衣服洗净脸从卫生间出来，他双脚仍然戳在店里。不明不白让坐月子中的老板娘替他上班，于情于理都有点说不过去。又不是真有急事，他能有什么急事？他没事，一点都没有，他不想走。

想让他走的人是雅玲。雅玲说：“去吧，去吃个痛快。”

杜奇勾下头看着她。雅玲脸上没有异常，但她真的很奇怪。他说：“我不去。”

雅玲说：“不行，去！”

杜奇说：“人家一堆同学吃饭……”

雅玲打断他：“哪有一堆同学，就他们两个。点了一桌菜两个人怎么吃得完？你胃那么大，去多装点，免得浪费了。”

杜奇没有再坚持，他出了店门，推了电动车，骑上。但他没有去凤凰酒楼，而是径自回了家。

十

杜薇到镇里后，其实已经先回过家了。是常天兵开车把她从机场直接运到家，卸下行李，然后车又启动，去了凤凰酒楼。母亲不知道究竟哪个酒楼，杜薇提都不提，如果雅玲不说，杜奇也不知道。

杜奇走进家门时，杜薇那个小巧的玫红色新秀丽行李箱还立在一楼大厅里，外面行李带仍紧紧扎着没解开。他吸吸鼻子，屋里荡着酒肉混杂在一起的浓郁香味。早上他上班时，母亲已经从市场回来，买了一只活土鸡，还买了活海蟹和野生鲫鱼，都是杜薇爱吃的，但东西买回，煮好，杜薇却去酒楼了。母亲正坐在沙发上低头看手机，杜奇进来，她头抬一下，脸无表情，马上又低下去继续关注手机。

杜薇比手机重要，手机又比杜奇重要，至少今天是如此吧？

杜奇在另一张椅子上坐下，也拿出了手机。现在手机终于一致成为家里最重要的东西了。他翻到微博，于大童仍然没有回复他私信，也仍然没有更新。他突然想起一件事，抬头问："妈，姐回来住几天？"

母亲摇了摇头："不知道，她没说。"

杜奇又问："她回来有事吗？"

母亲有点不高兴了，声调提高道："家难道还要有事才回？什么话！"

杜奇重重吸吸鼻子，然后站起。饿了哩，杜薇已经在酒楼里吃了，剩下的人总不能不吃吧。他说：“吃饭。”

这顿饭，菜比平时多两盘，但摆到桌上的没有土鸡，也没有海蟹。

杜奇咽了咽口水，定定地看着母亲。

母亲不解，问：“什么事？”

杜奇扭头望向厨房，说：“鸡肉呢？”

“噢，忘了！”母亲这才想起，起身去端来一碗鸡肉，又用盘子托着一只煮得红通通的蟹放到他面前。

杜奇吃掉蟹，又吃掉鸡肉，头一直低着，嘴嚼得飞快。

母亲拍拍他胳膊说：“慢点慢点，你老是这么贪吃。最近是不是又胖了？”

杜奇眨眨眼，不想说什么了。即使肉和蟹没有堵住他的嘴，他也不想说。母亲刚才轻轻松松一句“忘了”，他其实也没怀疑，应该是真的，真忘了。只是为什么会忘？他没杜薇聪明，也不会怀孕，但这都不等于他就不需要吃好东西。他把蟹壳吐掉，咳了一声。居然吃杜薇醋了？他又咳两声，然后放下筷子，双手向上举，伸了个长长的懒腰。蟹很鲜，肉很香，他情绪这会儿已经正常了。杜薇是他姐姐，脑子比他好使几万倍的姐姐，这个从小他就服服帖帖地认了。以前父亲对别人家重男轻女很不屑，等到杜薇接到大学录取通知书，父亲的态度更明确了。“傻帽啊，”父亲说，“男呀女呀又怎么样？就看有没有出息，没出息的儿子生一百个就是一百次打脸。”这话也不能说都没道理。以后杜奇自己有了子女，无论男女，肯定也会把这些想法和做法继承过来。据说连猴子、老虎之类的动物都一样对聪明的后代更倾注疼爱，这是本能。

从上桌吃饭起，母亲的手机响了，又响了，一共响了四次。每次接起，母亲声音都跟平时不太一样，平时说话低缓平和，对着手机她音高却一下子提高，脸上是笑，声音也在笑。她说："哎呀今天不去了，我女儿回来了哩。你们跳你们跳。"

听明白了，母亲每天广场舞跳着跳着，已经跳出一个朋友圈了，晚上因为杜薇回来她不去，在圈里也成了件事，马上就有人来关心了。

好像每个人日子都过得比他有意思。杜奇上楼，打会儿游戏，这是他唯一的消遣了。一直过了十一点，楼下才传来杜薇的声音。其实是母亲先喊起来的，母亲叫道："阿奇下来，你姐回来了。"

杜奇趿着拖鞋噼噼啪啪小跑下楼。母亲和杜薇并排站在楼梯口，旁边立着玫红色的行李箱。杜奇知道，这是在等他来提箱子。他往杜薇肚子上瞄一眼，杜薇穿T恤和牛仔裤，腹部平平的，没有任何变化。确实还有点早。

杜奇提着行李箱上楼的时候，杜薇和母亲也跟了上来。放下箱子杜奇正要说什么，杜薇已经先开口了："好了，就这样吧。"

母亲扬扬手说："阿奇先去睡……"

杜薇打断她："你也去吧，我有点累了。"

母亲嘴呵起，她本来可能打算留下来，和杜薇说一说话。但作为孕妇，杜薇的累就不是小事。母亲愣一下，最后还是点点头说：

“那你早点睡吧，有什么事我们明天再说。”

“明天……”杜薇迟疑了一下，“明天我就要走。”

“走？”母亲吃惊地瞪大眼。

杜薇说：“现在单位不好请假，要请也得把假攒着，等分娩后再用。”

母亲可能还没回过神，怔怔地看着杜薇，又转过脸看着杜奇，有几分求救，让杜奇劝一劝杜薇的意思。杜奇连忙垂下眼睑。他有什么办法？杜薇这么久没回家了，今天突然回，明天又要突然走？他的惊讶程度一点都不逊于母亲。但他哪里劝得了杜薇？从小到大，杜薇都不是别人轻易劝得了的，杜薇就是杜薇。

“噢，对了！”母亲突然叫起，“你有几年清明节都没回来，现在四月还没过，多留几天，去给你爸扫扫墓吧？”

杜薇沉默了一阵，低下头往自己肚子上看。

杜奇先反应过来。父亲死后，烧了，骨灰取回，葬在后山上的祖坟里。山不高，但毕竟是山，让孕妇走山路总归不太好。他说：“也不在乎今年吧，今年不方便，还是别去了。”

“去！”杜薇突然说。

母亲很高兴，问：“那明天你不走了？”

杜薇说：“机票是明天上午的，改签下，下午走。”

杜奇觉得既然这样，自己就得陪着去。他说：“那明天我去请个假。”

杜薇说：“不用了，我和妈去就行。明天上午店里有事，你走不开。”

杜奇一怔，问：“有事？什么事？”

杜薇没答，她慢慢蹲下身子打开行李箱。这时杜奇放裤袋里的手机恰好响了，是常天兵打来的，常天兵说：“明天你早点上班。”

杜奇说：“干吗？“

常天兵说：“明天有客人。你把店里卫生再做一遍，泡好茶等着。”

杜奇问：“谁呀？”

常天兵说：“明天你就知道了。”

杜奇放下手机时，连母亲也好奇起来，伸过头问：“明天怎么了？”

杜奇没有答，他也不知道啊。

母亲又问杜薇：“你怎么知道明天他们店里有事？”

杜薇从行李箱里已经拿出睡衣、浴巾和牙刷之类的。上大学后，她每次回来都带足这些东西。女孩子爱干净不是毛病，即使有洁癖也在可容忍的范围内。“跑了一天路，我要洗洗睡了。”边说她边径自向卫生间走去。

杜奇明白自己再站下去很不合适，他轻轻推了推母亲，然后就往三楼走去。在楼梯上他已经拿出手机。“明天要多早到店里？”他给常天兵发了微信。这个问题刚才他忘了问。常天兵没有回。他又给雅玲发了微信，问了同样的问题。雅玲倒是很快回复了，她整天眼睛都粘在手机屏幕上，回复一般都不会慢的。她说：“得问你老板。”

这话也没错，雅玲正坐月子，她不可能对店里所有事都一清二楚。

若是平时，杜奇肯定无所谓，反正常天兵没有具体的指令，明天他能多早就多早，迟了也不是他的事。但今天不一样，他心里紧着，觉得必须问一问。既然他明天不请假，不陪杜薇去山上，那么店里一定有足够重要的理由留住他，究竟多重要呢？问号沉甸甸地挂在那里。他捧着手机坐在椅子上，脚搁到桌子，歪着身子盯着屏幕。那句问话他复制了，每隔一小会就给常天兵粘贴再发送一遍：“明天要多早到店里？”

半个小时后，常天兵终于回话了，他说：“能七点就七点，能八点就八点，越早越好。”

等常天兵回复的时间里，杜奇登录了微博。于大童更博了，是六张照片，在酒桌上，灯光很好，菜很多，桌旁的人都是笑脸。杜奇看到常天兵，看到杜薇，看到于大童，还看其他七八个不认识的人。照片里这些人都很欢乐，其中有一张是杜薇和于大童的合影，两个人靠得很近，于大童一只手搭在杜薇肩上。杜薇笑起来的样子真好看。原来晚上在凤凰酒楼，并不是常天兵和杜薇单独吃饭，雅玲信息有误。

杜薇居然也见过于大童了。

十一

第二天杜奇九点二十分到店里，比平时只早了半个多小时。远远看到店门大开，门外左右两旁还分别立着花花绿绿的易拉宝，走近一看，上面一边写着“热烈欢迎全国著名作家莅临张飞猪肉脯店参观指导”，另一边写着“热烈欢迎全国著名作家前来品尝名扬中外的张飞猪肉脯”。

噢，作家要来吃猪肉脯？

原来常天兵已先到店里，罕见地穿一身藏青色西装，皮鞋锃亮，正俯着身子拖地板，西装后背因此被绑紧，光滑得如同鼓面。这个活他肯定不常做，动作显得别扭，看到杜奇进来，他立起，拄着拖把柄面有不悦。但他估计很快忍住了，唇动了动，又抿住了，俯下身继续拖地。

“需要涂脸、换衣服吗？”杜奇问。

常天兵头也不抬地说：“当然。快点换了涂了，然后把最好的猪肉脯撕几包放盘子上摆好，再烧水准备泡茶。”

杜奇回头看一眼立在门外的易拉宝。著名作家？究竟多著名呢？有得诺贝尔奖的莫言吗？有张艺谋电影《大红灯笼高高挂》的作者苏童吗？杜奇对作家的认识基本到此为止，其他人写的文章他可能偶然也看过或听说过，但人名记不住。无论如何，敢称“著名”，应该都有点来头了。他们有来店里，无论吃还是参观或者指导，当然都算件大事。

没想到他们居然肯来。另外，张飞猪肉脯一夜之间竟名扬中外了？

“有多少人来啊？”杜奇突然想到这个问题。来一两个意义不大，昨天于大童不是已经来过？来几十个人店里又容纳不下，他一个人茶也泡不过来。

常天兵说：“十个作家，镇长和副镇长都陪着。”

杜奇把店里迅速扫一圈，十几个人挤了点，但也不成问题。一泡茶一圈喝下来也勉强够。

常天兵提起拖把桶到门外倒水，然后把拖把支好，说：“快点，他们参观的时间掐得很紧，十点一过就到我们这里，不要怠慢了。”

店门外一阵响动，三辆电动车驶来、停住，后座上都坐着人。是猪肉脯加工厂的，后座上的人手里都抱着一捆东西，下了车，走进店里，把抱着的东西搁柜台上，解开绳子，原来是关于张飞猪肉脯图文并茂的图册，封面正中央印着雅玲弄的那个微店二维码。常天兵指指点点着让来人把他名片用回形针夹到图册上，然后像扑克牌一样整齐铺开，叮嘱作家来时，怎么分发图册，怎么把猪肉脯托在盘子里递过去，以及怎么拍照片和视频。

至于黑脸黑衣的杜奇，坐在那里老老实实泡茶，成为拍照拍视频的背景就行。

十点多一点，翡翠街猛然涌动起来。常天兵已经在门外站了一阵了，拉长脖子眺望。这时他巴掌重重一拍，喊道：“快，他们来啦！”

店里的七八个人，包括杜奇在内，立即蚂蚁般散开。很快店里就挤满了，吃猪肉脯的声音嗞嗞嗞地响着，杜奇泡出的茶却没人在意。杜奇把茶从公道杯里倒进小盏，小盏放入托盘，他托着盘站起，走到于大童面前，又走到其他作家面前。这些人原来就是昨晚酒桌上那几个陌生面孔。“哇，这么高啊！”有个中年女作家惊讶地叫了一声。常天兵大声说：“他就是张飞啊。来，合影一张。”女作家个子不高，鞋跟已经有七八厘米了，仍然仅到杜奇胸口那里。

常天兵又说：“要不老师们都来拍吧。”

他的意思是大家合个影，但镇长眉头微微一皱说：“好了，可以了，我们走吧。”

常天兵微弓着身子凑近镇长耳旁，还没等开口，镇长就头一侧闪开了。常天兵身子没直起，低声又说了一句什么。镇长摆摆手，看都不看他，笑起，对作家说：“老师们走吧，请。”

镇长第一个向店外走去，副镇长马上伸出手，笑眯眯地对作家做出“请”的手势。作家陆续就跟上了，包括于大童，他嘴还在动，仍嚼着猪肉脯。从杜奇面前走过时，于大童没有停下，只是抬眼瞥了一眼。杜奇想他或许要说什么，结果什么都没说。一股味道从于大童脸上飘过来，是猪肉脯被咬碎后与口水混杂一起，然后从牙齿缝隙和两唇之间漏出，既香又臭，或者不像香也不像臭。第一次，杜奇觉得这股气味居然这么恶心。

常天兵送他们到门口，看他们走远，一直挂在脸上的笑才幕布般落下来。他转身回到店内，在茶台旁坐下，抓起茶壶给自己倒了一杯茶，端起，头一仰，一杯茶水全倒进嘴里。放下杯子时，他脸仍然木着。

加工厂的几个人过来，小声问：“老板，那我们可以回厂了吧？”

常天兵巴掌晃了晃。加工厂的人明白了，互相看一眼，就往门外走去，上了电动车，一溜烟不见了。店里剩下常天兵和杜奇，一下子变得格外空旷安静。杜奇重新在茶台旁坐下，往水壶里灌进水。他也没其他事可做，姑且再给常天兵泡个茶吧，却被常天兵制止了。常天兵说：“算了，别泡了。你让他们把今天拍的照片和视频马上处理，再让雅玲尽快发公众号。”边说着，他已经站起来往外走。走到门旁，又扭过头说：“刚才你听到他们说下一站去哪里了吗？”

杜奇摇头。

常天兵说：“杜胜宁这个狗屁！我跟着作家一起走走又怎么了？居然不肯。他妈的他一年吃掉我多少猪肉脯啊，什么玩意。”

杜奇看着常天兵，不知该说什么好。杜胜宁是镇长的名字，镇长平时确实动不动就打电话让常天兵送点猪肉脯去招待客人或者送哪个外来的领导。常天兵当时看上去挺兴奋的，屁颠屁颠就亲自送去，原来却憋了一肚子火。

常天兵说：“我去找找，反正他们就在镇上。”

杜奇走到店门外，坐到石鼓上。胖的人不适合穿西装，穿了西装更不适合跑动，常天兵还是一路小跑，大约急着赶上作家，身子晃来晃去的。以前从没听常天兵说起过作家，他又不看书，小说、散文之类根本与猪肉脯不沾边，常天兵哪里会感兴趣？突然却兴趣了，而且兴趣至此，为什么？

杜奇掏出手机，点开张飞猪肉脯微信群，把常天兵刚才的吩咐转达了。所谓马上处理照片，是指两件事：第一各自发到微博微信上，第二所有照片都汇总给雅玲用来发公众号。刚发完，觉得眼前黑了一下，抬起头，原来是雅玲站在面前了。

杜奇连忙站起。

雅玲进店，杜奇跟上。雅玲在茶台旁坐下，杜奇也坐下。

这不是往常那个雅玲，杜奇刚才一抬头就意识到这个问题了。其他人不笑很正常，雅玲不笑，脸绷着，就不寻常了。

刚才为作家们泡的茶还沉在壶里，外地人大多对此无所谓，在这里却不行。沸水入壶几分，在壶里又浸多久，都是有讲究的。茶沉太久味就涩了，入了口唇齿都不爽。杜奇提起壶，先倒掉茶水，再用茶夹把壶内的旧茶叶拨掉。正要重新烧水，雅玲开口了，她说："不用，我不喝。"

顿一下，她嘴一咧，突然又笑了。"奇奇，"她说，"奇奇你觉得我是不是很傻？"

杜奇本来还是要烧水泡茶，雅玲不喝，他自己想喝，现在雅玲这么一说，他手一下子停住了，怔怔看着她。以前雅玲一直说他傻，所有人都这么说，这会儿雅玲却说自己傻，他不知究竟指什么。

雅玲把手肘支到茶台上，身子前倾，看着杜奇，仍是笑着，只是笑得很浅，似有似无。"有没人说过，你和你姐长得一点都不像？”

杜奇点点头。确实不像，不用别人说他自己也清楚。他鼻子比杜薇挺，脑子却比杜薇差。问题不在长相上，他心跳加快，觉得有什么事要发生。

雅玲不说话了，低下头手指头在自己手机上动来动去。然后杜奇的手机很快就响了，屏幕上显示雅玲给他发了十张图片。点开，他用食指在屏幕上一下一下划着，都是视频高清截图，地点都在店里，人物只有两个，一个是常天兵，一个是杜薇。

杜奇侧过头，瞄了一眼监控器。

雅玲说：“奇奇对不起，都怪我装了摄像头。”

杜奇不敢看她，又低着头，盯着手机屏幕发呆。

雅玲说：“装也就装了，却连兵哥都忘了说一声。唉！”

杜奇长吸一口气，又悄悄吐掉。

手机微信提示音又响了，杜奇一看，还是雅玲发的，这回是视频。

雅玲又说：“这个监控器真好，居然有回看和录像功能。你看看吧。”

杜奇头连忙摆动两下。他不看，不想看。

雅玲说：“看吧，有声音哩。不听一听他们说什么多可惜？”

杜奇还是摇头。

雅玲笑了笑，手在茶台上很欢快地一拍，然后站起。“我得回去给儿子喂奶了。这几张照片你随便怎么着吧，给兵哥看、给你姐看都行，给你姐夫看也行。如果想发上微博……哈，当然也可以啊。如果我截出十五秒视频发抖音，你说我会不会红？啊，奇奇，你说会不会红？”

杜奇头更低了，他抿住唇，重重地抿。

十二

雅玲从店里离去后，杜奇给杜薇发了条微信：“你在哪？”

一分钟后他又发一条：“你在家吗？”

杜薇没有回复。

杜奇拨了语音电话，铃声刚响，他又猛地掐掉了。突然之间他有点怕听到杜薇的声音。如果面对面见到呢？也怕，是的，怕。

雅玲走后，他其实把那段视频看了，视频里的杜薇那么陌生。他觉得自己也陌生了，眼睛虚着，手脚不知放哪里，站也不是坐也不是。

半个小时后他走进卫生间，擦掉黑泥，洗了脸，换上自己的衣服。出来时有两个中年女人已经走进店里，正趴在柜台玻璃上，指着下面的猪肉脯问能不能优惠点。他手一挥，急促地说：“不卖。”两个女人对看一眼，马上转身，疾步向外走。他跟上，取过铁钩把铝合金防盗门拉下，锁上。

还不到中午十二点，也就是说一天的班他还没上三分之一。回家吗？家里杜薇可能还在，她答应给父亲扫墓，所以把上午的机票改签到下午，那么有可能还没动身，正吃着饭。母亲又会煮很多钙质丰富的海产品往杜薇碗里夹，让她多吃，快吃。杜薇很配合地为腹中的胎儿竭力猛吃。杜薇不是原先那个杜薇了。他居然也会有看不起杜薇的一天，真是没想到啊。

电动车驶得很快，忽然间它就有脑子似的，向左向右，东拐西拐，等到停下时，杜奇抬头一看，是雅玲的家。这是一幢粗粗搭起的两层楼红砖房，砖缝没有勾黑水泥，露出拌了众多沙子的粗粝水泥。镇上有这种房子的人家，都属于财产稍有，又远没有充足起来的地步，内部装修也根本谈不上，总之是先把地占下，搭起楼房的架子，等以后钱凑齐了再论下一步。

之前杜奇仅来过一次，是帮怀孕中的雅玲送什么东西，具体时间已经忘了，路居然没忘。他支好车，走上前。门关着，他拍几下。很快有位个子矮小的老妇人打开门，手里还抱着一个婴儿。雅玲的母亲，杜奇以前见过。雅玲的儿子，杜奇倒是第一次看到，但他没有好奇心，至少现在没有。他问："我找雅玲姐。"

婴儿正在哭，老妇人手颠着，嘴里发出嗯嗯嗯的声音哄着。

杜奇要往里走，老妇人才说："雅玲不在。"

杜奇说："她刚才告诉我回家喂奶。"

老妇人说："还没回哩，你看，这不饿得直哭吗？气死我了。"

杜奇问："她去哪了？"

老妇人口气越来越难听了，她说："谁知道，电话都不接……"说到这，她突然停住，眼光绕过杜奇的身子看向远处。杜奇也回过头看过，果然是雅玲骑着电动车急匆匆地驶来。

进门，雅玲从老妇人手里接过儿子，坐到沙发上，撩起衣服，把奶头塞进儿子嘴里。这一切她做得又流畅又自然又快，快得杜奇眼睛都来不及闪开。个子这么小的女人，居然有这么大这么圆的奶！藏在衣服里时，雅玲的奶虽然颤颤地动，猜得出面积不小，但无论如何没想到是如此巨硕，像一座小山啊。女人真不可思议。

“有事吗？”雅玲一点都没有不自在，仍是笑眯眯的。垂下来的衣襟已经把她的奶遮住，但是婴儿啧啧啧的吸奶声，还是把雅玲拥有一对巨乳的事实放大。

杜奇拖过一张椅子坐下，低着头，想着她问的问题：“有事吗？”肯定有事，但他好像还没理清究竟算什么事。

雅玲说：“哎呀慢点慢点，慢慢吃呀宝贝，别呛了。”这话她肯定是对婴儿说的。马上她又说：“奇奇你看看我儿子，长得是不是很像他爹？”

杜奇没有抬头。这个问题跟他一点关系都没有。

雅玲说：“店关了？哈，关了也好。”

雅玲又说：“视频看了吧？我就知道你不会不看，难道你没有八卦之心？鬼才信噢。不看怎么能知道他们昨晚上在店里做了什么说了什么，是不是啊奇奇？”

杜奇抬头看了看，雅玲的母亲不在，已经去厨房忙着了。他吁一口气，把头重新低下去。为什么雅玲说的似乎是件跟她不沾边的事？这是他不明白的。已经有儿子，儿子的父亲就是常天兵，雅玲是真无所谓还是假无所谓？他慢慢开始明白自己为什么要来找雅玲了，无论如何他毕竟是杜薇的弟弟。嘴唇很沉，但他必须得把它们掰开。

他说："求你一件事，视频和照片不要外传，行吗？"

雅玲嘴里嘘嘘嘘几声，说："再吃吧吃吧，馋鬼。"此时她的脸肯定又朝着儿子。天底下只有母亲才会对自己的婴儿用这种腔调说话。

然后雅玲咳嗽一声，说："奇奇，你这话怎么跟兵哥说得一模一样？"

杜奇抬起脸看了她一眼。常天兵也这么说？那就是说常天兵已经知道有视频了？常天兵知道，等于杜薇也知道。其实他并不愿意让杜薇知道。他说："雅玲姐，杜薇怀孕了哩。"

雅玲说："我知道啊。你不是也看了视频吗？如果不是怀孕，他们昨晚不会搞上？还大学生哩，哈哈，奇奇，你姐还真没比我高尚到哪里去啊，为了钱，兵哥一喊，她就从南京跑回来。是不是很意外？其实我一点都不意外。以前我就知道兵哥给她钱。他呀，他长那样还装什么情圣？居然从高中起一直迷你姐迷到现在。本来也知道自己是癞蛤蟆，这辈子都别想吃到天鹅肉，都快死心了，哪想到钱这东西还能起作用。以前他找各种借口转一万两万当红包给你姐，我也就睁一眼闭一眼算了。现在生意不好，他还充什么胖子？你姐要分娩了，要请保姆了，要在南京买房了，手一伸，二十万。呵呵，奇奇你说我要在抖音里傻乎乎地演多少遍吃猪肉脯，才能卖回二十万？”

杜奇站起来，他听到雅玲说着说着，虽然还强行夹着几声哈哈，似乎在笑，但声音已经变形，拖出隐约的哽咽。二十二岁的雅玲，替常天兵生下儿子了，却还没嫁给他，但常天兵一直爱着的人，却是一边从鼻孔不屑哼出“土包子”一边却收下人家钱的杜薇。这么多年，常天兵居然心心念念想着杜薇，如果不是亲耳听他在视频里当面对杜薇说，谁敢信？

杜奇向门外走去，作为杜薇的弟弟，他觉得对不起雅玲。

雅玲喊起：“等等！”

杜奇站住了。雅玲走到他面前，喂奶已经停止，她的衣襟恢复原状，吃饱喝足的婴儿此时神色安然，相当欢愉。圆脸，腮帮鼓起，细眼，塌鼻，倒八字眉，看着就有几分喜感。果然跟常天兵是一个模子出来的。

雅玲脸上已经平静，又是什么都没发生过一样。她把婴儿颠了颠，说：“放心，我有儿子了，不会乱来。刚才我去找兵哥，把视频给他看了。哈，一个人不与时俱进真不行，连监视器都是第一次听说哩。你说他是不是后悔死了？昨晚吃过饭，把你姐单独带哪里不好，偏偏带店里，啧啧。你知道他说的第一句话是什么？对，就是跟你说的一模一样，求我删了，不要外传。外传会怎么样？他一个开店的当然没什么大不了的，但你姐在南京，她老公又是公务员。你看，还是跟你一样心疼你姐。这会儿他正开车送你姐去机场，要是没视频，分别时他不再偷偷抱着你姐亲几口算我输。现在嘛，我觉得就不一定了。你说呢，奇奇？”

杜奇从口袋里取出店里的钥匙，本来想递给雅玲，手已经伸出去了，中途拐了一个弯，移到旁边的玻璃桌上方。桌上杂乱堆着碗、面霜、气球、水壶、塑料铃铛、一次性尿布等等，现在又添上一把钥匙。这时候雅玲似乎应该问为什么，但她没问，只是看着，看钥匙落在玻璃上叮的一声，又看着杜奇走出门，骑上电动车。

杜奇想，也许雅玲很高兴他辞职吧？临出门前，他曾停下来问雅玲："以后呢？"是啊，以后会怎么样呢？

雅玲笑起，头一歪，说："以后结婚呗，这下子兵哥非结不可了。"

杜奇吸吸鼻子，尽管猜到了，但雅玲这么轻松说出来，他心里还是一疼，像有道硬器吱地划过。

回到家，家门上着锁，这说明母亲不在，杜薇也真的走了。他拿出手机，先删掉微博，又退出张飞猪肉脯微信群，然后开始收拾行李。外面真的好吗？不一定。杜薇都已经在南京了，为了钱，还带着身孕专程回趟家，放下行李就去酒楼陪吃饭，吃过饭又跟着常天兵到店里。常天兵抱住她，她半推半就；常天兵摸她乳房，她嘻嘻哈哈。而整天东游西逛走过那么多地方的著名作家于大童又怎么样呢？于大童本来不想写张飞猪肉脯，却还是同意写了。杜薇以前就认识于大童，她供职的公司曾花钱请于大童写过报告文学，这次杜薇飞回来，把常天兵的一万块钱私下递给于大童，让于大童或者其他作家写写张飞猪肉脯，就是这样。

之前没有出行过，也没有出行的可能，所以杜奇没有备下旅行箱。他把几件这个季节换洗的衣服装进一个蛇皮袋，拉好拉链，然后在卫生间镜子前站了一会儿。这一个多月上班总要涂抹一层所谓的“张飞霜”，他的脸因此变白，几乎缺血色，干净得像一张 A4 纸。从此再也不用涂涂抹抹，再也不是张飞老师了。

他给母亲发一条微信：妈妈，等我。

想想觉得没说明白，就又发了一条：等我中年以后再回来。

他的意思不是几十年不归，平时如果有时间，他还是会回来看看母亲，再给父亲扫扫墓，但他的根须已经从这个小镇斩断了。不知道要去哪里，飘吧，飘到中年，等到重新回到镇上生活时，他想试试看自己整个人是否也能像一张 A4 纸，白得一点杂质都没有。